连南文史第17辑

记忆甘美连南

JIYI GANMEILIANNAN

政协连南瑶族自治县委员会　编

四川民族出版社

图书在版编目（CIP）数据

记忆·甘美连南 / 政协连南瑶族自治县委员会编
. -- 成都：四川民族出版社，2023.7
　ISBN 978-7-5733-1466-6

　Ⅰ．①记… Ⅱ．①政… Ⅲ．①纪实文学–作品集–中
国–当代 Ⅳ．①I125

中国国家版本馆 CIP 数据核字（2023）第 135314 号

记忆·甘美连南
JIYI·GANMEI LIANNAN

政协连南瑶族自治县委员会　编

出 版 人　泽仁扎西
责任编辑　周文炯
责任印制　勾云溪
出　　版　四川民族出版社(四川省成都市青羊区敬业路 108 号)
邮政编码　610091
设计制作　成都圣立文化传播有限公司
印　　刷　四川金邦印务有限公司
成品尺寸　170mm × 240mm
印　　张　21.5
字　　数　340 千
版　　次　2023 年 7 月第 1 版
印　　次　2023 年 7 月第 1 次印刷
书　　号　ISBN　978-7-5733-1466-6
定　　价　98.00 元

主办单位：政协连南瑶族自治县委员会

编纂委员会

主　　任：李春益
副 主 任：房婧婧　　沈俊辉　　唐海英
　　　　　赖　斌　　甘向荣　　黄伟欣
　　　　　房剑辉　　陈锦叶
成　　员：唐国荣　　陈海光　　钟德明
　　　　　房慧梅

编　辑　部

主　　编：陈海光
编　　辑：唐秀莲　　刘庆辉　　唐丽清
特邀编辑：罗穆良　　许文清　　李国兴
特邀评审：许文清　　赵翔辉　　盘金生

乡村晨曦（赖文锋/摄）

◆ 恋（赖文锋/摄）

◆ 日出瑶岭气象新（赖文锋/摄）

◆ 雾涌仙境（赖文锋/摄）

◆ 石漠公园入口道路（赖文锋/摄）

◆ 石漠公园（赖文锋/摄）

◆ 欢乐瑶寨（盘鹃/摄）

◆ 晨读（盘鹃/摄）

◆ 乐翻天（盘鹃/摄）

◆ 绿美连南（盘鹃/摄）

◆ 绿水青山（盘鹍/摄）

◆ 兔年吉祥（盘鹃/摄）

◆ 三江源之夜（盘鹃/摄）

◆ 瑶山彩虹（盘鹃/摄）

◆ 瑶山日出（盘鹃/摄）

前　言

　　2023年是全面贯彻落实中共二十大精神的开局之年，是全面建设社会主义现代化国家新征程的起步之年，是连南推动民族地区高质量发展的关键之年，也是连南瑶族自治县成立70周年。为深入学习贯彻落实党的二十大精神，隆重庆祝连南瑶族自治县成立70周年，记述连南各族人民70年来走过的风雨历程，描绘自治县在党的民族政策照耀下翻天覆地的变化，进一步坚定"四个自信"、做到"两个维护"，切实履行好政协工作参政、咨政、议政的职能，经县政协主席会议协商研究，围绕新中国成立以来特别是改革开放及党的十八大以来连南瑶乡地区经济社会和人民生活的变化，紧扣"记忆·甘美连南"主题，从大众视角诠释中国共产党为人民谋幸福、为民族谋复兴的初心和使命，在县委的正确领导下，沿着新时代党的奋斗目标，激发全县各族人民更加满怀激情向第二个百年目标新征程奋进。通过组织广大文史爱好者，以"回顾、书写自身的奋斗故事和命运的改变，聚焦连南发展变化，抒发共同乡愁，坚定文化自信，凝聚精神力量，展现连南发展成就"的内容和形式，以突出政协史料"亲历、亲见、亲闻"特色，从"我"说起，以小见大，展现全县各族人民在以习近平同志为核心的党中央领导下，在历届县委、县政府以及广大干部群众的共同努力下，团结一心、顽强奋斗、砥砺前行、开拓创新，奋发有为推进全县各项事业，战胜各种风险挑战，推动新时代中国特色社会主义事业不断发展的伟大成就；结合小康社会、脱贫攻坚、抗疫斗争、社会主义核心价值观、初心使命、中国梦等重大主题；以身边的事、具体的人为主体。从各行各业工作者，以个人、集体，在我们所处的这个伟大时代，通过各自的所见所闻所感，通过"口述"讲述、回顾等方式，记录民俗风情的变迁，书写有关的亲情、友情、爱情、家风、家训等温情故事，展示连南不同地区的瑶汉各族人民共同的文化根脉、民族情感和精神追求，以"我"的工作、生活、命运轨迹的改变，以"我"的思想状态、生活环境和生存状态等，通过对历史记忆的书写，抒发共同的乡愁，赋予新的时代内涵，推动中华优秀传统文化的传承、创新和发展，坚定文化自信，激发人们为更加美好生活和实现中华民族伟大复兴的中国梦而奋斗，从而展现新时代奋斗者永不懈怠的精神状态和一往无前的奋斗姿态，为奋进新征程凝聚精神力量。

本专辑设一至六个栏目，生动展现连南不同地区瑶汉各族人民在中国共产党领导下70年的发展成就、连南自然风光、民情习俗，值得一读。这对打响民族历史文化品牌，丰富旅游文化内涵，促进全域旅游发展具有重要意义。这里我们对各方面的支持表示衷心的感谢！由于时间仓促，篇幅有限，其中有些稿件做了综合，有的篇幅过长，我们做了一些压缩，还有部分稿件忍痛割爱，留作参考。我们谨向这些同志表示歉意。

此次《记忆·甘美连南》专辑主题征文活动，收集刊载了81篇本县域"三亲"文稿，还甄选出了优秀作品20多篇。

由于有关部门的重视和文史工作者的热情支持，在征集、出版工作中取得了一定的成绩，但还存在不少缺点和不足，敬请读者不吝批评和指正。

中国共产党成立102年了，连南瑶族自治县也成立整整70周年，岁月悠悠，已发生了翻天覆地的巨变。我们应该不忘初心，砥砺前行，大力弘扬以爱国主义为核心的伟大民族精神，在以习近平同志为核心的党中央领导下，坚定新时代中国特色社会主义信念，与时俱进，团结奋斗，早日实现中华民族伟大复兴的梦想，开辟幸福美好的将来，这对于我们比任何时候都具有更加重要和特殊的现实意义。

编　者

2023年3月

目

C O N T E N T S

录

贰 Chapter 2

叁 Chapter 3

肆 Chapter 4

伍　Chapter 5

陆　Chapter 6

排瑶移民的昔与今

罗穆良

历史上的排瑶百姓，生活异常艰难。其聚居地山高林密，羊肠小道崎岖难行，土地贫瘠，物产匮乏。瑶民终年与毒蛇猛兽为伍，长期缺乏文化教育，不懂生产技术，个性容易偏执。加上明、清期间，不断遭受朝廷的围剿，瑶民被迫在险峻的高山上建寨，聚族而居，常年生活在恐慌之中。由于环境恶劣，瑶民的生活极度困难，个别无田无地的赤贫瑶民不得不靠"偷鸡摸狗"的非法行为为生，形成了恶性循环，成为社会极大的不稳定因素。

如何破解这个怪圈？

康熙年间的连山县令李来章进行了有益的探索和实践。他在《连阳八排风土记》卷七"约束"章的《招徕排瑶使居村落一则》中，比较详细地介绍了他的做法，全文如下：

> 瑶人之富者，凭恃山险，保守身家，固不肯离巢远出。贫者以劫掠为生，亦借岩壑扼塞为逋逃之薮。若不散其丑类，移居平地，无防则动，有

隙则乘，终非百年升平，久安长治之策。

然，欲事招徕，亦大不易。富者纵恣自如，畏入樊笼。贫者衣食无资，乘其窘迫可使来归，然安插措置亦非空手可办。

予自抵任以来，昼夜筹划，捐金施米，招得十余家编入保甲，守望出入，与民一体。非不循循可观，然有司之绵力亦既竭尽无余矣。使日积月累、嗣续不绝，则后此之归诚向化，必且媲美于宜善，今录告示于后。

为特示招徕瑶排共安乐土事：照得尔排瑶，木石与居，鹿豕与友。不闻诗书之教，罔知礼义之闲。自归顺以后，编户入籍，与中土人民约束无异。官斯土者自当加意抚循，使尔等感恩怀德，相劝为善，岂可以民瑶歧视，漠不关心？但尔等居山巅，田地多置买山下，崎岖鸟道，跋涉维艰。且往返数十里，并日之劳不及一日之工。废事失时，殊为可惜。况饮食器具势必赴县买回，肩挑背负，劳瘁实难。不如迁徙山下，择于附近峒寨卜吉而居，产业便于耕管，食物便于货卖，子弟便于读书，钱粮便于完纳，岂不一劳永逸，安土乐居于尧天舜日之下，共享太平之福耶？

合行招徕为此示，仰各排瑶人等知悉，嗣后尔等各宜舍旧从新，为身家谋安逸之计，为子孙立长久之策，翻然下山，另图安宅。本县当为尔等觅一便宜处所，三三两两结庐环聚。仍免目前，三年之后始与民一例当差。其或有志上进，即许应考，从此致富发贵亦为可定。倘以从前或有不合，恐虑民人告发，本县自当做主，概不准行。尔等情愿下山居住者，各毋畏缩，即赴县报明，一面设法安插，一面缮册详报。此本县满腔济度热衷，慎毋以从常相视也。须至告示者。

李来章认识到，瑶民长期聚居高山峻岭是有害的。他认为，瑶民当中稍微富裕一点的瑶长、瑶目等，他们在深山生活无忧，无人管束，担心迁居到平地后会受到约束，没有自由。而那些贫无立锥之地的瑶民，平日靠劫掠、盗窃为生，正好凭借险要的地势拒捕，逃脱惩罚。因此，如果不想方设法让排瑶老百姓迁居平地，打破他们大规模聚族而居的习俗，就无法开创一个长治久安的局面。

李来章也知道，想要招徕瑶民移民是非常困难的。相对富裕的瑶民不愿意移民，而那些贫困的瑶民或许有部分愿意移民，但也需要一定的物质支撑才行。

尽管困难重重，李来章还是义无反顾地进行了自己的政治实践。他在各瑶排张榜告示，对瑶民动之以情，晓之以理，动员瑶民移民。他分析道："瑶族同胞常年与木石野兽为伍，没机会接受教育。况且你们深居高山，交通不便，耕田种地，购买物资，一来一去要走好几十里路，效率低下，浪费时间和精力，这是非常可惜的。要是能移居山下，不仅方便生产劳动，还便于孩子读书，买卖货物，交纳税赋。"

为了打消瑶民的顾虑，李来章还许诺："要是有愿意移民平地的，我可以帮你们寻找合适的落脚点，免除当年的税赋。三年之后还有资格和平地的老百姓一样可以当差。有上进心的，允许参加科考，说不定还可以凭此获得财富和身份地位呢。要是以往触犯过法律的，也一概不再追究，不允许平地百姓告发。"

为了落实排瑶移民事宜，李来章到任之后就开始谋划运作了。他捐出自己的部分薪俸，购置若干粮食，最终动员了十来户瑶族群众移民。虽然十来户并不多，可也是竭尽他的全力了。他还设想，假如移民工作能够坚持下去，瑶民最终一定会归化朝廷，形成"百年升平，长治久安"的局面。

从目前得到的资料来看，李来章可以说是倡导排瑶移民的第一人，开创了瑶民移民的先河。

1949年中华人民共和国成立后，国家实行"民族团结，民族平等，各民族共同繁荣进步"的民族政策。各级人民政府为了改善瑶民的生活环境，逐年拨出专款，动员居住在深山高岭的排瑶群众迁移到山下平地田峒的地方定居。先后投入数亿元的移民专项资金，进行了长达60多年有组织的瑶族移民工作。从根本上改善了瑶族同胞的生存环境，提高了他们的生产能力；转变了他们的生产方式，达到增收的良好效果；改变了瑶族群众的思想观念和生活方式，卫生文明习惯逐渐形成；提升了瑶族地区的文化教育水平；加快了瑶族地区社会经济文化的发展，有力推动特色化镇村建设。

总之，连南瑶山移民的成就是巨大的，影响是深远的。然而，当我们回眸历史的深处，李来章孤单地站在源头，身影依然那么清晰，那么可亲可敬。

寨岗圩的古今

潘渊祥

◆ 旧时圩镇店铺

寨岗圩镇位于连南的东南部，坐落于寨南河与白芒河汇合处的平阳地带，从古至今是寨岗乡镇一级地方政权驻地。明万历十年（1582年）属阳山县永化乡，1953年从阳山县划出归属连南瑶族自治县。

远在商周时就有人繁衍于寨岗，因元末明初战乱匪劫，灾害频仍，致使境内几乎没人居住。明洪武二十四年（1391年）、洪武二十五年（1392年），地处番禺、南海、顺德等地的班、蒋、梁、颜、邓、徐六姓族人后裔（俗称"五旗六姓"）奉命北上连阳地区平乱，驻守连州千户所第二百户所（今阳爱二所），是有文字记载最先入籍寨岗的居民。寨岗邑内因人口稀少未曾设立圩场。至明崇祯十三年（1640年）在今老埠始设圩场，称永安圩。清朝顺治年间，客家人开始入籍寨岗，到了道光初年（1821年），境内人口不断增加，在今新埠横街处增设了牛车圩，永安、牛车两圩以一木桥相连，永安圩为老埠，牛车圩为新埠，合称为寨岗圩。新、老两埠各有街道一条，店铺三十来间，经营药材、布匹、酒米、杂货，从事缝衣、榨油、酿酒、豆腐等。民国三十五年（1946年），因山洪暴发，水毁新、老两埠，重新在横街处修建圩亭，从此老埠的商贸活动转到新埠。

寨岗圩镇是连南东南部瑶汉人民的主要集市，也是连南的第二市场。从明崇祯十三年建圩至今，寨岗圩镇经沧桑与峥嵘，历萧条与繁荣，见证了寨岗地区在中国共产党领导下翻天覆地的变化。

我小时候跟随家人赴圩，那时尚无车桥，从老埠过新埠走的是将桥板置放在被链住的近10条排列在河中的木船上的浮桥，浮桥可随河水的涨退而升降，也许是架设的木桥经常被洪水冲毁才改建浮桥的吧。那时圩镇的街道只有横街、大街、河边街，均用鹅卵石铺设，有的石块已从地面脱出，街面坎坷不

◆ 寨岗车桥

平，走在街上若不留神就会摔跌。1958年始，鹅卵石街道逐年拓宽修整为水泥硬底。赴寨岗圩的除寨岗本地人外，还有毗邻的今大麦山镇域区村寨和三排镇域区村寨的瑶族同胞以及连县九陂、阳山黎埠的居民。圩日那天，有的把自己生产的粮油、水果、日用品、家禽挑到圩镇，在街上两旁摆卖，有的到圩场买些家里需要的东西，大街小巷熙熙攘攘，人头攒动。尤其是端午、中秋、过年的节前圩，赴圩的人群就更为拥挤，比肩接踵，人们走在街上只有倾侧着身才能通过。我曾有两次紧拉着母亲的手被行人挤开而跟不上母亲，幸好我晓得回到住在大街的姨妈家等候母亲才没失踪。"赴圩人挤人"，这是我在孩提时对寨岗圩深刻的印记。

我于1962年就读寨岗中学，那时从寨岗圩镇至石径已通了泥沙公路，寨岗河南北两岸已有木车桥连接。我常与住宿的同学结伴漫步于车桥，溜达于寨岗街。那时圩镇居民的住宅是低矮的砖瓦房，最高的只有两层，甚不雅观地立于街道两旁，街道无街灯，屋内也是昏暗昏暗的，与农村相差无几，只是多了街道、店铺而已，到了晚上9点多，整个圩镇已笼罩在寂静的夜幕里，只有一两条点着松香火把用鸬鹚捕鱼的船只在河里游动，除了一两声狗的吠叫，甚是冷落寂静，没有圩镇的生气，没有圩镇的活气。

◆ 寨岗敬老院

◆ 寨岗中心卫生院

20世纪60年代，寨岗有了公路，但交通工具欠缺，瑶汉乡人在圩日买卖东西仍得靠肩挑，走在尘土飞扬的泥沙公路上，离圩镇远的须得一早起身做饭赶路，地处边远山区的村民，还得打着火把或电筒照明上路。卖完货品或采购齐物品后，就赶忙买些米菜在圩镇居民家的"火铺"加工午餐，吃饱饭顾不上歇息，放下碗筷就得往家里赶，家庭困难的赴圩者连午饭都没得吃，回到家里天已黑了，让人累得疲惫不堪。那时虽有行车的公路，但连自行车都极少人买得起的岁月里，赴圩只能"两头黑"。

寨岗圩镇伴随着自治县前进的步伐日新月异地变化着。

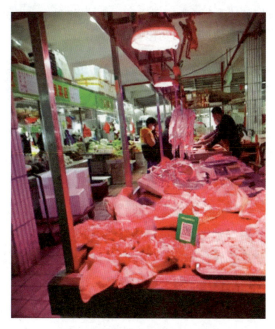

◆ 寨岗农贸市场摊档一角

据《寨岗镇志》载，20世纪50年代新增房屋面积9643平方米，60年代扩大到19035平方米。70年代房屋建筑转向钢筋混凝土结构，新增面积34235平方米。80年代后，边远山区的瑶汉农民把住宅建筑在寨岗圩镇，房屋建设转向多层化，并扩展到老埠、一河两岸，车站周围、商业街、圩岗龙街和新开发的城北，漂亮的水泥楼房鳞次栉比，建筑面积达30多万平方米，仅住宅面积就有20多万平方米，寨岗镇人民政府办公楼房建筑面积由1985年的4200多平方米增加到近18000平方米。这一串串递增的数字，是一串串瑶汉人民闪亮的勤劳汗珠，是一串串瑶汉人民在改革开放中取得的累累硕果！

寨岗圩镇的街道在原有的横街、跃进街、河边街基础上，逐年铺设了鸡谷路、河北街、老埠新街、商业街、圩岗龙街、城北一街、城北二街、市场新街、河边小新街，街道纵横交错于圩镇的东南西北，如今街道两侧还铺设了地砖人行道，商铺、旅馆、酒店一个连着一个。县属企事业管理机构均在寨岗圩镇设有分局、支行、站、办事处，中小学校、幼儿园、敬老院、医院的建筑漂亮优雅。1956年架设的木板车桥早已改建为石拱桥，1989年又在旧时浮桥处兴建了同心石拱桥，将新、老两埠相连接。省道、县道、乡村水泥公路贯通于圩镇，四通八达。寨岗圩镇成了连南东南部瑶汉聚居地的经济、文化、交通中心。

寨岗圩镇的变化，不仅是设施建设，市场贸易更是突飞猛进。20世纪50年代初的圩镇，坐商不足30户，摊档也只有200多个，50年代中期连茶叶都不得自由采购和出卖，更不要说出卖自养耕牛、生猪。1957年下半年，集市贸易竟被封闭。在那个年代，市场各类商品中，除生盐外，所有货物得凭证购买，群众排队争购主副食品是常有的现象，成了城乡一道"风景线"。1962年进入市场出售农副产品，须登记才允许进入，亦不准在途中、路边、街头买卖商品。1965年开放粮油自由市场，寨岗圩镇市场贸易逐渐活跃。

1978年党的十一届三中全会后，市场贸易在性质、结构、产品等方面发生了根本变化。农贸市场贸易由农民、居民、个体商业者扩充到国营、集体和专业户、联合体，由以往的农副产品、手工业品、土特产品扩大到日常工业品和生产资料产品，有高档商品，季节性商品，反季节新鲜瓜菜、水果，消费结构升级换代，商品流动打破地区界限，扩展到省内外。随着市场日益繁荣，1964年兴建的占地2000平方米的鸡谷坳市场已不能满足人们商品贸易的需求，1984

年在河边街增建了808平方米的
市场，1996年又在圩岗龙兴建
了一座建筑面积9000平方米的
三层砖混结构农贸市场，老埠
也恢复了繁荣，街道两旁店铺
林立，市场内摊档密集。据市
场管理部门统计，今寨岗市场
主体有2100多家，其中个体近
1800家、企业400多家。寨岗市
场贸易如日东升，欣欣向荣。

◆ 寨岗圩商业街

寨岗圩镇的圩期除1953年
为每月3期外，均为每月6圩，
从1981年始逢公历0、2、5、8
为圩日，每月圩期是以往的两倍，但每到圩日寨岗街上的瑶汉村民还是川流不
息，不同的是他们或自驾车而来，或搭出租车而来，或坐客车而来，有风驰电
掣的小轿车，有急速飞奔的摩托车，有轻捷方便的电动车，在宽敞的公路穿梭
来往，就连那旧时冷清的"圩背日"也人来人往。街上居民的"火铺"生意不
再红火，因为赴圩的人做完买卖，或办完事便可坐车回家，连最边远的山寨百
姓也能赶回家吃午饭，再不用赴圩"两头黑"。有兴趣者便三人一伙，五人一
群，结伴到酒家饭店点上几样如意菜，边吃饭边聊叙中国的改革开放，聊叙寨
岗圩的新鲜事，也别有风趣。

如今，寨岗圩镇已不是昔日圩镇，虽没有大城市的灯红酒绿，但经70年的
发展，已没有往日的寂静冷清，平日喧闹不断，圩日贸易繁忙，那此起彼伏的
叫卖声、讨价还价的议价声、挑货叫让路的吆喝声、超市店铺的说笑声、车辆
行驶的机声，交织成文明繁荣的交响乐，萦绕在寨岗圩镇的街头巷尾。到了夜
晚，吃罢晚饭的居民兴致勃勃地从家门出来，溜达于硬底的河边公路，漫步于
平整的街道，活动于宽阔的篮球场，娱乐于明亮的健身场，跳舞于乡村振兴大
舞台，闲聊于商场宾馆，既有热闹喧嚣，也有欢欣恬静，尽情地分享着改革开
放的伟大成果。

在连南瑶族自治县建县70年来临之际，目睹寨岗圩镇的古今变迁，我浮想联翩，思绪万千，欣然作诗一首以表情怀：

连南建县七十年，寨岗圩镇换新天。

昔日旧貌今不见，高楼大夏耸街边。

商贸繁荣如旭日，瑶汉生活福绵延。

营顶鸟唱歌自治，同冠舒袖舞新颜。

寨岗圩镇必然跟随着时代的列车前进在中国特色社会主义道路上，明天定会更加繁荣昌盛！

连南瑶族的移民搬迁

贾铁军

改革开放以来，随着农村经济体制改革的进一步深化和国家经济的迅速发展，大部分城乡人民的生活状况有了较大的改善。然而在20世纪八九十年代，连南境内瑶族同胞居住的9个乡镇55个管理区，一大半是石灰岩地区和高寒山区，自然灾害频发，生存条件恶劣，缺水、缺电又不近公路，不近学校和医院，这对缩小城乡差距和全县的脱贫奔康造成了巨大的制约。资金和物质的扶贫治标不治本，唯一正确的选择就是开展大规模的移民搬迁。

连南的移民搬迁工作分三个阶段进行。

第一阶段是1987—1990年：省政府先后拨给200万元专款，用于补助南岗、三排、大麦山的1820户贫困村民"就水"（靠近水源）搬迁，以解决他们的饮用水困难问题。1988年，在三排乡的山溪村，南岗乡的王东坪村、牛栏洞村进行试点。至1989年3月，第一批1000户4797人的搬迁房完工（其中砖瓦结构房381套，石、砖、钢筋混凝土结构房719套）。第二批移民820户4052人，所需经费采取"三个一点"（省、县、搬迁户各出一点）的办法，省拨给每户1000元，县拨给每户500元，以解决建筑材料费用，由搬迁户自行建造。1991年2月，第二批移民住进新房。至此，连南瑶族自治县三个石灰岩乡的就水搬迁工程基本结束。

第二阶段是1993—1998年：1993年9月14日，省人民政府办公厅发出《关于粤北石灰岩特困地区人口迁移有关问题的通知》，决定从省划定的粤北45个石灰岩乡镇组织10万人（其中清远9万人、韶关1万人）外迁。中共清远市委、市人民政府作出《关于切实做好石灰岩山区人口迁移的几点意见》，部署石灰岩地区的人口迁移问题。连南瑶族自治县按照省市的要求，采取"三就近"（选择通水、通电、通路及近医院、近学校）的安置方法，先后搬迁安置了6369户30258人。其中1993年894户4313人，1994年1156户5518人，1995年1171户5233人，1996、1997两年合共3148户15194人。几年间兴建的移民新村223个，安置石灰岩地区移民的171个（含大麦山镇港澳扶轮瑶族新村的60户312人），安置高寒山区移民的52个（含金坑镇塘冲村高岭瑶族新村），累计投入搬迁资金4937.6万元，户均投入8290元。其中省投入3601万元，广州市、清远市和本县共投入1226.6万元，社会各界捐助110万元。

第三阶段是2009—2020年：2009年，时任中共中央政治局委员、广东省委书记汪洋深入连南调研期间，作出了"加快实施移民搬迁工程、推进贫困农民脱贫致富步伐"和"离大山越远，离幸福越近"的指示。为落实汪洋的指示精神，同时响应群众的移民搬迁呼声，从根本上解决高寒山区群众生产生活困难问题，破解城乡区域发展不平衡难题，连南瑶族自治县委、县政府决定实施"两不具备"（不具备生产条件、不具备生活条件）地区移民搬迁工程。2009年10月14日，清远市人民政府办公室印发《清远市贫困山区下山移民搬迁安置试点工作意见的通知》，提出用5年（2009—2013年）时间，基本完成全市17025户78933人下山移民搬迁任务，使居住在自然环境恶劣地区的农民群众从根本上改善生产、生活和生存条件，实现"搬得出、稳得住、能致富"的目标。2010年2月10日，广东省人民政府办公厅印发《广东省不具备生产生活条件贫困村庄搬迁安置工作实施方案的通知》，决定在全省开展不具备生产生活条件的贫困村庄搬迁安置工作，以此加快全省扶贫开发进程，促进区域经济社会协调发展。连南瑶族自治县根据省市的工作部署，先后制定出台了《连南瑶族自治县高寒山区自愿移民总体实施方案》《连南瑶族自治县"两不具备"贫困村庄搬迁安置工作实施方案》，并结合实际，针对不同类型的群众分别规划实施创业型、保障型、留守型三种移民搬迁模式，通过分类建设、分类安置，确保高寒山区群众各取所需，按自己的意愿选择幸福的生活方式。至2020年，全县共建成县城及镇、村内移民新村14个，完成高寒山区等"两不具备"贫困村庄移民群众搬迁安置3891户15670人。县城高寒山区自愿移民新村被中国国际扶贫中心确定为广东省移民搬迁唯一扶贫观察点。

移民搬迁是一项非常庞杂、涉及方方面面的巨大工程，在长达20年的工作过程中，连南瑶族自治县主要抓了以下几项工作：

一、进一步统一认识，加大力度动员移民对象积极搬迁。从移民搬迁对促进全县的脱贫达标和促使贫困村民家庭经济持续发展、巩固脱贫成果的战略高度来认识搞好石灰岩地区和高寒山区移民搬迁的重大意义，把移民搬迁工作和农村群众层次的脱贫达标、计划生育工作有机结合起来，切实抓紧抓好。针对一些基层干部认为农村群众层次的扶贫任务已十分艰巨，移民搬迁可以缓一缓的畏难情绪，高寒山区一些村民守土重迁的老鸟恋巢情结，以及因经济已极端困难而懒于迁徙得过且过的思想，县、乡（镇）党委、政府都加大宣传力度，通过大会小会、广播电视、标语墙报和上门座谈等多种形式，开展"四大讲"（大讲省委、省政府关于加快石灰岩地区和高寒山区移民搬迁的指示精神；大讲移民搬迁对脱贫致富和家庭经济可持续发展的重大意义；大讲省市扶贫石灰岩地区和高寒山区贫困群众移民搬迁的最后期限，机遇难得；大讲省市县关于移民搬迁的政策措施），使广大干部群众树立信心、振作精神，全力配合做好各地的移民搬迁工作。

二、加强领导力量，切实做好移民搬迁的组织领导工作。县委、县政府的主要领导对移民搬迁工作十分关心，认真研究并组织实施，经常过问，及时解决问题。在扶贫任务十分繁重、县财力十分困难的情况下，仍筹划拨给县人口迁移办7.5万元办公经费，又抽调一名县政府办公室副主任到县人口迁移办协抓移民工作。有关乡镇的乡（镇）长、书记亦亲自挂帅抓移民领导小组工作。而县农村群众层次脱贫攻坚总指挥部也把移民工作和脱贫攻坚计划、计划生育工作、基层组织建设工作统一起来抓，做到统一领导、统一部署、统一检查、统一奖罚，使移民搬迁工作层层重视层层抓。

三、按照"三个优先"原则，落实好移民搬迁的规划任务。连南瑶族自治县石灰岩地区和高寒山区年年都有移民指标，但仍有许多贫困群众生活在自然环境十分恶劣的穷乡僻壤，需要搬迁；今年（1997年）又遇到1994年大水灾之后的又一次"7·3"洪涝灾害，造成一些地区地面下沉、山体开裂、房屋倒塌，使一些村民无家可归和有家不能归，寄居在亲友家中，给移民搬迁增添了新的困难。为了切实做好工作，使那些有家不能回的灾民和急需搬迁的群众能得到及时顺利的安置，我们在组织深入调查研究的基础上，按照先急后缓和优先安排海拔800米以上自然环境恶劣的高寒山区群众，优先安排干旱缺水、不通电的石灰岩地区的贫困户，优先安排"7·3"水灾后有家不能回和无家可归的灾民"三个优先"原则制定全县的移民搬迁规划，分配落实指标到管理区和每个移民户。落实移民对象时按先由群众申请、管理区推荐，再由乡（镇）人口迁移领导小组调查核实、上报县人口迁移办审批备案，最后上墙公布接受群众监督的步骤进行，做到该移的一户不漏，不该移的一户不给，有效地防止了徇私舞弊。

四、加强监督检查，把好移民资金使用和房屋建筑质量关。继续实施前几年连南瑶族自治县制定的优惠政策，坚持按照就水、就路、就电、就校、就耕的原则，高起点、高标准、高质量地开展移民搬迁。移民选点建设实施"四统一"，即由县统一规划、统一设计、统一标准、统一施工。不按要求和不执行县规定搬迁的，一律不予验收，并不得享受一切优惠政策和补助。为加强对搬迁整个过程的监督，确保移民资金高效使用和移民户住上舒适安全的房子，县人口迁移办重点把好"三关"：一是资金使用关。为确保移民经费专款专用，不流失，县明确规定移民资金"三不准"，即不准平均分配、直接拨款到移民户；不准挪作移民办公经费或乡（镇）、区投入其他脱贫项目；不准提供移民资金给老移民拆旧建新。如有违反者，从严查处。二是材料供应关。为保证"三大材料"质量和防止建材商贩乘机抬价，县人口迁移办积极组织，统一提供"三大材料"给移民户：①由移民办直接与砖厂签订合同，定价、定质量标准，然后按每户80栓合格红砖的份额提供给移民户；②由县政府按每吨优惠30—50元的标准提供优质水泥，每户移民拨给3吨；③钢筋每户供给500—550公斤。三是房屋验收关。按照县统一规划设计建筑好的房子，必须由县人口移民办组织技术人员认真验收才能交付使用。质量不达标准的，坚决不予验收，甚至责令重建。

五、持续探索"两不具备"贫困村庄移民搬迁经验。一是注重政策引领，探索移民搬迁经验。开创"财政+社会+帮扶单位+群众"四位一体的移民搬迁资金筹措模式，近10年来投入4.5亿元用于移民新村建设及搬迁工程，规划实施创业型、保障型、留守型3种移民搬迁模式，打造建设县内搬迁、镇内搬迁、村内就近移民搬迁3种不同类型移民新村14个。二是推进改革创新，探索移民稳定经验。在县城高寒山区自愿移民新村设立移民新村办事处和党支部，成立移民新村自我管理服务社。将政府管理与村民自治管理有机结合，实现村务管理由政府主导向村民组织主导过渡，使移民群众自觉参与、人人监督村务管理，促进移民快速稳定。三是注重能力建设，探索移民就业经验。建立移民群众"培训—就业—创业"一体化长效机制，通过免费技能培训、就业安置、引进外资办厂、公益岗位服务、产业扶持，解决移民新村900多名群众就业问题。设立500万元高寒山区移民生产发展互助基金，解决移民建房或购房后产业发展资金缺乏的突出问题。四是提供全面服务，探索移民保障经验。建立移民群众社会保障服务体系，从资金筹措、管理服务等方面为移民群众"量身定做"配套政策。安排干部与移民户实施对接帮扶，建立扶贫双到后续服务卡，为移民群众提供就业、创业、读书、看病等一条龙"保姆式"服务，持续做好移民群众全面服务保障工作。

纵观这些年的移民搬迁工作，群众普遍认为有"六个好"：一是移民新村规划好。不论是县城高寒山区自愿移民新村还是在各镇及相关村内建设的移民安置点，都能做到统一规划、统一设计，安置房在外观上体现瑶族民居特色，房屋户型设计上简洁实用。二是房屋建筑质量好。安置房集中建设，每户房屋建筑面积统一安排70—100平方米，统一用红砖建钢筋水泥房，改变了以往分散移民，建泥墙、大水砖房的状况，达到了农户、县和上级的三满意。三是生产生活安排比较好。通过就水、就耕、就交通综合考虑的移民点，移民后群众的生产生活改善较大。如南岗乡吴公田管理区深井山的瑶族群众，移民前的1992年，全村人平均收入不到300元，粮食仅125公斤；1993年县计划用3年时间将这个村236户1020人大部分搬迁到山脚，新建一个营信瑶族新村，到1995年已迁193户869人。这批新移民户有的租耕水田，有的挖煤、搞运输生意，有的外出打工等，很快就解决了温饱问题，1995年人均纯收入已超千元，人均粮食500公斤。四是移民生产方式转变和增收效果好。通过移民搬迁，加强移民群众就业创业引导、培训和服务，离乡又离土的移民群众逐渐由农民变成产业工人、服务员、个体工商户。据2014年12月不完全统计，县城高寒山区自愿移民新村482户移民群众中，900多名有劳动能力的移民群众均通过自主创业、劳务输出或就地进厂当产业工人、进服务企业当服务员等方式脱离了下田上山的农业生产，实现了市民化就业。据抽样调查显示，移民搬迁到县城后，高寒山区自愿移民新村482户移民年户均增收超过8000元。一些移民群众在政府部门的引导下，还通过申请小额信贷和高寒山区移民生产发展互助基金，发展起了高山有机食品种植、特色养殖等农业项目和第三产业。五是移民生活方式和习惯逐步转变好。县城高寒山区自愿移民新村公寓式的移民楼让移民群众从烧柴火改成了烧煤气，有偿供水、供电，象征性地收取垃圾处理、路灯电费等物业管理费的小区化管理，让移民群众改变了以往在农村垃圾随手扔、自来水放任自流等陋习，节水节电、讲卫生等意识不断增强，在思想意识、行为习惯上逐步向城镇居民转变。六是有效推动特色化镇村建设好。通过建设具有当地民族特色的移民新村，进一步推动了连南瑶族自治县城镇特色化建设和社会主义新农村建设，助推了连南民族文化旅游的发展。通过引导移民群众搬进县城，并对原居住地进行复耕复绿，改变了群众以往主要向自然索取的生活、生产方式，不仅极大地加快了连南城镇化发展步伐，也有效地保护了自然生态环境。

移民搬迁换新貌

口述：唐树坚　撰写：陈祥乐

　　内田村位于连南瑶族自治县东北部，距离县城和镇政府24公里，是三江镇管辖的一个纯林业瑶族村，村委下辖5个自然村、12个村民小组，有500户2001人，均居住在海拔600米的高山上。全村林地面积6.8万亩，公益林面积2500亩，以种杉木为主，森林覆盖率达91%。山地中的农作物有山禾、生姜、玉米、番薯、芋头等。内田村也是广东省石灰岩地区、高寒山区以及存在地质灾害隐患地区，山体滑坡和塌方现象常见，我（内田村党总支委员唐树坚）在内田村长大，印象中小时候逢遇雨季木桥被冲走、道路塌方无法通行，则需翻越几座山才能到学校。

　　2009年初，时任中共中央政治局委员、省委书记汪洋到连南视察时，嘱托连南瑶族自治县要本着群众自愿原则，积极开展移民搬迁工作，从根本上解决高寒山区地质灾害点群众生产生活困难问题。遵照汪洋书记（时任）指示，连南在2009年着手建设高寒山区自愿移民新村工作，根据调查摸底，当时连南全县居住在海拔600米以上的高寒山区贫困农民和存在地质灾害隐患村庄的贫困户共有2851户，其中内田村456户。

　　2010年，"两不具备"贫困村庄搬迁也是扶贫"双到"工作的一项重要内容，时任内田村委书记唐福原到县政府参加高寒山区移民搬迁专题会议，回来后急忙通知村"两委"干部到会议室集中，同时复印从县上拿回来的文件准备入户宣传用。会议上，村委书记通报了在县里开会的主要内容，内容包括鼓励内田村村民向县城移民和出台相关的移民优惠政策。这时候村委干部提出异议："内田村村民世代靠山吃山，靠种植林地过日子，虽然上级对搬迁有优惠政策，但也只能解决住的问题，真搬迁出去了没田没地，到县城后如何解决生活上的问题？"会后，村委干部连夜挨家挨户宣传移民搬迁政策，同时做好摸底工作。但村民们意愿不大，主要认为一是当时提出搬迁出来的农户要将承包的林地返还给集体；二是村民世代住在山里，很难习惯离开大山的生活；三是坚持靠山吃山的想法，认为搬迁去县城后生活难以为继。因此，当地村民对移民工作热情并不高。

2012年，明确了内田村有高寒移民新村搬迁安置楼指标，当时指标有限，但群众报名也不积极，部分村民特别是林农们仍然持搬迁了家里的林地就没了的思想，觉得脱离乡土到城里难以生活，因此大多不愿意搬迁。针对此现象，

◆ 内田村

县、镇党委和政府高度重视，要求镇干部特别是村干部要做好符合搬迁政策村民的思想工作，扭转"乡土情结"，加大宣传力度，将新思想、新观念带到山里，让高寒山区的村民们从被动到主动，陆续搬迁到城里来，同时上级也一直考虑如何确保给下山的山民一个"根"。

2013年5月和8月，内田村遭遇了连续两场百年一遇的暴雨自然灾害，造成乡道公路多处塌方，部分林地被毁，多处林道、主要公路Y681线被冲断，多间房屋倒塌，多个农户养殖棚被冲毁。地质灾害危及内田村100多户人家，全村损失惨重。县委、县政府立即启动救灾行动，组织救灾队伍入村救援，镇挂扶工作队连续几天在村里夜以继日协助搜救工作。当天夜晚，我家遭受灾害较为严重，灾害发生时我父亲眼看着自己辛苦建起的一栋两层半房屋倒塌，家里所有东西都来不及搬移，房屋包括自己的物资财产瞬间消失。当天晚上我女儿正好出生，面对的是无家可归的现实，所以我印象特别深刻。政府将受灾群众转移到金坑安置点，让无家可归的村民们先安置下来，并安顿好受灾村民衣食起居。受灾村民虽暂时安顿下来了，但一时接受不了自己财产被瞬间摧毁的事实，心情伤痛，迟迟不能平复。当时有些村民已经意识过来："如果听党委、政府说的话，同意搬迁到县城，就不会受到如此大的自然灾害了。"后来，考虑到本次自然灾害，高寒移民新村四期安置楼搬迁指标直接免抽签安排给了受灾群众。我和我父亲一户共10口人，因情况特殊，县委、县政府免抽签给我们安排了一套移民房。知道这个消息后，工作人员马上到我们暂住的地方，将喜讯通报给我父亲，但没想到我父亲还是不同意上级的做法："我在山里还是住得比较习惯，山里有地种树种菜，去到城里买菜的费用比买米还贵，而且在山里可以种杉树赚钱，在城里我不知靠什么养家。您感谢县委、县政府，同时提出申请，能不能补贴钱让我在原址重建，这样我就可以在山里像以前一样继续生活了。"工作人员将我父亲唐建荣的意愿向上级汇报，经上级研究，否定了原址重建的建议，原因在于原址位置为地质灾害重点防控区，重建房屋解决不了根本问题。为了我们的生活生产安全，上级要求基层党委将移民搬迁政策跟我父亲做好解释工作，并进行有效劝导。之后，工作人员找到我的亲戚，通过亲戚支持，最终我父亲唐建荣买下了移民房，我们一家人如期搬迁到县城的高寒移民新村安居。

◆ 县城移民新村

　　县城的务工机会较多，找工作并不难，以前在山里靠种植杉树为生，搬迁出来之后，一方面通过县委、县政府的有效扶持，另一方面自己的思想有了转变，逐渐融入社会。为了方便群众，内田村委在高寒山区移民新村设立办事处，后来我在村委任委员，我父亲则在县城务工，年均收入可以说比以前翻了一翻，住上新房子的同时还享受到了和县城居民同样的医疗、教育等社会福利待遇，日子过得美满。

　　未搬迁时，村里大部分的群众都有和我父亲一样的想法，认为自己只能靠山吃山，做林农卖木材，但近年的人工成本高，木材市场低迷，靠山吃山的路子已经走不通了。多数村民通过搬迁后，不仅生产方式上转型，更重要的是思想也跟着转变。村民搬迁后有在酒店、餐馆务工的，有自己开店做小本生意的，也有丈夫外出打工妇女在家边照顾孩子边赚钱的（做手工活：串珠、纺织品、刺绣），孩子也能顺利地进入县城的小学，医院、卫生站也离得近，基本设施较为完善，许多人饭后闲余还去顺德文化广场跳广场舞，物质和文化生活的基本需要都能得到较好满足，日子是越过越好了。

在党和人民政府的关怀下，内田村的村民陆续迁移下山。截至目前，内田村移民合计200多户。其中，2014年有140多户移民至高寒山区移民新村；2017年有64户移民至红星村二期安置楼和林农转型安置楼；2019年有19户移民至贫困户危房改造集中安置房。

◆ 县城瑶族移民新村

迁居纪事

刘庆辉

迁居总有梦想相随。我自青少年时代随父亲由农村迁居到县城，一路憧憬，辗转二十五载，竟也经历了四次迁居。

第一次迁居是在20世纪80年代中期。

那时我在寨岗镇的中学读高一，家在数里之外的农村，我每天都骑着自行车穿梭于农村与寨岗镇之间，风雨无阻。十多年来习惯农村朴实无华、无拘无束的生活，虽然偶尔羡慕镇里同学家的时尚家居、繁华的街道以及乡下无法寻觅的夜生活，但总觉得那是属于城里人的，与己无关，不敢白日做梦。

不想有一天，被借调在县里工作的父亲回到寨岗镇，把我和弟弟的户口由农村迁到县城，随后把我俩也带到县城的中学读书。这样，我、弟弟和父亲住在一间由办公室改装的房子里，再加一个楼梯间的阁楼，总共不过30平方米，没有厨房，没有卫生间——这就是我的新家。开始时我和弟弟很不习惯这里的生活，原来的衣食住行观念完全被颠覆，烦恼接踵而来，我和弟弟更想念数十里之遥的老家。由于户口指标的限制，母亲与哥哥还留在农村。一个完整的家被一分为二，怎不令人心事重重！

父亲工作之余四处奔波，为圆一个完整的家日夜操劳。终于在数月之后，把大哥的户口从农村迁到县城，母亲也洗脚上田。在县城，我们一家五口蜗居，父亲和母亲睡在狭小的阁楼，我们兄弟三人同睡一间房。最难堪的莫过于在自家门口的走廊做饭，那时一家人都靠父亲的工资过日子，伙食较差：菜式单调、菜色无光、菜香平庸，每餐吃什么菜邻居一览无余。幸好后来分了一间平房给我家做厨房，母亲也有了一份临时工作，才略为纾缓困境。就这样，我家在一个吃、住、洗、厕完全不同的地方，开始了从农村到城市的新生活。

第二次迁居是在我高中毕业的1987年夏。

父亲在县政府车队工作。那时车较少，县里的大多数部门都没有车，车队的作用尤为突出。县里拨款为政府车队的司机们建了一栋司机楼。父亲有幸分了一套在三楼的房，三房两厅一厨一卫，近百平方米，喜得我们一家人心里像抹了蜜糖。大哥一间房，我和弟弟共住一间房。终于告别了百般无奈的蜗居日子，有了一个像模像样的家。新居免不了要添置家具和电器，直到这时我家才结束没有电视的历史，想方设法筹款买了一台国产17英寸的彩电，家里焕然一新。

那时的公房与现在的商品房相比，除了设计落后外，其他各方面都好得多。比如现在的商品房水电只包到家门口，室内只有墙壁和窗，门都没有。那时的公屋水电全部按标准安装完毕，门窗整齐，墙壁粉刷，厨房案台、储水池、洗菜池一应俱全，甚至客厅和饭厅还铺上瓷片，搬入马上可以使用。

这一年的秋天，我进了一间国有工厂做了一名工人。领到第一个月60元的学徒工工资时，我以最快的速度为家里买了一台排气扇，自己动手在厨房安装调试完毕，看那混浊的油烟被排气扇徐徐排出室外，我心情格外畅快，无比自豪——终于也能为家分忧了。

第三次迁居是在十年之后的1997年秋。

1996年我有了小孩后，房间就显得尤为紧张，我和妻儿挤在一间10平方米的房间，妻子与嗷嗷待哺的儿子睡床上，我睡地铺，衣柜、梳妆台、书桌占去不少地方，与儿子有关的杂物又多，有时找个插足的地方都难。

也就是在1996年，我因生活奔波中断多年的文学之梦，在一个春暖花开的日子被灿烂地点燃。虽然只是爱好而已，但与之相关的书报、稿纸、信封、笔，源源不断地涌进我杂乱无章、拥挤不堪的房间，在幸福地蚕食我的生活空间。当我待在房间一隅，如饥似渴读书、苦思冥想构思时，儿子那随时都不期而至的啼哭，常令我垂头丧气，万般无奈。越是这样，我另找住所的愿望越是强烈。

正好那时还有集资建房的政策。就这样，我搭上了县政府福利分房的末班车，用早几年下海做小老板赚来的两万元，集资认购了一套房。

新房临河而居，阳光倾泻而入，有风有水光线充足，也算得上是个理想居所。我选择了其中一间房做书房，第一次拥有属于自己的书柜，开心不已。有了书房，我可以专心致志地读自己喜欢读的书，写自己喜欢写的文章，其乐无穷。长时间在书房泡浸，书气与骨气交融，人格文品日渐鲜明。

第四次迁居是在2010年11月。

儿子一天一天地长大，原来母子同寝的房间后来成了儿子的私人空间。于是，我的书房变成了主人房，可书柜、书桌、电脑台占去了半壁江山，根本没有放衣柜的地方，每次取、放衣服都要悄悄地进入儿子的私人空间，很不方便。

2007年的秋天，县城有住宅地公开拍卖，兄弟三人与父亲齐心协力，整合资源，竞得其中一块。我们卖掉旧房，耗尽积蓄，大举借债。经过三年漫长的不懈努力，克服种种困难，新楼最终得以竣工。新居来之不易，我想这得益于富民政策，得益于家族团结，得益于艰苦奋斗。

新楼临街而立，三面采光，占地约140平方米。父亲、哥哥、我、弟弟各住一层。直到这时，我才有了一间真正意义上的书房。我"量体裁衣"定做了两个书柜，把心爱的书籍整理上架。电脑、书桌、台灯一应俱全，摆开了一副施展才华、蓄势待发的态势。我曾多次在心里问自己：什么时候我的作品又能像十年前那样攻城拔寨，在许多目光所及的报刊园地迎风飘香呢？只可惜我所从事的办公室工作十分繁琐，一天到晚总有忙也忙不完的事务，一晃十年过去，几乎将一名省作协会员的"武功"废掉。我的书房每天都在盼望它的主人藏身其中，快乐读书，潜心创作。只可惜事与愿违，每次都是来也匆匆，去也匆匆。

四次迁居，由当初狭窄简陋的旧房换成现在宽敞明亮的新房，对我而言，每次都是质的飞跃，是生活质量的提升。四次迁居，我已由当初的天真少年转眼跨过不惑之年，在收获物质的同时更感慨岁月无痕。最后这次迁居，应是我人生的归宿。人应知足常乐。安居乐业——将是我今后人生的动人写照。

美丽乡村满寨岗

潘渊祥

【编者按：本文与《寨岗圩的古今》描绘了寨岗城乡巨变图，是连南巨变画卷长轴的一角，讴歌了连南建县70年的辉煌。】

寨岗向来隶属阳山县，旧时有"三坑六保"之称，"三坑"即为白芒坑、老鸭坑、稍驼坑，"六保"即民国保甲制的六个保，是瑶、壮、汉民族杂居的地域，其前身是永化乡，因在明万历六年（1578年）知县赵文正抚谕三坑瑶族的百姓入籍而得名，意为"永远与汉族居民和平共处，融合团结"。清乾隆二十一年（1756年）改"永化"为"寨冈"，"寨"指瑶族地区的排寨，"冈"指境内多为冈峦起伏的地域，迄1952年由乡改区时，"寨冈"始为"寨岗"。1953年成立连南瑶族自治区（县）时，寨岗从阳山划出归连南管辖，成为连南瑶族自治区（县）大家庭中的一员。今寨岗镇地域面积276.4平方公里，辖23个行政村、1个居委会，共有268个村民小组，分布于217个自然村中。

寨岗位于粤北同冠水的上游，群山蜿蜒，冈峦起伏，河溪交错，沟壑纵横，早在新石器时代前就有居民活动于此。因元末明初兵匪战乱及自然灾害，居民死的死，逃的逃，域内人口骤减，几乎成了无人居住的地方。自明洪武二十四年（1391年），地处番禺、顺德、南海等地的班、蒋、梁、颜、邓、徐

◆ 旧时村民住的房屋

六姓（"五旗六姓"）军人，奉命北上连阳地区平乱，驻守在连州千户所第二百户所（今阳爱二所）而先迁入寨岗，随后外省及广东各地百姓不断入籍。至1949年的几百年间，因距离中原地区较远，交通闭塞，接受外来文明慢，中原文化思想和农耕技术较难传入，加之社会黑暗，致使寨岗经济贫困，文化落后，社会发展非常缓慢，居住环境极差，百姓"半年糠菜半年粮"，生活贫寒，民不聊生。居住在山联、白水坑两村的过山瑶村民的日子更是难过，住的是树皮茅草房，走的是羊肠小路，用松香竹柴火把

◆ 旧时河溪上的木桥

照明，冬天烤火取暖御寒，野菜山果度饥荒，"食尽一山过一山"，苦不堪言。

新中国成立后，在中国共产党的英明领导下，在国家民族政策的指引下，经一代一代瑶汉人民的共同奋斗，寨岗地区的经济和社会各项事业发生了翻天覆地的变化，特别是改革开放后，寨岗人民同心同德，艰苦奋斗，励精图治，与时俱进，开拓创新，农业生产稳步发展，绿化造林成绩显著，小水电业突飞猛进，工业规模日益壮大，交通通信发展迅速，教育事业成就斐然，卫生体育不断进步，文化艺术璀璨多彩，瑶汉人民生活水平日益提高。至2000年，全境已通电、通公路、通电话、通自来水、通广播电视。21世纪初，全境通互联网，村道实现水泥硬底化，与乡道、县道、省道、国道、高速公路相连接，结束了昔日交通落后、通信闭塞的历史，城乡居民的砖瓦木结构传统民宅，已由钢筋水泥结构的楼房所替代，人居环境得到改善，旧时上三下三两座

◆ 旧时尘土飞扬的公路

◆ 境内硬底化公路

◆ 境内石拱桥

横、上五下五两座横的传统民宅，今多为各姓氏的宗祠，作为文物存于境内。

2014年，为深入贯彻党的十八大、十八届三中全会、中央一号文件和习近平总书记系列重要讲话精神，进一步推进生态文明和美丽中国建设，农业部开展了"中国最休闲乡村"和"中国美丽田园"推介活动。2015年始，寨岗镇根据省、市、县关于推进美丽乡村建设文件精神，以自然村或村民小组为单位，在连南瑶族自治县委、县政府的领导和策划下，在镇、村的大力支持下，在寨岗镇乡村振兴办公室的指导下，以"生产发展、生活宽裕、乡村文明、村庄整洁、管理民主"为目标，按照"环境优美、家家创业、处处和谐、人人幸福"的要求和"生态宜居、产业兴旺、富民兴村、治理有效、

乡村文明"的指标体系，各自然村或村民小组成立了村民理事会和领导小组，通过层层推进和引导，聚全村之心，举全村之力，在寨岗域内掀起了创美丽乡村的热潮。参与创建美丽乡村的自然村或村民小组，坚持"统筹规划、做特产业、做美环境、富裕村民"的思路，因村制宜搞创建，根据条件搞整治，抓紧机遇搞创新，突破难点促发展，美丽乡村的创建热火朝天，如火如荼。至2020年3月，寨岗镇创建美丽乡村196个，其

◆ 新农村民居

◆ 新农村

中特色村10个、示范村25个、整洁村120个、人居环境村41个，美丽乡村建设成绩斐然。前些日子，笔者在寨岗镇乡村振兴办公室获悉，经最高等级验收，至2022年3月，寨岗镇创建美丽乡村共220个，其中特色村（含省级新农村核心村）15个、示范村（含省级新农村辐射村）89个、整洁村85个、人居环境村31个，时隔仅仅两年，美丽乡村建设竟然有如此飞跃，特色村、示范村在迅速增加，美丽乡村密布于寨岗的东南西北。据统计，全镇在美丽乡村创建中，共建健身场、篮球场、娱乐场263个，文化室110多个，总建筑面积近12000平方米，公共厕所176个，村级污水处理池141个，总容量4375吨，覆盖172个自然村，镇级污水处理设施1个，覆盖寨岗圩周边11个自然村，每天出净水逾2000吨，全境实现生活污水处理暗渠化、村道硬底化、村容美化、村庄亮化、村貌绿化，美丽乡村满寨岗，城乡旧貌换新颜，现正朝着生态、形态、业态、文态的社会主义新农村的目标迈进。

如今，走进寨岗境内每个自然村（除11个空心村外），已寻觅不到旧时荒凉落后的踪迹，展现在人们眼前的是一幢幢崭新的窗明几净的水泥楼房，漂亮的小车、摩托车奔驰在硬底乡村道路上，人畜分离，家禽圈养，村子干净整洁，绿色靓丽。到了晚上，明亮的路灯照得整个村庄如同白昼，吃过晚饭的瑶汉村民、翁姬孩童走出家门，徜徉于宽阔明净的村道上，呼吸着阵阵晚风吹送来的夹带着山花香味的空气，观赏着山村"植物园"绿树翠竹的美景，活动于健身场，跳舞于娱乐场，放歌于文化室，欢声笑语于村头村尾、屋里屋外，乡村生活多姿多彩，不再是以往那样的单调枯燥，即便居住在边远高山的山联、白水坑两村的瑶族同胞，同样有着城里人的生活方式，享受着悠闲娱乐。村民年均可支配收入已不是以百元计、千元计，而是近万元，有的逾万元，人民生活水平大幅度提高，摆脱了贫穷，告别了落后，幸福指数显著提升。更可喜的是，在美丽乡村创建中，瑶汉村民聚心合力，团结协作，互相帮持、积极参与，表现出新时代农民爱国、爱党、爱家乡的博大情怀，涌现出不少可圈可点的慷慨拆旧屋、无偿让土地、热心捐钱款的先进典型。随着物质的丰富和幸福指数的提升，中华民族那种仁爱孝悌、谦和好礼、诚信知报、敦厚善良、爱国爱乡、勤俭廉正、刻苦耐劳的传统美德得到进一步弘扬，力求为国家的昌盛和家乡的繁荣多做贡献，物质文明与精神文明之花并蒂绽开在寨岗土地上，鲜艳芬芳。

　　寨岗美丽乡村的突起，是连南瑶族自治县乡村振兴的缩影，美丽乡村遍布于百里瑶山，每个美丽乡村都是一颗璀璨的明珠。20世纪60年代初电影《红日》有一首名为《谁不说俺家乡好》的插曲，把"一座座青山紧相连，一朵朵白云绕山间，一片片梯田一层层绿，一阵阵歌声随风传……绿油油的果树满山冈，望不尽的麦浪闪金光"的美丽乡村展现在人们面前，表达了军民对家乡的无比热爱，令人听后也油然勾起对生育和养育自己故乡的挚爱深情，萌发对美丽乡村的憧憬，梦幻着家乡的振兴。但是，在自治县成立70年的今天，在美丽乡村遍布于百里瑶山的今天，昨日的憧憬才成了现实，才圆了乡村振兴梦！连南人才真正体会到今日的家乡真正的好，才真正感受到《谁不说俺家乡好》歌中的真情实感，为今日连南的秀美倍感骄傲自豪。纵然你读万卷书，怎么也读不完自治县乡村的美丽与振兴，因为在中国共产党的领导下，在国家民族政策的光辉照耀下，连南瑶族自治县必然会跟随着中国历史前进的车轮，沿着民族复兴路，朝着繁荣富强的方向砥砺前行，永不停息……百里瑶山的颗颗明珠，明天定会更加璀璨斑斓，放射出万丈金光，耀眼夺目。

难忘的石阶路

潘振刚

三江镇梅村是我胞衣之地。1953年前,三江属连县管辖,叫高良上乡。乡里有个墟场,叫高良墟,是县内一个较大的集市。从梅村到墟里有一条用鹅卵石、青石板铺成的小路,宽一米多,长六七里,大家叫它石阶路。可能因为它是用石板砌成而得名。

石阶路是梅村通往外地的主要通道,原来是条泥路,坑坑洼洼,特别是雨天和农忙季节,满是泥泞积水,更不好走。民国初年,村民潘绪有出资请人铺上石料,大大改善了人们的出行条件。他当过放排工,接着经营木材生意,渐渐有了积蓄,日子过得比较殷实,便做了这件好事。此事过去上百年了,至今仍为乡人所称道,可见人心有杆秤。

我走这条路,从儿时便开始了,至今已有70多年。那时村里只有初级小学,到了三年级便要到高良墟的三江小学就读,靠的是两条腿。由于路程远,只能早出晚归,中午逗留在学校,往往要饿肚子。由于家境不济,早餐经常以稀饭、杂粮为主食。为使我不致饿坏,母亲也想了一些办法。如吃稀饭,她会用勺子捞稠一点的给我;如煮番薯、芋头,则要我带上几个到学校做午餐;间或我还在家里拿撮米到学校附近的小商店换点炒雪豆之类充饥,但"以米换豆"每月只能两三次,因为当时的米太宝贵了。下午四五点钟放学了,沿着石阶路回到家,第一要务就是揭盆揭钵寻找吃的东西,解决肚子问题。小学阶段，是跌跌绊绊走过来的，中间曾因交不起学费两度失学。新中国成立的第二年，我顺利考上了中学。当得知这个消息时，我沿着石阶路狂奔回家告诉父母亲。我是家里第一位中学生，全家人高兴得不得了。到高中毕业，在报考大学填志愿时，我想到自己是农家子弟，应该有改变农村和农业面貌的志向，便连续几个志愿都填报农业院校，后被华南农学院（今华南农业大学）录取。从家乡到广州念书，第一次出远门，毕业后走向工作岗位，都经过这条路。

走在这条路上，我想起老一辈的艰辛，一些见闻也给我不少启迪。这条路，父亲、母亲留下很多沉重的足迹。20世纪三四十年代，连山的大米比较便宜，但有段时间限制出县交易。有一次，父亲到连山太保墟买了七八十斤回来，途中被乡丁扣下运回乡公所。母亲视这几十斤米为全家的救命粮，便背上我弟弟到乡公所向姓丘的乡长陈情，诉说家里的艰难，说明所买大米是为了糊口，并非用作买卖赚钱，一位在乡公所任职的邻里也从旁相帮，说我家确实度日如年，终于得到乡长应允，给回五六十斤。母亲就是沿着这条路把米挑回来的。那时，我们家有几亩可种旱作的山场，还租种连山县虞姓公尝田两三亩。除了交租，所剩难以糊口，所以父亲学会撑排，在农闲时为木商放运木材以增加收入。放运木材要整天和急流险滩打交道，体力消耗很大，加上食用差，回来时常常带着疲惫走这条路；母亲则担柴割草到三江墟卖以补贴家用，来回也要走这条路。我上学走这条路，经常看到乡民在田地里忙碌着，不管烈日当空抑或天寒地冻，为了获得较好收成，付出了很多汗水。随着年龄的增长，每逢假日，我也要跟着父母参加田间劳作，渐渐对"谁知盘中餐，粒粒皆辛苦"有了真切的体会，深知一粥一饭来之不易，应倍加珍惜。出来工作后，沿着这条路经常上山下乡，特别是多次到农村蹲点，和群众"三同"（同吃、同住、同劳动），增加对农民兄弟所思所想的了解，在感情上与他们有了更多的共鸣。

改革开放以来，我们脚下的路发生了很大的变化。就梅村来说，村内道路已实现硬底化，村到田垌中间的机耕路铺上了水泥，变成可通汽车的农村公路，连接上323国道，直通县城。结合农田基本建设，石阶路也得到改造，但走这条路的人少了。而我回老家，依然喜欢走这条路。沿途安静、纯净，令人神清气爽；它不仅让你欣赏到田园景色，还有机会与在田间劳作、在地头小憩的乡亲聊家常、侃大山，听到不少逸闻趣事。总之，走这条路好处多多，何乐而不为呢。

廊桥寻梦

刘庆辉

廊桥寻梦是连南新"三江八景"之一。以其作篇名，还因其颇具诗情画意，令人浮想联翩、流连忘返。

"三江八景"原为鹿鸣秋高、仙楼晚眺、伏兔春荫、石泉夜渡、合望夕照、桂井残虹、花径瑶归、沿潭映月。因时过境迁，有些已日渐式微，或不复存在。2021年秋，重新评选出鹿鸣秋高、伏兔春荫、狮山叠翠、瑶博神韵、廊桥寻梦、龙腹晴澜、花径瑶归、沿潭映月为新"三江八景"。其中廊桥寻梦、狮山叠翠、瑶博神韵、龙腹晴澜为新增。

◆ 越秀廊桥

廊桥寻梦景点位于距离县城约3公里牛脚山下的三江河段上的越秀廊桥，东连省道，西接沿江西路，于2018年10月开建，2021年6月竣工。因系广州市越秀区政府支持而建，故名越秀廊桥。

白天从直通县城的南门大桥徒步而上，一河两岸的美景尽收眼底：绿树碧道，绿水蓝天。不少跑步爱好者热衷于此奔跑，呼吸清新空气，享受漂亮风景，淡忘疲倦，在不知不觉中完成了跑程。夜晚一河两岸的景色更美，两旁的树布满灯光，还将排瑶的元素或用射灯，将不同村寨的名称和图像每隔十多米投射在碧道之中，接连不断；或用艺术造型，将排瑶迁徙所经过的九州名称，还有吹响耍歌堂集结号的牛角立于碧道旁。这洒在碧道的灯光中，有孩子们爱不释手、会移动的点点星光，他们或用手捉，或用脚踩，欲想拥为己有，虽然如水中捞月般不可实现，但个个都无比开心，欢呼雀跃。

而越秀廊桥，则是一河两岸最精彩、最吸引人之处。白天望之，廊桥横跨三江河，仿如古建筑的楼宇，现代与古典融合，颇为壮观。夜晚观之，廊桥如水面上的城楼，彩带式灯饰将廊桥轮廓展现，美轮美奂，颇有层次感。

到一河两岸散步的人，其实大部分的目的地就是廊桥。廊桥桥面中间为车辆通行道，两旁为宽敞的廊桥。廊桥上部工程采用钢架结构建造。廊桥梁段全长96米，每端有5米宽，最宽处达8米，足以让人"自由飞翔"。柱采用瑶族长鼓形状，红黄相间，共有96根，一排排整齐划一。廊桥靠河的两旁设置有12个大鼓，三对瑶族同胞卡通——一对是年迈的爷爷和奶奶，一对是年轻的阿贵哥和莎腰妹，一对是纯真的瑶族儿童，引来不少人拍照。假若天公不作美，突遇狂风暴雨，风雨廊桥则成为匆匆过客和四周露天作业或休闲的群众遮风挡雨的最佳之处。

据说越秀廊桥参照广西侗族风雨桥样式建造。我曾到过广西侗族三江风雨桥，廊桥全部为悬山顶，有多层重檐，高低错落。亭塔顶端的葫芦串、廊脊上的双龙抢宝等装饰物，均为透明的玻璃钢制作，内装灯光，晚上通体明亮。整座桥飞檐斗拱，悬柱翘梁，叠彩集翠，汇侗族大建筑之精华，规模之宏伟，技艺之精巧，堪称当今廊桥之最。越秀廊桥吸其精华，删繁就简，融入瑶族的盘王印、长鼓、马头纹等特色元素，集桥、廊、亭于一身，别有韵味。傍晚时分，廊桥华灯初放，流光溢彩，显得格外耀眼。巧合的是，它们都有一个名字叫"三江"，广西那个是县名，连南这个既是镇名又是河名。

廊桥甫建成，便吸引大批市民、游客前来观赏，先睹为快，络绎不绝，节假日时更是热闹非凡。每逢周五、周六及法定节日的晚8时，廊桥进行灯光和音响秀表演。那是专业级的音响，分别由4组音响（每组8个音箱）分立距离廊桥二三十米的两岸。歌声催人奋进，既有经典的革命歌曲，也有本地的瑶族歌曲。那绚丽多姿的灯光，伴随音乐的节奏，时而照在波平如镜的河面上，时而照在风姿婆娑的大树上，时而照在星光闪烁的夜空上，时而照在行人如织的碧道上，灯光如梦如幻，人群如痴如醉。市民在"家门口"就能免费欣赏到专业的音响和灯光表演，甚感快乐和自豪。廊桥上游右侧几十米处，有一辆古色的水车，永不知倦地缓缓转动，仿佛在为一方百姓转来风调雨顺、五谷丰登。

春天时，树绿花香。人们来到廊桥，听小桥流水，许上新春祝福，期待梦想成真。小孩子在来回奔跑，大人们忙于拍照，不亦乐乎。夏夜时，廊桥是乘凉最佳之处。廊桥四周不是河流就是田野、山坡，有吹不尽的、清凉的河风，每晚都有三五成群的人从县城散步至此，享受习习河风，天南地北聊个不停。秋天时，风和日丽，气温宜人，廊桥成为全天候最受欢迎的打卡点。从早到晚，人群川流不息，或欣赏廊桥的构造，或放眼四周的美景，无限感慨。冬天时，人们来到廊桥，或击鼓欢呼，或载歌载舞，热气腾腾。

人们在廊桥散步、做操、击鼓、聊天、拍照，国泰民安，岁月如此美好，生活如此多姿，谁不期望健康长寿？不少市民已经在不知不觉中深深爱上廊桥，每天都要到廊桥走一走，看一看，听一听，了却一天的心愿。

20世纪80年代中期，我随父亲从80里外的农村迁居县城。那时整个小县城能通机动车的只有一座三江桥，还有就是现在越秀廊桥下游百米之外、当时主要用于人畜通行的牛脚桥。我当时在连南民族中学上高中，有段时间跑步，从家里顺着朝阳街跑至三江桥，过桥后再沿着公路跑到牛脚桥。那时根本没有公路和跑道之分，三江河只有一条既是河堤又是道路的沙面公路，如遇车辆驶过，免不了会受到灰尘"关照"。如今，县城通机动车的桥就有5座。桥的功能也在拓展，不但便于通行，还集休闲、观光诸多功能于一体。越秀廊桥便是其中杰出代表。

廊桥寻梦，不禁令人联想起20世纪90年代中期的美国经典爱情电影《廊桥遗梦》，影片讲述了家庭主妇弗朗西斯卡在家人外出的4天里遇到摄影师罗伯特·金凯，在经历了短暂的浪漫缠绵后，弗朗西斯卡因不愿舍弃家庭而与罗伯特·金凯痛苦地分手，但对金凯的爱恋却萦绕了弗朗西斯卡的后半生。而这个凄美的爱情故事起因就发生在罗斯曼桥这个小小廊桥。也许，廊桥总会给人带来别样的感觉。

廊桥寻梦，红男绿女仰望天空，回首往事，或有徐志摩《再别康桥》"挥一挥衣袖，不带走一片云彩"的洒脱与爱恋；或有苏东坡《水调歌头》"人有悲欢离合，月有阴晴圆缺"的浪漫与悲情；或有李白《将进酒》"天生我材必有用，千金散尽还复来"的豪迈与激情。男女老少漫步廊桥，或许在廊桥追梦，慨叹时光飞逝，没有抓住稍纵即逝的爱情机遇；或许在廊桥寻梦，寻找人生成功的钥匙，让明天的故事更完美；或许在廊桥放下牵挂，轻装前行；而更多的人，或许梦想早已在廊桥启航……

我伫立廊桥，眺望三江河。人过半百，半生浮沉。也曾有过诸多梦想，比如文学梦，凭着青年时代的执着和寒窗苦读，竟也小有收获，但与梦想仍有很大差距；也曾因种种缘故，致使梦想时隐时现、飘忽不定。那么，应该顺流而下还是逆流而上？或许，廊桥璀璨的灯光、激扬的歌声已经道出答案。

廊桥寻梦，不愧为连南新"三江八景"之一！

◆ 廊桥夜景

横坑九龙寨

房春桥

艾青在《我爱这土地》中写道：

假如我是一只鸟，
我也应该用嘶哑的喉咙歌唱，
……
为什么我的眼里常含泪水？
因为我对这土地爱得深沉。

这首诗给了我炽热，给了我真诚，给了我力量，给了我勇气，我试着用我那稚嫩的笔写出歌唱家乡、歌唱祖国的文字。

响亮的名字

横坑河缓缓地向东流去，河的两岸有千亩农田，农田四面青山环抱，往西南望去，最高大的那座山叫欺坑山，它的一条余脉自西向东延伸，长六七百米，高近百米，这条余脉像一条龙，豁然开朗间，欲腾空而起。"龙"的脊背上，楼房林立，错落有致，绿树环合，郁郁葱葱，在柔美的春光中，呈现出一派勃勃生机。这就是我可爱的家乡——九龙寨。

九龙寨是粤北山区连南瑶族自治县三排镇横坑村的一个自然村，距县城约26公里。村里只有房、李两个姓氏，人口不多，约有800人。

九龙寨老排是我心中的另一个世外桃源。它在现住址4公里外的山上，村子就建在横坑河源头附近一个稍微平坦的地方，四周竹木层

◆ 九龙寨旧民居

叠，密密匝匝，南风轻轻吹过，林海翻滚着阵阵波浪，整个村子似乎成了碧波中的小岛。旭日东升，夕阳西下，炊烟袅袅，明月相照，和风细雨，往来种作，春华秋实，夏日冬雪……山村寂静，日子悠闲，年年月月皆入画，周而复始也动情。

◆ 九龙寨

到底是什么时候有了九龙寨，已经无据可查了。据说是明清时期先祖为了躲避战乱而自湖南等地迁来连南的大坪、涡水，再从大坪、涡水迁到九龙寨。在党和政府的关怀下，1956年九龙寨第一次大搬迁，大部分人家移民到高浪坪，第二次移民是在1992年，老排剩下农户全部移民到黄泥墩。渐渐地，九龙寨老排只留下简陋的石门和一些残垣断壁，还有村口那棵五六人才能合抱的锥子栗树，当然，它也深深地留在我的记忆里。

2016年，我协助三排镇政府整理《广东省自然村落历史人文普查表》资料，得知九龙寨被列为一个独立的自然村落填报，"九龙寨"这个响亮的名字，又像一只凤凰，在时代的朝阳下浴火重生。现在只要打开高德地图，打开"横坑"村，就能看到"九龙寨"三个字。

弄潮儿

春雷轰鸣，珠江潮涌。寂静的山村在改革开放春风的吹拂下醒来。

1987年，省城很多单位和企业到瑶山招工。四叔已是两个孩子的父亲了，他不顾爷爷奶奶和婶婶的反对，跟着村里的九叔、八哥他们一起报了名，三人居然同时被招录了，工作单位是广州市白云区环卫局。临行前，几个姑妈也回来了，加入了给四叔上"政治课"的队伍，劝四叔打消去广州的念头。记得当时爷爷和四婶都十分生气，他们不明白四叔为什么要离开家乡、丢下家人到城市打工？四叔反反复复地解释说："我们祖祖辈辈在耕种，八九口人，靠着这两三亩水田旱地，什么时候有过温饱生活？现在是个好机会，相信可以改善生活。"

四叔说的都是实话。九龙寨地处石灰岩山区，林木极少，水田和山地也少，刚包产到户时，整个横坑村没有哪个生产队能分到人均四分水田的，分到的旱地，与水田面积相差不了多少。如果遇到个风调雨顺的好年头，还勉强可以有粥喝，要是老天爷不眷顾而来个涝旱灾难什么的，那只有忍饥挨饿的份了。

四叔势单力薄，最终无法说服众亲，只好独自奔出家门，他没有来得及拭去委屈的泪水，身后就传来爷爷的一句狠话："你离开了这个家，永远别回来！"

　　一个月后，四叔往家里寄回30元钱，可别小看这点钱，在当时可以大大改善一家人的生活。从那以后，四叔定期给家里寄钱，寄的钱逐月逐年多起来，四婶不再生四叔的气，爷爷也早已不生四叔的气了，四叔寄回的钱足够保证他每天有酒有肉享用。到了1992年，四叔建起了村里第一栋水泥房。到现在，四叔已是有三栋水泥房的"地主"了。

　　村里人把第一批到大城市打工的人比作敢到海里游泳的"弄潮儿"。在四叔他们的带动下，村里的年轻人都跑到大城市打工，起先是广州，后来扩散到佛山、东莞、深圳、珠海、惠州等地。现在，整个珠三角地区几乎都有我们村的打工者，他们绝大多数也和四叔一样，用自己的辛勤劳动改善了家庭生活。20世纪90年代，村里的一栋栋水泥房，几乎都是这些"弄潮儿"建起的温馨之家。

◆ 九龙寨新貌

不去城里打工的村民也不会闲着。以前,在农闲时间,村里人给邻镇稍微富裕的人打工,得到一些工钱,来贴补家用。比如,给部分农户收割或插秧,给林区林户砍树搬树等等,我们称之为"副业"。

副业当作主业是我们村的一大特色。守着自家这点儿田地,主业实在是无法养活一家人,因此,劳动力都外出做副业,家里只留下老人和小孩。做的副业也不再是给人收割插秧这类临时工作了,他们到韶关、湖南、广西等地砍柴、砍竹子,这类副业周期长,赚钱快。一片山林,干它个一年半载没问题,如果遇到好天气常出工,有力气的人半年赚个两三万元那是轻松事儿。我们村的三贵夫妇,两人外出做副业砍竹子,砍了两年竹子,他们把旧房子拆掉,建了一层水泥房,又砍了两年竹子,再加建了一层,又过了两年,他家第三层楼就建好了。他们并不满足,再外出做副业三年后,房子装修一新。村里像三贵这样的人很多,靠副业建起两三层楼房的不少。好几年前,省市领导来视察,说九龙寨的房子又高又靓,是瑶寨自主建设新农村的榜样。

黑色记忆

瑶山过去的生活十分艰苦,数十年过去了,时光抹不掉那份烙印在心里的黑色记忆。

瑶族服饰的颜色是由生活条件决定的。过去,瑶山缺水,不适于常洗衣物,耕田种地、取暖烧火,都非常容易弄脏衣服,因此,排瑶的服装几乎是黑色的,不显脏。妇女服饰中,白边的袖口和蓝色的衣边以及绣花的领顶,虽是点缀,却让衣服显得更暗。

低矮的土房里所见到的几乎也是黑色的。房顶上盖着的茅草或树皮是浅浅的黑色,木门没有用油漆油过,也渐渐变暗变黑。

瑶家的房子一般是三间房,中间是厅房,两边为居室,厅房与居室都连通着。

一间居室面积仅有二十来平方米,很小。居室也有房门,打开门后,只见居室的中间架起一个三脚架,上面放着一个大铁锅,红红的火苗烧得锅底黑色的烟灰点点发亮,像满天的星星忽闪忽闪的。锅里已冒出青烟,这时,妈妈往锅里丢下一小块猪油（过去，瑶家人穷买不起植物食油，买回一斤猪油也切成20小块甚至是30小块，放在小罐里，撒上盐备用，每次煮菜时，就取一块煎油，这样，一斤猪油往往可以用上十天半月的），刚刚用锅铲压着猪油在锅里划上几圈，弟弟急急地说："行了行了，快点加水！"妹妹舀上一小勺水，锅里起了一层气泡，我往锅里撒一小撮盐，妈妈把青菜倒到锅里，盖上锅盖……

火塘靠门的地方是饭厅，开始吃饭了，弟弟妹妹老早就用碗盛好了粥，拿好筷子等着了，一大盆煮得变黄的青菜刚摆放到旧得发黑的饭桌上，因为菜里实在是没有什么油水，他们抢着翻找那一小片煎得焦黑的猪油渣。这次是妹妹抢到了，弟弟只好求情分他一点点，妹妹照分了，他们就着这一小片猪油渣和几根青菜，很快就喝完了一碗粥。当时是没有饭吃的，几乎天天喝粥，天天吃番薯、芋头。

火塘后面有一堵差不多一米高的墙，墙上用木板隔着，里间就是卧室。卧室并不宽，两米左右，铺上一张稍大的床，全家四五口就挤在这床上了。床边只剩下一条窄窄的过道，过道那一头，摆上一口米缸，有的还放一个小箱子，里面放着值钱的小家什，其实也没有什么贵重物品，只是一些零钱、银首饰或者羽毛之类的东西，而我的父亲把笔记本也收纳进小箱子里。

卧室进门这一头，一把木梯连接楼上。楼上是不住人的，太矮，太烟，人受不了。主要是放置番薯、芋头、大薯等食物，也放大米缸装玉米之类的食物，点火把用的碎竹一般也放在楼上，干燥，好用。

居室这个狭窄的空间里，常年烧火做饭，烟熏黑了横梁，熏黑了木板，熏黑了墙壁，也熏黑了用作种子的玉米和芋头，连挂在墙上的小算盘也被熏得黑黑的。黑墙壁也有些用处，可以用白色粉笔记数，譬如有人坐月子，墙上记下"某某大伯（或叔叔）猪肉一斤""某某阿婆油豆腐一挂"（当时油豆腐用稻草串起来）"某某阿公米粉一斤"等等，当时亲戚都穷，几乎没有人送来鸡的，送鸡蛋的倒是很多。黑墙白字，记下了艰难岁月的一份份亲情。

清明之后，要种大薯、芋头了，这个时候小孩子特别高兴，因为终于有大薯心吃了。大薯已经长出一些小嫩芽，红红的，尖尖的，很好看，我们看着妈妈用刀把一个个大薯切开，带嫩芽的表皮只留一小块薯肉，就可以拿去种了，里面一大块薯心却留给我们吃，吃大薯心那种粉粉甜甜的感觉至今还记得。芋头也一样，一个芋头切断两截，有芽那一头做种。被切开的种块有伤口，怎么办？妈妈扫下一些烟灰，洒在切开的芋头、大薯里，伤口流出的黏液粘上黑黑的烟灰，妈妈说，既可以消毒又可以做肥料，成活率非常高。

在这样的黑房子里举办婚宴，尽管热闹，但还是有点苦涩。

送亲的人不多，来了三五十人，加上主家一些上辈分的族人和亲戚，就是十几八围台而已，可这样也苦煞了主家。过去瑶山太穷，结婚只杀了两头猪，没有鸡鸭鱼其他肉了。猪肉仅有三四百斤，除去下水，剥了骨头，又带几十斤到女方家里，所剩不多。送亲的人要在男方家里吃两餐，猪肉要管够，对主家来说是一个严峻的考验。很多时候，上了三四轮猪肉后，就用豆腐代替，引发送亲的人起歌委婉地表示不满意……

终于到"喝酒"（与"送嫁"相对，指来喝喜酒的族人和亲戚）的人开席，只见盘子上面铺着薄薄的一层猪肉，下面是煮软了的老玉米，金黄色蛮好看的，只是离愿望太远。有时还上两碗豆腐，小孩可高兴了，就着豆腐和玉米汤水快速地吃饱饭，而大人则慢慢地嚼着玉米喝着米酒，拿出好心情来冲淡这份苦涩。

——现在可不一样了。瑶家婚宴三天三夜热热闹闹的，宴席菜式多样，几乎和酒店没有什么差别。招待"送嫁"和"喝酒"的人一样待遇了，时而鞭炮声声，时而酒歌绕梁，伴随着欢声笑语，觥筹交错，喜气洋洋！

我那黑色记忆的水墨画里，还有一片浓浓的墨迹。

记得那是一天早晨，我们姐弟几人吃着早饭。那一年的春天迟迟没有来，已经进入农历二月了，天还是那样冷。那一天早上，天色昏暗得辨不清白天还是黑夜，村里的一个奶奶把我抱在怀里，抚摸着我的头，却早已泣不成声了："可怜的孩子……"我知道，父亲永远地离开我们了。母亲始终没有改嫁，她用柔弱的身躯支撑起这个不完整的家，她的守望，像千年瑶寨对青砖黑瓦般的守望，我们在母亲坚忍的守望里慢慢长大。没有父亲的日子，生活实在是艰难。幸好那时已包产到户，苦日子不算太久，日子慢慢好起来。

百里瑶山已是满眼春色，那些低矮的黑色房子已经不复存在，一幢幢水泥房把新农村装扮得富有朝气。然而这些黑色记忆却是如此深刻，它们珍藏在我的心灵深处，时刻提醒我珍惜当下多彩的生活。

瑶山赞歌

一个普普通通的村落，一种实实在在的变化。

多年前，省里派来一个扶贫工作组，进驻横坑村一年，但村里的面貌改变不大。临走时，一个领导说了这样一句话："横坑脱贫，三排就脱贫；三排脱贫，连南就脱贫；连南脱贫，广东就脱贫。"

这位扶贫干部的话，应该说是相当精准。在广东，三个少数民族自治县，连南最穷；在连南，唯有三排镇是石灰岩山区，到处是石头山，地无一丈平，石头山里几乎没有河流，严重缺水，极不适合种植农作物。二十多年前，《南方日报》曾经报道说三排这片石灰岩山区"没有具备人类生存的基本条件"。

除了恶劣的自然环境，横坑村的贫穷还有一个重要因素，那就是人口剧增。20世纪90年代，青壮年外出谋生，在城市打工还好，有单位管理。如果是在山林砍竹砍柴，就近似于"隐居"深林了，计划生育工作特别难做。一对夫妻生三四个孩子，甚至五六个，劳力少，养活这么多孩子十分困难，怎能不贫穷呢？

九龙寨被推到时代的风口浪尖上，它肩负历史重任。九龙寨是横坑村的一个具有代表性的村寨，也是连南瑶寨的典型，却创造了历史的奇迹。我们惊喜地看到，经过二十年的宣传教育活动，生育观念的转变，彻底改变了农村的面貌。扶贫攻坚战打响之后，九龙寨终于脱贫了。

我曾填过一首词《沁园春·百里瑶山》，我生在瑶山长在瑶山，这首词饱含我对这片故土的热爱，祝福我的家乡，祝福我的祖国——

粤北明珠，生态连南，多彩瑶山。
游千年瑶寨，神奇画卷；
万山朝王，壮丽诗篇。
瑶山八排，县城三江，民族风情舞翩跹。
千人鼓，千年瑶寨醒，活力依然。

清连飞架山间，连南新一轮大变迁。
瑶族博物馆，长风尽展；
瑶族新村，笑对朝阳。
喜迎宾客，长鼓歌堂，瑶山篝火照三江。
到明天，赞百里瑶山，诗词万千。

宁静的小横龙瑶寨

房丽珍

来连南，你游览了南岗千年瑶寨，欣赏了万山朝王，但你很可能没有去过这个地方——小横龙。

小横龙没有南岗千年瑶寨的悠久历史，没有万山朝山的雄伟秀丽。它也许并不出名，却格外清净。

有人说，这是新农村，被誉为美丽乡村。

建筑风格上，虽然是钢筋水泥构筑，但在外墙保留了八排瑶的民族文化元素。

乡村的路边巍然屹立着瞭望亭，我猜是仿古时瑶寨的炮楼，有着浓郁的民族气息。

小横龙的房子，依山而建，一排排整齐划一；这里的主街小巷，纵横有序；这里的八角亭，简约而有民族特色，现代而不失古朴。

这里的人们，依旧养鸡、鸭、狗，种一些稻菽、蔬菜、瓜果，处处体现人与自然的和谐。秋天的小横龙像是被格外宠幸的小家碧玉，田地间便开始呈现黄、绿、红的渐变色调。树叶逐渐变黄，偶尔一阵微风吹过，落在肩膀上，落在眼前，那样令人向往。

这里有不被打扰的慢生活。无论周边如何发展，这个乡村迈着自己的步伐，不论是旧时光，还是今日此时，并不冲突。

◆ 小横龙村

县城逐渐变得喧嚣之时，小横龙却享受着这个新时代少有的安宁和寂静。这里是一个你来过便自然怀念的地方。

乡村很小，屋前屋后却是满满的生活气息，甚至那在门前晒太阳的小狗，你都会被它认可是这个村的主人。

这里有时光的味道，甚至空气都带着静谧，是一个真正能让你慢下来的地方。走进小横龙，新修的水泥路，两边是特色建筑，连小学也被改造成了统一的色彩和元素。

天气好的时候，明媚的阳光洒在门前，闲下来的瑶家妇女拿起针线悠闲地绣了起来，充满了瑶家人的生活气息。在瑶家，民间流行着这么一种说法"不会绣花的姑娘找不到婆家"。如今，连南"瑶族刺绣"被列入省级非物质文化遗产，有些学校也办起了课外瑶族刺绣兴趣班。

走在田间小路上，泥土气息扑面而来，远处青山隐隐、近处炊烟袅袅，鸡犬之声相闻，耕作之民相亲，那确实是一种惬意，山水花草树木无不给人留下一种清爽、闲适之感。

田里的稻谷黄了，主人们看着便乐呵呵，满心欢喜地带着现代化工具来收割。老人和小孩在一旁帮忙，小狗欢快地在田间追耍。在这里，寻一户人家，泡上一壶茶，也像当地人一样，看着小孩在一旁玩耍，坐在阳光下，闲谈话家常，过几天悠闲生活。相比同样的南岗千年瑶寨，小横龙可谓名不见经传，可它的静谧是其他瑶寨无法比拟的。

像小横龙这样的美丽乡村，只可惜向往的人多，真正去过的很少。正是这样的小乡村，一旦遇见，便是戒不掉的一再思念。

小横龙，乡村里的柔软时光，听过的人向往，去过的人怀念。

路的变化

刘庆辉

　　我参加工作之前的很长一段时间，父亲是一名职业司机；我参加工作之后的很长一段时间，自己也是一名职业司机——因为这个，我坐在车上看那道路的变化可能要比普通同龄人感受较深。别的公路不说，就说说清远建市以来，包括连南瑶族自治县在内的北部山区县连接清远市道路的巨大变化。

　　20世纪80年代末，清远建市之初、107国道清远段未通车之前，我在连南县城乘车到清远市区，全程基本上是那种泥土沙子路面公路，路面狭窄，穿山越岭。途经英德的西牛镇时，车辆还要依次排队渡船过江呢。在山上会车时，两车简直是擦肩而过，险象环生，有些路段甚至要停车让行。超车更难，跟在低速车后面，你按喇叭，可能前车轰鸣着听不见，或许即使听见也因路窄难以让后车超越。于是，一路灰尘滚滚，公路两旁的草木、房屋都披上厚厚一层的尘土。那时的车极少有空调，即使把车窗关上也密封不好，车内一样还有灰尘飘浮。总之，一趟车下来，头发像霜打一样，让你宁愿不吃饭也要先洗头才行。这还不算什么，当车辆行驶在连续转弯的"排骨"路面时，那才叫难受——车辆连续转弯，乘客很容易晕车；车辆行驶在"排骨"路面，颠簸得你翻肠倒胃，这样一折腾，不把你的黄胆汁呕吐出来才怪。回想当初连南至清远往返一趟，真的是去也怕，回也怕，十分难熬。

　　不久，107国道清远段全线通车，为二级公路，连南至清远的路程一下缩短在200公里内，正常行驶3个多小时就可到达清远。该路当时为沥青路面，表面平整无接缝，行车振动小，噪声低，驾车飞奔，舒服极了。如果不是雨天，出差回来车子不用洗也干干净净。不曾料想，我们本地区的司机驾车还未过足瘾，全国各地不少南下车辆车轮滚滚驶上107国道，由此进入广东，致使该路车辆成倍激增，车流量居高不下，天天基本保持在上万辆次，像城市的主街道一样繁忙，大大超出设计标准的最高通行能力。不能否认，该路为沿线的地方经济建设发挥了重要作用。但是，恶果也接踵而来，表现比较突出的如交通事故频发：有些路段经常发生群死群伤的交通事故，被南下司机称为"死亡路段"；路面严重损毁：因车流量过大及超重超载严重致使该路寿命大大缩短；大塞车接连不断：经常被塞得天昏地暗，被司机们称为"哪天不塞车就不正常"。我也被塞过千百回，有一次塞得最冤枉，我由清远返连南，天未黑我驾驶的车子就驶入阳山与连南接壤地界，胜利在望。但因为前面发生交通事故，车辆动弹不得，短短的几公里路无法逾越，竟被塞了个通宵达旦。

我那几年经常开着一辆桑塔纳小车出差到清远，有时一个星期有两三次。其实真正办业务并不用很多时间，但花在路上的时间却令人生畏。因怕塞车耽误办事，总是提前一天出发，也就是说，200公里的路程，我要做好跑足一天的准备。当时每人的车上都放有食物，防备塞车挨饿。为了避开塞车路段，我在连南出发，经历过绕行连州，至阳山的岭背进入阳山县城，最后经英德绕道飞来峡再到清远，足足比原来多跑了一半路程；也经历过绕行连山，至怀集、广宁再到清远，油料都不知消耗多少，真的是费时费力。

为解决路面损毁问题，通车才几年的107国道实行交通管制，半封闭式大修，把全线换成了水泥混凝土路面。但即使这样，该路的突出问题依然没有得到根本解决。后来，清远市又在保持原有的107国道基础上，动工兴建了清连一级公路……

历经建设大军3年奋战，清连一级公路于1997年11月18日全线建成正式通车，双向四车道，中间设分隔带，名副其实的高等级公路。其中杜步大桥还是当时中国最高的墩柱式公路高架桥，也是亚洲最高公路旱桥。这是改善清远投资环境，促进山区脱贫致富的一条"黄金大通道"。连南至清远的路程一下又缩短了近30公里，小车单程两个小时绰绰有余。对于我们连南人来说，出差到清远办事再也不怕塞车，也可以朝出暮归，节省时间和费用了。怎知好景不长，清连一级公路通车不到3年，又重蹈原107国道的覆辙，路面破损严重、交通事故频发。路通财通。清连一级公路和107国道面目全非的路面，致使欲来经商投资、旅游观光的人望而却步，直接制约了连阳地区经济发展。有一次，一位客商乘坐高级轿车欲到连南考察投资环境，结果在半路就被残破不堪的路面"报销"了两条轮胎，客商心有余悸，立即取消行程。

一晃又几年过去，为了解决连阳地区交通瓶颈问题，清远市通过种种努力，又对清连一级公路进行高速化改造，引进深圳高速公路股份有限公司斥资百亿元兴建。经过一万多名建设者两年多的艰苦鏖战，清连高速路于2008年12月26日顺利实现主线路面完工，全线建成通车，沿线的县也进入发展的快车道。次年上半年，连南的民族文化旅游即出现近几年来首次高速增长，接待游客同比大幅增长3倍多。

后来，原107国道被易名为某省道，路面修整如初，免费通行，连阳地区到清远多了一条路的选择。但即使这样，每逢节假日车流过大，塞车现象愈演愈烈，清远拥堵指数一度成为全国第一。不是吗，广州至清远的高速公路为双向八车道，而清远北上至连阳各县乃至出省的清连高速只有四车道，这样怎能不堵塞？

2018年，广州至连州再新建一条双向六车道的广连高速公路，全长200多公里。通车后，大幅改善了清远北部地区特别是民族地区交通出行问题，加快清远融入珠三角一小时经济生活圈。

路面平坦、路标清晰、功能齐全、安全快捷的高速公路网遍布全国大地，也遍布粤北山区。公路的变化，见证了经济社会的进步，不断改善着人们的生活水平！

更令人欣喜的是，规划中的广清永高铁，起于湖南永州站，终于广东广州北站，借助国家八纵之一的大动脉呼南高铁，全长近400公里，为京广第二通道，连州连南连山"三连地区"将在连南设有一个站场。广清永高铁建成通车后，届时连南至清远往返，既有高铁的选择，也有两条高速公路、一条普通公路的选择，我想应可彻底解决交通堵塞问题。

家乡之变

潘振刚

三江镇城西梅村是我胞衣之地。梅村称谓，有说当时村民集居点像朵盛开的梅花，有说这里原来盛产杨梅，均难以考证。它依山傍水，景色靓丽。村的东面一马平川，阡陌纵横，沃野千亩，称梅村垌，是三江的主要水稻产区；村南的"三江口"因连山河、涡水河、沿陂河在此交汇而得名；隔河相望是沿陂村；稍远的西北面群山耸立，森林密布，是瑶族聚居区。按居住位置，梅村分上寨、墩子、下寨3个聚居区，有潘、萧、黄、莫、区、吴等姓氏，潘族人（含眷属）占九成多，但各姓村民相处得很融洽，好似"一公之孙"。据说，到梅村最早的是黄姓，潘姓则有先有后，墩子这一支从麟昌公算起，至今9代，200多年了。

百年一晃，沧海桑田。20世纪二三十年代，梅村的山塘、岭排一带还是荒野之地，林木茂盛。老一辈至今仍念叨着梅村有个"马鹿兜"地名，意说这个地方常有野鹿、野马出没。那时村民生活普遍贫困，住的是泥砖屋，食不果腹不在少数。外地人对梅村人艰辛情状有不少戏谑之言，如"至嘱至嘱，有女唔嫁梅村潘屋，朝食芋头夜食粥，三更出门寻食，半夜摸黑转屋，粪箕挑担百三，换上米箩百六……"按说，梅村有万税圳、木林圳灌溉之利，苦旱年很少，村民的日子会好过些，但能勉强过上小康生活的仅一两户。那时，村中有青龙庙、五娘庙、佛祖庙，到了节日（特别是春节）家家都去拜祭，而且每隔几年还要"打醮"，请道士在青龙庙设坛念经做法事，少则一天一夜，多则几天几夜，祈求神佛保佑风调雨顺、五谷丰登。但这样的日子姗姗来迟，根源是那时没有实行"耕者有其田"，社会制度不合理。

历史毕竟是向前发展的。一代又一代梅村人披荆斩棘，开山劈岭，逐渐改变荒原的面貌。新中国成立后，经过土地改革，大大激发村民生产积极性，党和政府带领群众大搞农田水利建设。1957年建成鹿鸣关水利，惠及三江及连县附城万亩耕地，梅村有大片旱地改成水田；1977年，县政府举全县之力，完成三江改河工程；21世纪初，在原有基础上进行标准化建设。这些工程的建成和农田水利设施的逐步完善，使梅村垌旱涝无患。同时，群众性的科学种田、推广良种深入开展，单位面积产量大幅度提高，20世纪70年代末，水稻年亩产便已超"双纲"。1988年，下村的潘岐湖种的4.1亩晚稻平均亩产700.96公斤，为清远市最高亩产量，获市奖励手扶拖拉机1台。当时，梅村还建有红砖厂、缸瓦厂，多种经营取得喜人成绩，社员劳动收益多年居全县前列。改革开放以来，增收门路更为宽敞，很多人跳出"农门"，找到新的致富途径，在机修、采矿、水电、运输、服装、旅游、药品、电信、食品等行业一展身手。有的资产积累已达千万元以上，村民物质、文化生活蒸蒸日上。现在绝大多数人住上了钢筋水泥楼房，家用电器已经普及，有的还购买了私家车，梅村至县城开通了公共汽车线路，大大方便村民出行；人们的环保意识增强，村容村貌大为改观。艰难创业过程培育了梅村人热爱劳动、互助互济、俭朴持家、勇于进取等品德。但无可讳言，也有不尽如人意的地方，如近年来农业生产萎缩，旱造荒田不少，据说这与投入大收益低有关；在社会转型的新形势下，农村思想文化建设也有待改进和加强。乡亲们有着建设富裕、文明、和谐新农村的强烈愿望，存在的问题一定会逐步得到解决。

瑶山的蜕变

陈 伟

匆匆忙忙的，看似平平淡淡的日子，一眨眼工夫就过去了多年，不知不觉，人已奔四，难免有些惆怅，有些情长，人到中年，特别地怀旧。回想起辗转瑶乡的数十年，感慨良多，总想表达点什么。下面就让我以平凡瑶乡人的口吻，向您诉说大美瑶山今日的蜕变。

瑶山情怀的蜕变

我生于连南，长于连南，是一个土生土长的连南瑶乡汉族人。20世纪80年代初，我出生在连南一个叫金坑村的小山村里，一个普普通通的平民百姓家庭里。连南是瑶族地区，但也有不少汉族人，是瑶汉聚集地，是我的第一故乡，也是现在的我最安稳的梦里水乡。

但是，这在当年，当我还是意气风发的年纪的时候，无论去到哪里，我都难以启齿自己是生活在这么偏远的穷乡僻壤里的乡巴佬。而如今，我无比自豪，我就是一名连南瑶乡人。与此情怀相似的是，在以前外出务工返乡的瑶乡人的口中，也总是会听说有对自己家乡"一穷二白"的窘况的各种嫌弃，每次外出打工返回家乡，都恨不得快马加鞭回到大城市的生活中去。而如今，连南大瑶山发展到现在，连南外出打工的返乡人已经从一开始的嫌弃，到现在对家乡的恋恋不舍，再发展到越来越多的年轻连南瑶山人纷纷返乡创业。

瑶乡人对瑶山情怀的蜕变，源自大瑶山连南这些年所取得的辉煌发展成就，令人瞩目，令人刮目相看。

瑶山教育的蜕变

作为一名瑶山教师，关注瑶山的蜕变，对于瑶山教育的蜕变这个话题，我有话想要说。

规范化学校的创建、教育强县的创建、教育均衡化发展是连南教育三个重要的发展历程。现今作为一名瑶山人民教师，我亲身经历了连南教育关键的发展蜕变期，因此，对连南教育的蜕变，我深有体会。因为我这些年一直都站在教育一线上，一直都紧跟着连南教育的发展步伐，一直都在与时俱进。

自打小时候读书那会儿，那破旧不堪的书桌椅，断断续续的校园大喇叭，小石子成堆的操

◆ 学生宿舍楼

场、校道，还有在校内乱堆放的稻谷，岌岌可危的校舍楼房……这就是80年代校园环境的记忆。而如今，你再放眼看看，哪怕是偏远的教学点，只要是一间学校，都会"麻雀虽小，五脏俱全"，让你不得不惊叹连南教育对学校建设的投入之大。在规范化学校创建这股春风的沐浴下，这些年，连南教育蓬勃发展，校园全面完成标准化改造，从教学楼到校舍，从操场到围墙，里里外外焕然一新。不管你去到哪个乡镇，最亮丽的风景线，最抢眼的地方，一定会是学校。规范化学校的创建，使得全县中小学的校园基础设施得到一次彻彻底底的

全方位的标准化改造。连南教育的硬件环境在这一时期也得到了充分发展。完成规范化学校创建后，紧接着又进行了教育强县的创建，连南教育进入内涵发展阶段。从学校规范化到教育强县的创建，是连南教育由表及里的深度蜕变发展之路，如果说规范化学校创建是改造连南教育的外在形象，那么教育强县的创建就是一次实实在在的内涵深造。通过教育强县的创建，校园内部环境得到改造，师资力量得到一定的补充，各类信息化设施设备在这一阶段也得到有力的补充，班班通、多媒体一应俱全。

在连南教育的引领下，越来越多的瑶山优秀学子不断涌现，他们走出大山，走进大学，走向世界。而在这一时期，教师的工资待遇也有了大幅提升，与公务员"两相当"，教师的职业幸福感越来越浓厚。留得住优秀的教师人才，连南的教育不断注入新的活力。"再穷不能穷教育"——连南做到了！而近几年正在推行的教育均衡化发展，又将连南教育的发展推向了新的高度，走向高质量发展之路。

◆ 县田家炳民族中学鸟瞰图

瑶山宜居环境的蜕变

1. 县城宜居环境的蜕变。

三江县城是连南瑶族自治县的中心城区，是主要的瑶汉聚集地。平民百姓的幸福感，来自看得见摸得着的东西。群众的眼睛是雪亮的，但凡在县城兜上一圈，县城的发展变化令人刮目相看。原来荒草遍地的"猫公山"，现改造成了规规整整的石泉公园，附近还建起了红墙绿瓦的石泉小学，人文宜居气息更加浓厚。原来臭气熏天、宵夜档随处停摆的三江河道，现改造成为万里碧道。如今，一到晚上，在三江河道两旁华丽彩灯的点缀下，三江河道如诗如画，游人络绎不绝。再加上光彩夺目的三江源、越秀廊桥的登场，这里更是成为人们休闲打卡的好去处。漂泊在外多年的连南瑶乡人，回乡置身其中，都会被家乡环境的蜕变狠狠地惊艳到，发自肺腑地赞叹家乡的人文宜居环境越来越美好了。三江县城地标性建筑——民族体育馆、广东瑶族博物馆，也吸引了众多远方的游客慕名而来，还有在建中的鹿鸣稻丰谷，也定会在未来将三江县城推向更广阔的舞台，打响连南品牌。

2. 乡镇宜居环境的蜕变。

还记得，以前每次回金坑老家，都是在沙石路上跟跟跄跄地行走或颠颠簸簸地骑行。一到雨天就担心塌方，一到秋天就风尘仆仆。而且，经常看到大山上一棵棵被砍掉的大杉树，密密麻麻地铺满整座山头，远远看去，像牙签，像金条，然后被一批又一批地运走，树没了，留下了光秃秃的山头。再看看现在的金坑村寨，在脱贫攻坚、美丽乡村、乡村振兴的政策推动下，响应党的号召，近几年以生态旅游宜居带动农村当地发展，黑底化村路、村道的全面改造，村容村貌的全面改造，生态公益林的推进，红色教育基地的创建等等，使得沙石路蜕变成了彩虹路，岌岌可危的老桥蜕变成了霓虹桥，绿水青山蜕变成了金山银山。金坑村只是连南乡镇人文宜居环境蜕变发展的其中一个缩影，放眼望去，风景这边独好，可好风景远远不止于此。你再看看，"瑶山那抹红"乡村振兴示范带，金坑村"金三路"，稻鱼茶和茶药菌两个省级现代农业产业园，南岗千年瑶寨，三排国家石漠公园等，连南正在全国乃至世界的舞台上发生蜕变。

习近平总书记强调，乡村建设要"稳扎稳打、久久为功"。我们科学规划、注重质量、保持定力，重点加强普惠性、基础性、兜底性民生建设，一年接着一年干，一件接着一件做，积小胜为大胜，努力让乡村彰显诗意山水、风光秀丽的自然之美，呈现乡风文明、村美人和的人文之美，展现宜居宜业、乐居乐业的生活之美，让"农村美"成为新时代鱼米之乡的鲜明标识。由此可见，大瑶山生态宜居的人文环境大有可为，将来会越变越好。

瑶山的环境蜕变得越来越美了，瑶山人民的生活越来越好了。大瑶山今日的蜕变，岂是我这个凡夫俗子三言两语所能诉说得清楚的？我在这里只是尝试以普通老百姓的视角和口吻，自由地抒写着自己所见所闻和感悟，所言之物，虽未尽其实，但句句真心。愿能引起您的些许共鸣，一起见证连南瑶山的蜕变成长。

瑶乡童趣

李冬兰

又是一年春来到，最近经常与朋友相约踏青摘野菜捡蘑菇赏花，这让我总是怀念小时候的日子。

我自幼在瑶乡长大，那儿的一山一石、一草一木，处处都有我童年童趣的烙印。20世纪七八十年代时，连南师范学校坐落在瑶寨塘冲松树埂的山脚下，中间横跨一条水渠，刚好被分成了学习区和生活区两个大院子，是培养连南瑶族自治县教育工作者人才的摇篮。

作为教师子女的我，童年时不是和校内众多的教师子女在院子内玩，便是和大一点的孩子到附近的瑶寨玩，抑或漫山遍野地跑。印象最深的是跟着半大不小的阿贵、阿妹去河边采叶脉像芦苇类的野生坚硬的果实，抽走里面的芯，穿成项链一样的珠串。还有山上某种荆棘根茎，抽出软软的白色的芯，可以摆出各种造型，是我们玩过家家的自制玩具。这些大自然的馈赠原来是瑶胞头饰的天然原材料，和野鸡毛一起装饰，戴在头上，非常有特色。

随着时代变迁，如今瑶胞的头饰已经很少用这些东西装饰了，取而代之的是现代工艺做成的塑料花和珠子，但我还是觉得以前原生态的头饰比较耐看。也许我所怀念的是去采摘那些东西的过程吧！让我觉得那一切很神奇、神秘而有趣。在我读小学五年级时，师范学校搬迁到县城三江的城西，住上了外墙是石米，再后来是马赛克墙面瓷砖地面的水泥高楼，冲凉房、卫生间配套齐全，但我还是怀念以前在瑶乡的日子。

我很长一段时间无法适应县城的生活。那时的城西郊区十分荒凉，没什么建筑，一眼望去，都是荒地和田野。我时常在连南进修学校教师宿舍的天台，一个人静静地眺望老师范的方向，呆呆地望着那边的山峰，看着天上的麻雀肆意地穿梭在白云间，恨不得自己也有一双翅膀，可以任意翱翔，回到那充满欢声笑语的童年时代。

那个年代，家家户户孩子多，孩子都是在哥哥姐姐的陪伴下长大的，这种自由自在、任我逍遥的感觉是现今智能手机不离手的孩子们根本无法体会的。而我的想象力和创造力甚至写作能力，也要归功于这个无拘无束的童年。那时的我，没有幼儿园读，没有兴趣班上，天天除了吃喝拉撒，就在瑶寨附近瞎逛，上山摘野果、下河捉鱼、爬树翻墙，无所不能，对世界充满了好奇与幻想，时常会因为一个不懂的问题而追问别人一天。

让我印象深刻的是瑶胞都十分热情好客，和蔼可亲、平易近人的父亲很快就和他的瑶胞伙计打成一片。他不仅学会拿碗喝酒，而且带着大哥走门串户，两人说的瑶话还正宗得像瑶胞。他最好的伙计是瑶胞二叔，我现在还记得瑶胞二叔盛情款待我们的一幕幕，还有瑶胞二婶出门迎接我们时笑眯眯的脸上那两个深深的酒窝。每次我都喜欢在瑶寨附近的茶树林摘美味茶苞，在草地上玩打仗游戏，和那些小伙伴穿梭在山坡上像吊脚楼的柴房追逐打闹。饿了就跟她们回家，品尝瑶族特色美食，那时的我们仿佛是世界的主宰者，整个世界都是我们的。

在物资贫乏、交通不便、自行车是奢侈品的年代，老师范的老师和学生多为住宿。父亲隔三岔五要开着学校的拖拉机出县城购物，那时比现在开豪车还威风，生性善良的父亲有时看见半路的瑶胞肩挑农副产品和山货步行出县城，便顺路免费搭他们，因此附近瑶寨许多瑶胞都认识我父亲。有几个瑶胞伙计挖到笋，捡到野生菇等山珍野味，就会邀请父亲去品尝。和父亲最要好的伙计瑶胞二叔更是经常请我们去他家吃饭。我小时候吃得胖嘟嘟的，在那个多数孩子都营养不良、面黄肌瘦的年代，却人人叫我"肥冬"！以至于我参加工作嫁了人，以前的熟人都直呼我那个不是很好听的小名。

我想我小时候那身肉肉也挺招人爱的，我总是跟话痨一样，急于知道不懂的一切。这时，瑶胞二叔总是借着几分醉意，神采飞扬地说一些瑶寨里的奇闻怪事给我听，让我深深体会到世界那般大、世间那么神奇，让我听后脑洞大开，爱上写作，成为文艺青年。我也饶有兴趣地研究起身边的人事和景物，以至于周围的人都知道我这个一听到故事就变得精力充沛的小女孩了。

还记得我家以前的房子是老师范分配给爸的教师宿舍，那时房子都是清一色的红砖瓦顶的平房，没有套间，四五户人家的卧室、客厅一排，冲凉房、厨房又一排，厨房后面是几户人公用的卫生间，这在住半山茅寮没有冲凉房、卫生间的瑶民眼中已经是豪宅。在厨房背后的灌木丛中有一条条绿油油的藤蔓，花朵像鼻梁，我们小孩子喜欢摘来玩，而父母则看中了它的根茎，一到春天就去挖出来给我们煲汤，后来才知道那是野生淮山。父母在那还开荒种了几块菜地，为了帮我们兄妹四人补充营养，还养了20多只白羽毛的大AA鸡，这些鸡生长快、个头大、肉多肥油多，下完蛋年尾还可以腊了改善伙食。而这些AA鸡经常被来师范操场晒谷和在校外收木材的瑶胞围攻追截，一按住鸡就专拔下它们身上漂亮的鸡毛，气得胆小怕事的我只能远远地站在家门前种的一排排茶树后面干着急，等到父母下班回家，我才委屈地哭哭啼啼地把惨不忍睹的拔鸡毛事件绘声绘色地向他们报告。母亲听了也非常痛心，父亲看着一只只被拔了鸡毛的可怜巴巴的鸡们，却只是笑笑说，反正鸡还是好好的没死就行。所以现在每逢看到瑶胞头插白鸡毛，身着盛装时，我的眼前就会浮现出一群瑶胞围抓我家大白鸡们拔鸡毛，鸡们扑翅慌跑的场景。

小时候，也许整天有劲没处使，我对所有新奇事物总是饶有兴趣。每天，我喜欢屁颠屁颠地跟着父母到师范附近的瑶寨山脚下，扛着那把爸爸为我制作的小锄头，早早地来到地里，一根一根地将草挖出来。那时还小，不一会儿便累得大汗淋漓，用那双稚嫩的小手不停地擦去脸上的汗珠。可我却清晰地记得，那汗珠的味道是甘甜的。而那里偶尔会有瑶族送葬队伍经过，我和附近菜地的教师子女们一看到瑶胞抬着轿子，上面有个五花大绑穿着鲜艳的死人就觉得好玩，也学着送葬人高举竹枝，尾随送葬队伍前行。这时候，我们就会受到大人严厉呵斥。当时的我们总是愤愤不平，觉得小孩子模仿游戏有何不妥，后来慢慢长大了才知道童年的我们如此荒诞不经。

小时候确实很顽皮又淘气。那时的天，总是湛蓝湛蓝的，没有一丝云彩，空气里弥漫着一种淡淡的泥土味，阳光洒在身上，使人无比愉悦，心情特别舒畅。上学轻松，放学更是高兴。闲得无聊时，总爱拿树木、庄稼、小草出气，为此没少挨过父母的责怪与打骂。印象深刻的还有每年的春天，满山满塬满坡，山花烂漫。崖上、沟边、坡上、洼里，全是红艳艳的映山红、白白的糖樱果花。放学后，提着篮子，以给兔子拔草为借口，不是攀缘沟边，就是上山爬岩，为的就是折几枝山花回家闻闻，如果得手，马上拿回家找个瓶子，在瓶子里灌满水把花插到里面，图好看。那时还不知道"欣赏"一词，花是插到瓶子里了，可篮子是空的。

春意渐浓，院里的桃花、李花、梨花陆续开了，又免不了一场折枝摘花的浩劫。由于贪玩，忘记了写作业，经常受到母亲严厉的责罚。3月中旬，油菜花开，机会又来了。那时候胆子真大，钻到油菜地里摘菜花，捉蝴蝶、蜻蜓，敢与蜜蜂争花宠，有几次不小心被蜜蜂蜇了，蜇到眼帘上，惨不忍睹。

到了夏季的黄昏，微风习习，风吹过面颊都是热的。我们几个熊孩子喜欢学大孩子爬上老师范院子的围墙上，仰望天空。傍晚的火烧云不知什么原因竟然会移动，带着疑问，我们几个翻下墙就打赌，要与火烧云赛跑。其结果是火烧云还在跑，我们已经掉到田里，灰头土脸，满脚泥泞。

那时，我们周边的孩子都去离老师范几里外的新岩小学就读。通往学校的路是一条坑洼的黄泥路，我们一群教师子女大都结伴上学，在路上每天都乐趣多多。路两旁爬满了各种青绿的野草，稻苗吐着稻穗，野花随处肆意开放，各种颜色的蝴蝶张开翅膀飞舞着。一时兴起，我们叫着喊着，蹦着跳着，挥舞着小手去抓蝴蝶……最终，因迟到被老师请到讲台前站着，直到下课才回到座位上。

随着时代的快速发展，国家对民族地区出台了一系列优惠倾斜政策，连南一年比一年发展快，不断焕发新姿，现在已成为一个连省城的人来了也赞不绝口的风景迷人、生态文明、民族风情独特的旅游胜地。时过境迁，物是人非，瑶乡的童年趣事也只能在梦中久久回味了……

在寨岗万角小学的童年时光

罗永新

20世纪70年代，地处山区的寨岗墟镇只是一个有3条街和一个大墟亭的小城镇。我出生于寨岗，童年是在寨岗度过的。

1980年以前，墟镇的小孩多数在金星小学就读，因按当时的招生安排，金星小学只招金星村和新埠的小孩，而万角小学主要招老埠和万角村的小孩。

金星小学位于金星村陀四墩，前身是寨岗农业中学。金星小学很小，约有三四亩地的样子，四周是一溜带廊的平房，西边那座是两层木楼房，其余都是一层砖瓦房，七八间课室围着一个篮球场大的泥地坪，中间竖着一根铁杆作为旗杆，几棵苦楝树，还有两个破旧的木板篮球架和吊着一个用来敲钟的铁条，非常朴素简陋，是典型的山区农村学校。

那时候姐姐、哥哥都在金星小学读书，故我时常也跟哥哥去上学。我们这一代人兄弟姐妹多，大人工作忙，都是大孩子带小孩子，学校的老师也允许学生带弟弟妹妹来上课。那时的课堂都比较吵闹，但每次我都老老实实地夹坐在长板凳中间，看着老师讲课或训斥学生，也看着哥哥姐姐们认真写作业或顽皮上课的样子，跟他们一起大声朗读，也跟他们一起大声哄笑。

一段时间后，我觉得读书很好玩，产生要读书的想法，因此向妈妈提出要买新书包和铅笔。因为要花钱，妈妈断然拒绝我的要求，但我不依不饶，哭闹不已，最后妈妈拗不过我，还是给我买了一个新书包。不久，万角小学办了一

◆ 万角小学里的大榕树

个30天的学前班，学费三角钱，上课地点就在老埠街口大榕树下的瓦屋里。妈妈给我报了名，我高兴极了，至此我的学习生涯开始了。

万角小学在民国时被称为寨岗中心小学。其地处称架、白芒两河交汇的老埠街北帝庙旧址上，因那时老埠属万角大队，故乡亲们都习惯叫它为万角小学。寨岗中心小学前身是位于跃进街梁屋巷口的清代凤鸣社学，1950年迁至老埠，与由在北帝庙创办的菁华小学合并，定名为寨岗中心小学。

万角小学有一个由一圈砖瓦带廊平房围起的泥地坪，南靠老埠街，东靠称架河，河边有一个大码头，还有一条通往万角乡的高木桥，西、北两边则是翠绿的菜地。

东南边第一间大瓦房是学校的厨房，紧挨着的是一座两层木楼，它既是老师的办公室也是宿舍，木楼右上角挂有一幅印有两个小学生敬礼的宣传画。学校的升旗、集会通常在这楼下进行，因为二楼设有一个话筒，主持人居高临下，很有气势，毛涛同学是大队长，经常站在上面做主持人。木楼的西边是老埠街口，接着就是课室了，它是按顺时针从大榕树脚起安排一二三四五年级，每年级3个班，升一年级挪3个位。

校园里有三株大榕树，呈"品"字形坐落在校园，据说有三四百年的历史，它们犹如三把巨大的雨伞，又犹如三个慈祥的老人看护着我们成长。四年级1班门前有一棵臭椿树，每逢春天，臭椿花开，落下一地鹅黄，校园里就会飘来一股浓郁的臭椿味，让人感到呼吸都有点窒息。而五年级3班的旁边有一个土戏台，据说是当年老埠的北帝庙会留下的，每逢庙会，戏台上就会演"四位都爷抗匪护乡"的戏剧。戏台边还围长着四五棵大樟树，挺拔翠绿，一到初夏就会爬满野蚕虫，那肥胖的身体，浑身的刺毛，让同学们又喜又怕。

山区的孩童率真而好动，小学五年时光，顽皮的事情远远多过学习的情景。学校的大榕树给我们留下的是数之不尽的美好回忆。

我们最喜欢在榕树间搞"冲营"游戏，分好两个阵营，然后在树下、在人群中互相追逐，决出输赢；大榕树下，女同学喜欢跳"六格"、踢"一二"、打石子、跳皮筋；男同学则喜欢钉"飞铜"（子弹壳）、掷"胖结"（雷管壳）、打"纸角"（烟包纸），或飞公仔纸，看谁赢得多；我们也喜欢攀爬榕树，互比谁爬得高、爬得险。记得有一个中午，我和新明一起爬上最大那棵榕树的树顶，只见树枝上布满苔藓，有很多鸟屎，从上向下望时，树下同学人影小了很多，看久了头都有点晕眩，现在想想都有点后怕。五年级时，我和志锋在戏台边的榕树洞里发现一窝小鸟，当时想着待天黑时再来将鸟儿一家全抓，谁知道天黑去掏时，却发现小鸟全都不见了，原来已有人捷足先登，气得我们直跺脚。春天时，我们会摘食榕树的嫩叶，夏天时，我们也会去捡榕树的果子来吃，品尝那涩涩的酸甜味……

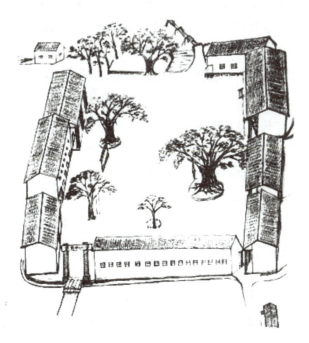

◆ 20世纪80年代的万角小学（手绘图）

四年级1班门前那棵臭椿树绑了两根爬高竹竿，那是我们上体育课练爬高用的，但那时调皮的男孩子都喜欢比试一下看谁的身手矫健。有比手脚并用爬的，也有比单凭双手爬的，还有比倒撑着爬的。总之，花样繁多，比赛精彩纷呈，而且有些搞怪的动作常令人捧腹大笑，特别开心。

在大樟树上抓野蚕虫，要么将它放在粉笔盒里，用来惊吓值日的女同学；要么将它装在火柴盒里，看它吐丝结茧；要么将它砸死，抽丝制作钓鱼线，甚至有些同学还把它当作宠物来玩。

我们经常从课室破损的木窗爬出去，到菜地里抓蜜蜂；或到隔壁班窗口，给某个同学扔个泥团；中午时，也常将课室的黑板拆下当乒乓球台，然后男女同学围在一起嬉闹取笑、开心打球。当年，"华志多"（范华）同学因发球动作夸张，加上他家卖油糍的，所以大家都笑称他的发球为"油糍波"。那时乒乓球打得比较好的同学有若可、邹作等，他们参加寨岗片区的比赛还获了奖。到放学时，我们一般都不急着回家，经常跑到河边的菜地旁烧火烟熏、灌水捉田鼠……

玩累了，口渴了，我们就到称架河或白芒河中捧河水来喝，或到老埠街"唐僧"（国文）家打井水喝。课间时也常跑到一年级课室背后姓胡的人家里买酸萝卜吃，或到榕树脚下买六伯的麦芽糖。

那时我们都很朴素，穿着的衣裳经常都是打满补丁，穿的凉鞋也是补了好几处塑料皮的。夏天常常打着赤脚踩着泥地走路上学，挎着印有"好好学习、天天向上"或"红五星"的书包去学校。冬天则穿上蓝布鞋或解放鞋，霜冻天时，耳朵、手脚被风吹得刺痛，就戴上一顶棉帽或西瓜帽，或提上一个用罐头壳做成的小火盆，一路摇一路走，直摇得它火星四溅。回到学校时，大家还喜欢在课室里一起挤墙角——"尖暖"（挤暖）。"尖"得起劲时，大家还"嘿哟、嘿哟"地叫，这时会有同学不断被"尖"出来，但当年的庆涛、子强同学就很有经验，经常稳在墙角，被人"尖"得暖暖的。

当年的细佬哥（小孩）都比较"造"（顽劣），几乎每日发生的事情"锅锅"都新鲜。但凡迟到都会有借口的，经常"修理"课桌板凳的叫"好动"，课堂上坐不住而小动作不断的叫"屎虫"。同桌同坐一张板凳的男女同学要划清界限，女的稍有过界，男的轻则推搡，重则挥拳、笔戳，而身强力壮的会欺

◆ 寨岗中心小学（万角小学）

负弱小的，高年级的也会欺负低年级的，校园里小冲突天天不断，打架也是常有。班上的庆涛和秀奇都是打架"大王"，经常打架，所以男同学都比较怕他们。学霸班长谢梅很泼辣，她敢与调皮的小男生作"斗争"，经常为被欺负的女同学打抱不平，庆涛、志锋、"别拢"（顺良）等都领教过她的厉害。

每逢上课，老师们都比较费劲，同学们确实调皮，所以一些男老师就较火爆敢管，课堂上顽劣的同学经常会吃到"子弹"（粉笔头）、"粉饼"（黑板擦）、"黄鳝干"（教鞭），甚至"锯凿"和巴掌，三年级的巫老师和五年级的刘老师就是以"锯凿"出名的。当然家长也不会护短，反而会批评自家小孩，所以在此教育方式下，课堂的纪律会得到快速控制，同学间欺凌的行为也会得到有效制止。

中心小学的老师应是镇里最优秀的，他们很负责任，特点也很鲜明，有严格要求敢惩罚学生的，有慈爱有加总呵护学生的，也有多才多艺善引导学生的。每逢傍晚，称架河畔的校园里会经常响起竹笛、小号、风琴和洋鼓的乐曲或欢乐的歌声。

当年赵菊英老师教会二年级的同学们唱《社会主义好》《快乐的节日》这两首歌时，校园仿如一夜春风来，优美高昂的旋律让大家觉得时代不同了。而古莲英老师教我们唱的《听妈妈讲那过去的事情》《每当我走过老师的窗前》

又有一种情深意浓的味道。沈金定和吴小玲两位体育老师，一个教长拳，一个教体操，都让我们兴奋不已。林土生和刘宪宽的语文课堂总是充满了激情与想象。刘运才、罗四妹的数学课让人觉得数学不单单是演算，也有许多乐趣。而古莲英、汤仕球、胡善如等老师的慈爱也让同学们津津乐道。所以毕业多年后，我们和许多同学对自己的老师都是记忆犹新，不敢忘却。

校园里有不少勤学上进的同学，每逢期末，那些被评为三好学生的都会得到一扎铅笔、一沓作业簿或一顶小草帽的奖励。在众人注目下，他们上台领奖的样子，都是挺神气的！

从二年级起，学校就号召我们组织学习小组，开展互助学习。我们跃进下街的斌强、雄辉、若可、凡东、汤娟、细妹、海燕等同学就组成了一个小组，经常到横街修理部汤娟家里学习。因为作业都不多，每晚我们做完作业后就玩"捉人仔"（捉迷藏）游戏，所以那时的学习小组活动都是非常开心快乐的。

我们3班自一年级起就有不少读书优秀的学霸，除了班长谢梅外，还有文静秀气的学习委员晓萍，笑起来有两个酒窝的生活委员海燕，斯文少语的班照，腼腆俊朗的贵祥和调皮好动的国华与志藏等。

三年级从四村转来的朱燕明是我们班的又一个学霸，他家住在河边街税所，每逢周末，我都到他家里一起做数学题。他有两个妹妹，很有意思，总喜欢拌嘴，都想争个输赢，搞得他妈妈老在劝和。那年，朱燕明和我参加了韶关地区的数学竞赛，他获得一等奖，我获得三等奖，得到一支钢笔的奖励，小激动了好一阵子。

当年学校还调来一个姓兰的女老师，她的儿子叫徐宁，与哥哥同读五年级，听说数学很厉害，据说后来考上韶关北江中学，并以高分考上清华大学，此事寨岗人也乐道了好一阵子。

四年级时，从四村又转来一位叫罗乙锋的同学，也很喜欢数学，而且很有钻劲，经常与朱燕明争论数学题。下课了，他们还在泥地上用树枝比画拆解题目，各持所见、互不相让，直争得脸红耳赤。在他们的影响下，我们班同学的学习热情空前高涨。

那时的学校完全是开放式的，交通四通八达，万角和老埠的村民要去寨岗墟都是穿校园而过。所以有时上课无聊时，也会看看那些在校园里来往的各色村民：他们或群拥而行，或三三两两，或拖儿带女，或独自行走……他们有牵牛、带狗的，还有赶猪公、赶鸭的；有推车、挑担，还有提篮、背袋的……他们或慢条斯理、踢着石子，或步履匆匆、连蹦带跳……起风时，旋风会拂卷起落叶飞舞起来，大风会刮得操场灰尘漫卷。偶然一两头受惊的公牛狂奔而过，也是一道让人觉得刺激的风景。

小学的日子在喧嚣中一天一天地过去，时光的流淌又让人不断回忆起那些发生在身边的人和事。

小学一年级第一个学期还没有读完，某天早晨，班主任古老师很严肃地告诫我们："绝对不能乱煨木薯吃，一定要让大人处理过、煮熟了才能吃。"当时大家还不能完全听得懂老师的话，但后来有同学悄悄地说道，我们班一名万角的女同学偷煨未处理过的木薯吃，死掉了。听后，我们望向那个空缺的座位，顿然心头一紧，一种恐惧急剧笼在心头，幼小的年纪竟第一次接触"死亡"二字。

为了绿化校园，学校每年都会在课室前种一些树，无奈校园里有太多顽皮的孩子，为保证这些小树苗能够生长，老师们想尽办法，有用竹子围起来的，也有用木棍撑住的，甚至用砖砌起来，但好像成效不是很大。后来一毛姓老师为吓唬学生，竟在一棵苦楝树苗周边拉上电网，接通220伏的电线，一下电倒了几个学生，幸好没有出事，否则后果难以设想。此事发生后，确实镇住了一众顽皮学生，让大家见到这棵树都会自觉绕行。

读书的日子里，同学们最期待的是每年的"野营"（野炊）。因为这个活动带有点半军事化的性质，让小孩们既有光荣感，又能享受活动的乐趣。野营队伍前头开路的肯定是学校的洋鼓队，所以能够被学校挑选成为鼓手的，绝对是光荣的事情，特别是小号手，每次行军休息、出发都由他发号施令，所以特别令人羡慕，当年的马军、斌强、若可、卓强、海波、志藏等都是学校的洋鼓手。还有，每到野营时学校就会给评为大队长（三杠）、中队长（两杠）、小队长（一杠）的同学发肩牌，这个行为如军官授衔，让每一个挂肩牌的同学觉得特别神气。可惜小学五年，本人才挂过一次两杠的，每年都是一杠。

要野营了，各班各小组同学都会忙碌起来。有安排带铁锅、锑煲、菜刀、面盆、碗筷、锅铲的，有安排带柴米油盐的，有安排去市场买菜的……当天的活动确实很有趣，行军路上，我们像解放军叔叔那样，背着锅碗瓢盆、柴火、食物，一会儿急行军，一会儿休息探敌情，遇到"雷区"，我们要去"扫雷"（在规定的路边区域找到纸条，到营地就可兑奖）。

到了营地，我们就会分配到指定区域埋锅造饭，各显神通煮一顿午餐。一时间各小组有模有样地展开架势操作起来，淘米的淘米、垒灶的垒灶、找柴草的找柴草、切菜的切菜……不一会儿营地里就炊烟四起。一个多小时后，老师来巡查大家的成果，只见有的小组已经吃得津津有味，有的小组还在狼狈不堪地扇风加火，有的小组甚至饭都没有煮熟……当然最后老师还是会出手帮他们弄好的。当野炊活动完成后，学校还会举行一些如"冲山头"的活动，就是比哪一个小组的成员集体最快从坡底冲到坡顶，胜者获得奖励。待活动全部完成后，大家才收拾好东西，集队行军回去。那年头，我们的野营既去过万角的称架河边，也去过社墩的白水坑电站、金鸡的松树岭，还有回龙的白芒河畔。

转眼到了五年级，调皮的同学永远停不下来，不是去爬树就是钻课室的木窗，不是藏匿别人的东西就是偷番薯来煨，不是去菜地捉蜜蜂就是到河边捉鱼……欢喜快乐的故事总是没完没了。学霸们也没有闲着，讨论数学的依然在大声地争执，抄写作文的也是很起劲，仿佛学习也是一项很快乐的事情。

到了夏天，小学也快要毕业了，为提升成绩，学校要求我们回校进行晚自修。那时候，课室里虽然加了两支光管，还是很昏暗，但同学们全然不管这些，反而觉得晚上上课很有趣味。到了晚修放学时，"打狗"（文忠）、"黄擦"（察勤）他们一帮男生经常在校门口的玉米地里跑出来惊吓女同学，有时男女同学也会一起跑到菜地里去捉萤火虫……

"青山遮不住，毕竟东流去。"光阴似箭，日月如梭，五年的小学说没就没了。1985年6月，大家照了个毕业照后就以为结束了，但不幸胶卷曝光，最后连小学毕业照也没有留下，所以每当五年级2班的同学拿出毕业照时都让我们羡慕不已。可每次故地重游，走进中心小学，看着那三棵大榕树，脑海里就会浮想起当年校园里的种种乐趣，师生情、同学情洋溢心间。

对旧时过年的回忆

潘振刚

今天是丙申猴年大年初二，阳光普照，一扫多日的寒气，令人十分惬意！

这样的节日，年轻人玩的内容多种多样、丰富多彩，老年人则单调些，喜欢清静和联想，我即如此。上午，看了一阵电视节目，和老伴到顺德广场溜了一圈，便回到家里，粗略翻看近日报纸的一些新闻消息，开始回忆儿时过年的场景。

在粤北连南三江，腊月二十四为"小年"，送灶神爷上天汇报凡间情况，此后节日气氛越来越浓，至除夕这几天，家家户户大扫除，检点家杂，做年糕（糖环、油糍之类），办年货，添置穿着、鞋帽、碗筷什么的。做年糕时，邻舍婶嫂、妯娌、姐妹你帮我，我帮你，有说有笑，糍粑出锅后，互送品尝，大家心里乐滋滋的。

除夕那天，家家户户贴"对子"，在正门门楣贴"五福临门"，左右门扇张贴门神，请忠勇的尉迟恭、秦琼把守，大家心里便安稳。还要在畜舍贴"六畜兴旺"，在储粮处贴"五谷丰登"，在楼梯边贴"上落平安"，商家还会贴"货如轮转""财源广进"，等等。然后，到庙宇、祠堂和祖宗牌位叩拜，祈求保祐合家安康、来年好运。这天，一家大小都要洗沐，穿戴周正，整个儿焕然一新。这些事项完成后，合家团圆吃年饭便可以进行了。这是一年里最为丰盛的一餐，就是穷人家也要竭尽所能使餐桌多点荤味。饭毕，烤火守岁，长辈会向后生摆一年的得失，讲家训，提希望，充满亲情。

那时，没有电影、电视，但在春节期间，有民间文娱、武术表演。新村的"春牛"、高良墟尚武社的"醒狮"会走村串户"拜年"。这是一柔一刚、农耕文化韵味颇浓的技艺。我们梅村则有"八音"，这是以打击乐为主的表演团体，演奏起来气势磅礴，震撼人心，酷似北方的"威风锣鼓"。现在能记起的"八音"成员，他们大都已经仙逝了，技艺没有留传下来，令人惋惜。

节日期间，我们乡下的小孩往往成群结伙到三江街看舞狮、唱"春牛"，尤其是狮子"抢青"最吸引人。"青"是青绿色的生菜，和生菜绑在一起的有"利是"、香烟等。挂青人家一般是临街的商家、富户。"青"的高度约两三层楼，狮团以棍棒、藤盘为依托，像叠罗汉那样组成几层人梯，最上层为一位舞着狮子的壮硕小伙，他在众人的拱卫下表演跳跃等高难动作后，把"青"衔在嘴里做咀嚼状并散花般吐出，引得围观者阵阵掌声和欢呼声。醒狮落地后，还要向青主拜谢，致以新年祝福，青主则燃放鞭炮礼送，这时热烈气氛达到高潮。有的青主还以糖环、油糍、糕点等宴请狮团人员。唱"春牛"多在晚上进行，由扮作"一家子"的几位群众演员牵（扶）着纸扎的牛、犁，打着朗伞，挑着花篮等道具，围绕十来平方米的圆形舞台，在器乐伴奏下边舞边唱，唱的大都是些勤俭持家、和睦乡邻、精耕细作等内容。有时还穿插簪花节目，场内场外对唱，寓知识性、趣味性于演唱之中，由于通俗易懂，唱腔优美，很受大众欢迎。

那时过年有很多禁忌和规矩，如年初一不追债、不杀牲、不扫地，不可打破东西，不可讲不吉利的话。年初二起，出嫁女陆续"转外家"（回娘家），向父母、长辈拜年；路上相逢，不管认不认识，都要问声好；遇有矛盾，互谅互让，或商量推后解决等等。可以说，春节是人际关系最为和谐的一段时光。那时是农耕社会，到了正月十五元宵节，接龙桥（村）的火狮舞过后，年味散去，桃红柳绿，大地回春，人们的心思渐渐转向备耕，播种新的希望。

我小时候对过年特别祈盼，因为只有过年时能放开肚皮吃上大米干饭，吃上大块一点的肉，也可能穿上新衣服，哪怕是"家机布"（土布）做的也心满意足。但大人想的要复杂得多。新年将至，父母或许还在为还债奔波，他们在过"年关"呀！当然，这是我渐渐长大才醒悟到的。

回忆里的孩童时光

唐晓梅

时光流淌，很多关于儿时的记忆轮番在脑海里闪现，关于交通，关于零食，关于游戏，关于学校……孩童时光里的记忆挥之不去，伸手去抓却已流转不在。希望通过对零碎记忆片段的回忆，怀念一去不复返的时光，也以此感谢为改善我们连南乡村生产生活条件付出努力的平凡人。

记忆碎片一：交通工具的更迭

记忆回溯到我最初常搭乘的交通工具拖拉机，那时去往县城的车除了中巴，大家最常搭的就是拖拉机。拖拉机开起来噪声大，而且很颠簸，搭一次感觉五脏六腑都要翻江倒海好几遍。但那时竟觉得坐拖拉机很拉风，风可劲地拉着头发，衣服也被风吹得飘逸，沁人心脾的空气让人清新舒畅。

和大巴不同，拖拉机上不是拉着柴就是拉着货，你得站着，站在货堆里，还得使劲握紧护栏。但这都不重要，重要的是你搭上了拖拉机，不用走路，毕竟能不能搭上拖拉机还得看运气。

后来，不知到了什么时候，开拖拉机的人少了，慢慢多起来的是五菱宏光，那时我们称之为面包车。这些面包车专门用来载客，核定载客量远远不是它的实力。那时我在县城读书，所以常常要往返农村和县城之间。面包车电话联系随叫随到，服务细心周到，就是载人多，警察查车的时候要打游击战。那时为了躲避查车，面包车开到烂路上陷在泥坑里，大家都纷纷下车齐心协力去推车，因为没有面包车大家都回不了家了。面包车除了挤，就是车价不稳定，司机大哥们都是看行情涨价。

等到读完大学回家，发现家乡已经有了管理规范的中巴，有固定的发车时间和乘车地点。拖拉机和面包车载客变成了往事，虽然有些许怀念，但对于这种改变是高兴的。再后来参加工作，很多人特别是年轻人都买上了小汽车，连学车开车的女同志也随处可见。交通工具的几经更迭见证了我们物质生活条件的改善。

记忆碎片二：小零食的变化

说到零食，小时候的零食有白糍、糯米油糍、糖环和角子。每到年前，妈妈就会买面粉、碾糯米、炒花生，面粉做的糍粑最简单，只要和好面往油锅里一丢，黄灿灿的时候捞起来放凉就可以吃了。糖环、角子程序多，需要不少人工，和好糯米准备好馅料，还要全家出动一起包一起下油锅炸，炸好就特别高兴地吃上了。

商店里买的零食都是一角五角的价格，糖果一角钱一个，普通雪条两角一根，红豆雪条五角一根，笑枣酥五角一个。小时候的零食品种少，但吃起来却特别美味可口。

小时候的水果很多都是村子里的桃子、李子、枇杷，一到果子成熟的季节，小孩们就成群结队地往果树底下挤，争先恐后往树上爬，摘到几个果就能开心很久，遇上果子甜的更是心满意足。

现在的零食品种丰富，从奶茶到肯德基，辣条到牛杂，水果四季都能吃到。零食的价格也飞涨，一角五角已经买不到什么零食了。

记忆碎片三：儿时的游戏

小时候家里没有电视，所以都是和小伙伴们一起玩游戏。女孩子爱跳皮绳，男孩子爱打陀螺，还有打石子、跳格子、丢泥巴、捏泥人、捉迷藏、抱大树、圈内抓人、猜拳跳等等。

那时候放了学，和大院里的小同学一起玩捉迷藏，夏天到河里摸鱼游泳，到山上滑杉木滑道，到山里摘野山莓和茶泡儿，周末走路到县城赶集。写到这里感觉自己都笑了，实在是很有画面和年代感的游戏。

到了现在，很多小朋友的游戏大部分就是玩手机、玩滑板、滑冰、踩单车、集卡牌，玩具的话基本上很多家庭都有不少。过去很多因为物资匮乏没有办法玩的东西变成了很多家庭都可以拥有的。游戏、玩具的变更也见证了不同时代物质和家庭教育条件在往好的方面改变。

记忆碎片四：关于学校和学习

小的时候，因为父亲工作调动，我曾跟随父亲转过几次学。

那时候在乡镇工作的干部职工基本长年留驻在镇上，而且镇上的学生是很多的。在镇上念书，到了四年级就可以参加县城民族小学的招生考试，通过考试的学生就可以到县城民族小学读五六年级。那个时候民小的五年级也就4个班，所以能考上的都是各镇学习成绩比较优异的学生，考上了是能让父母和自己都觉得骄傲的事。唯一令人担忧的是民小是寄宿封闭式管理，才10岁出头的孩子要离开父母外出求学是十分不容易的事。还记得刚报名的第一个月，宿舍里半夜传出的抽泣声此起彼伏，竟如窗外的蛙鸣声般不绝于耳。

好在丰富而又紧凑的校园生活很快将陌生和不安驱逐。紧随其后的初中和高中都需要通过考试排名争取学籍和留在县城读书的机会，考不上的要么回到镇上读书，要么就去读技校或者早早出去打工。那时候读大学并不是人人都能考虑的事，除了要考得上，还要考虑读不读得起。因为当时并没有现下那么多的政策支持，除了成绩还要考虑是否承担得起学费。于是，在先填志愿后高考的考制下，来自农村的民族同学大都选择报考在成绩和学费都给予民族地区优惠的广东技术师范学院（原广东民族学院）。

近年来，国家出台了很多支持政策，除了填报志愿和录取制度的完善，对在我们民族自治县就读并考取大学的民族学生每年给予1万元的学费支持，这对农村家庭特别是民族贫困家庭而言，不仅是锦上添花，更是雪中送炭。

　　思绪飘回到民族小学放假回家的中巴上，那时回去的路九曲十八弯，从县城到家只有一趟车，要坐上两个多小时，车上坐着的都是乳臭未干的小毛孩，尽管中巴坐到人翻江倒海，但看着它朝自己心爱的家和最亲爱的父母越驶越近的时候，心里的暖和喜悦就悄悄地蔓延开来。这种情绪慢慢地悄无声息地爬上了连南发展的高速列车，坐在车里呢喃细语：谢谢你留给我的所有美好回忆，期望你载着我们去看更多的风景。

过年散记

房春桥

连南排瑶过年是从腊月二十八算起的，因为年二十八是小年。小年的到来，拉开了瑶山过大年的序幕，也打开了我那自远而近的记忆。

孩童时的印象里，小年开始贴春联，只是村里绝大多数人家是不贴春联的，不会写字，也认为不值得浪费买红纸的那几角钱。离我家不远的卖甘叔叔家却是年年都贴春联的，他是镇上某个企业的临工，也算半个"工作仔"。字是他自己写的，尽管那字写得并不好，内容却让村里人羡慕不已：去年来一个"春夏秋冬行好运，东南西北遇贵人"，今年来一个"花开富贵，竹报平安"。印象中，这两副春联他写得最多，美好的愿望融在浓浓的年味里：平安、好运、富贵……

小年和除夕是要杀鸡的。大伙儿在家拔好鸡毛，就把鸡带到村里的水池边做进一步清洗，也是一次"年鸡"的展示。

当听到"你家养的鸡真大真肥！"时，主人似乎很得意，因为自己养的"年鸡"催肥很成功：进入腊月，选一个"火日"（寄寓温热无疾），把"年鸡"（一般是骟鸡，我们平时幽默地叫它们"鸡太监"）的翅膀和尾部的羽毛烧掉后，把它们关进方形鸡笼里饲养，用米糠、煮熟的老玉米等饲料催肥。瑶家细脚土鸡个子小，如果不催肥，吃起来感觉只见骨头不见肉。催肥到过年时，骟鸡两翅和尾部已长出了短短的羽毛，色泽光亮，个子变得浑圆，这时候，可以想象过年吃鸡的美美滋味了。

鸡的煮法也简单。锅里放上清水，放上盐，倒入剁好的鸡肉，放一小片姜，配上一些大白菜，煮熟后，看到上面一层金黄，吃起来满嘴是油，那种油滑、清香、甘甜的滋味至今都无法忘记。

只是，吃鸡时有一些"禁忌"。鸡的某些部位是不让小孩吃的：不能吃鸡头，否则会"夜游"；不能吃鸡爪，以免走路摇晃不稳；不能吃鸡脖子，吃了会执拗；不能吃鸡胗鸡肠，那是关锁坏人的"锁头链子"……唯有鸡屁股没说不能吃，大人们还常常故意夹起鸡屁股在小孩的面前晃动着，打逗道："吃了就好吹出口哨！"小孩都不喜欢吃，大人就把鸡屁股放进嘴里磨了个不亦乐乎！长大后，似乎对吃鸡的"禁忌"看出了一些道道，但我不说，我只能给读者一点提示：那个难温饱的年代，鸡腿只能是小孩专享，但是小孩也是蛮贪心的，常常先留着鸡腿不吃，瞄上了其他鸡肉，嘿嘿，如果没有了这些"禁忌"将会怎么样？

有一段记忆像一根心弦，它时常被拨动，奏出那段艰难岁月低沉的曲子。

事情发生在改革开放之初。已经是大年二十八了，这可愁煞了三叔，他家过年的猪肉还没有着落。那一年三叔患病，干不了农活，生活特别苦，过年时连一只年鸡都没有。父亲给他五块钱，四叔也给他五块钱，让他买几斤肉过年。三叔匆匆忙忙赶去邻镇集市，谁知道猪肉提价了，十块钱只买了六七斤肉，切成四块，一块大的有两斤，年初二带回外家，其他三块小点，每块一斤多，分别在小年、除夕、春节"享用"。

那个年代，村里像三叔一样境况的人还有很多，对他们而言，过年真像"过关"。年关逼近，他们忧心忡忡，坐立不安，只好咬紧牙关强忍着被喜庆的年味冲击而来的无助、无奈、无语，之后便是苦苦的煎熬。

几年前，有民俗专家和我谈起排瑶的"小年"话题，他问我，排瑶的小年怎么离大年这么近？我给他讲三叔的故事，也讲了我无法忘记的年味记忆。他听了之后，感叹道："我懂了，瑶族同胞以前的生活太苦了！当然是小年离大年越近越好了。"

小年只隔了一天就进入大年，就像孩童时玩的跳方格游戏，自然、简约、轻快，只有深入了解瑶族同胞生活的人才能体味出它的神韵。年夜饭的准备和小年没有多大的差别，只是大年夜多了一个"宵夜"，瑶语叫"爱规盖"，也就是鸡叫时用餐。当时山村没有电视，甚至有些村子连电也没有用上，小孩子为了吃上这个宵夜，吃过晚饭后就玩扑克，直至吃宵夜。我却时常因为"睡过笼"而吃不上这顿宵夜，大人们也不叫醒我。村里稍微富足一点的几户人家，断断续续燃放的那几排鞭炮也吵不醒我。其实，大年宵夜在大人们眼中只是一种仪式，尽管小孩好奇又期盼。年景好的时候就有一些猪下水之类的东西下酒，也有人用"中果糖"下酒的；遇到年景不好时，就只能炒上半斤黄豆"意思意思"了。

到县城工作后，发现汉族地区的"除旧迎新"与瑶排有很大的差别。除夕夜，央视春节联欢晚会主持人还没有开始数新年钟声倒计时，窗外已是鞭炮声声急，一阵压过一阵，持续时间也很长，天亮后看到家家户户满地红。

一年之计在于春，一春之计在年初一。年初一这一天，大家都起得特别早，老人告诫大家：睡懒觉就会"田地坍塌"；大年初一不能骂人，不能借东西，因为"年初一这样一年都这样"。总之，不好的事情不能做。早餐也讲究，"吃剩菜剩饭，要上当受骗"；也不能吃骨头，不能喝汤水，以免耕作时被滚石和洪水所害……哎呀，大年初一禁忌还真多！禁忌多了，仪式感就强。大年初一最盛大的活动就是"出行"仪式。早上，家家户户都出二两肉、半斤酒，村里的先生公选好"出行"方位和地点，诵读"出行经文"，祈祷风调雨顺，祈愿村人平安。出行仪式之后，村里的人才能出行。这个出行仪式是团结村里各个家族的活动，至今还保留着，今后也应该传承下去。

年初二至年初四是三排镇横坑、百斤洞、蜈蚣田这一带村寨的玩坡节。这三天，再穷再苦也不用去干农活，年初二回娘家，年初三探亲戚，年初四访亲友，人来人往，好不热闹。家长里短，酒足饭饱，梦里梦外新希望，喜气洋洋春光暖。

对着山坡，向着春天，瑶歌缠绵唱千年，莎妹阿贵爱心间。

玩坡节是连南排瑶一个特别的民俗活动，约定在春节至元宵节之间。其间，未婚男女青年穿着节日盛装结伴而来，分别在对面山坡上或树丛中对起山歌，送定情物，运气好的话还可能会成为夫妻。

你看，这边山坡，几个戴红头巾的男子成了草木丛中的红果果，给山间增添了许多生气。只见阿贵哥（未婚男子）的口哨一响，手中的白毛巾向对面的莎瑶妹（未婚女子）扬了扬，山歌响了起来：

> 哎哟嗨——（哎哟嗨——）
> 兴订对兵悟乙螺（杉在山岭难成荫），
> 劳对兵甘乙生象（竹在坡上易茂盛），
> 华豆长类共把央（何时得分一般高），
> 让家亨扶安甲轰（慰我辛劳宽我心）？

对面山坡，传回对歌：

> 噻啰嗨——（噻啰嗨——）
> 阿兵生浪但捞甘（山岭也长青竹林），
> 兴订阿劳杠赶浪（坡上杉木连竹根），
> 味米更家杠上囊（只要不嫌竹根短），
> 兴甘捞甘连都溜（杉竹终会连成荫）。

这原生态歌声既高亢粗犷，又细腻绵长，它从这边山头飘越过那边山头，又从那边山头回传到另一个山头，像从远古缓缓地走来，又轻快地走向未来。

年味在年初五之后迅速淡去。瑶民开始干农活了：开荒、修渠、锄地、烧草灰……农家似乎一年到头总有干不完的活儿。直至正月十五"爱啰变"（谐音，瑶语意为元宵节），排瑶大年就算过完了。

排瑶过年记忆远远不止这些。在我的过年记忆里，有的已经随着岁月的流逝变得模糊不清，有的却深深地珍藏在心里。打开这些记忆时，浓浓的年味、淡淡的乡愁不断地渗入我的身心，提醒我们要传承这千百年留下来的民俗，更要珍惜今天的幸福生活。

家用电器

刘庆辉

每个家庭的家用电器，背后总有些感人的故事。特别是几十年前温饱尚得不到保障、进入普通老百姓家庭的某种类型的第一件家用电器，个中酸甜苦辣值得回味。我家也不例外。

电饭煲

我家的第一个电饭煲是我爸爸1975年出差购买的。爸爸在寨岗公社当驾驶员，出差到外地的机会相对较多。当时我们这个偏僻的村子通电已有一年，电灯从此代替煤油灯。爸爸想家里通电这么长时间，连接电线的只有电灯，没有任何一件家用电器，因此想买件电器回来改善生活条件。另一个原因是作为全家乃至生产队主要劳动力的爷爷，整天要忙于与牛有关的田间农活，比如犁田耙田，没有更多空闲时间上山砍柴，因此我家用来做饭、煮菜、烧茶水和洗澡水的柴草远不如劳动力旺盛人家。

这个电饭煲据称系当时国产第一代产品，产地为广东湛江地区，牌子为三角牌，煮饭量4斤。家里人多，父亲就买个大的。价钱不菲，七八十元，相当于爸爸几个月的工资，算得上贵重物品。我家除手电筒外，就数这电饭煲为第一件家用电器。

当时爷爷奶奶对爸爸买回电饭煲并不是很高兴。等着花钱的地方多着呢，爷爷奶奶最操心的是一大家人的温饱问题，买电饭煲不如用来买大米或杂粮，起码能让肚子有段时间不会挨饿。再说，就算有电饭煲，并不是每天都用得上，有时3天也吃不上一顿米饭，就算煮饭也是加很多番薯角下去煮的番薯饭。电饭煲的利用率不高，好不容易积攒的钱不见了，你说爷爷奶奶能不心疼吗？

渐渐地，爷爷自豪起来。因为这个电饭煲在不知不觉中成为全生产队第一个——大家都在田间干活，谁家有新鲜事物，不到一个时辰便传遍全生产队人的耳朵，大家一下就知道我家有个会煮饭的电饭煲。那时从我家经过、去干农活的村民，都进屋来看电饭煲，有些还专程赶来看，偶尔还有其他生产队的人来看。他们和我爷爷一样感到不可思议：怎么不用烧柴草米饭自己会熟的？饭熟了怎么又会自己"跳闸"的（由煮饭功能转为保温功能）？其实这个电饭煲功能键简单到只有一个，插上电源后，按下即为煮饭，自动复位即为煮熟保温。

我们小孩子呼吸着饭香气息，比长辈更高兴，因为煮饭再也不用我们满头大汗地烧火了，同时又有米饭吃了。那个年代，如果可以任吃的话，香喷喷的米饭不用菜每个人也能吃下两三碗。

那年我正在大队的小学读一年级，同学们在课间很喜欢来个小"比较"小"攀比"。有的说我家有两只兔子，挺可爱的；有的说我家的柿果熟了，甜极了；有的说昨天我爸爸买回一本打仗的连环画，可好看了……然后得意般地看着没有说话的同学。我说我家里有个电饭煲，不用烧柴的，煮饭好吃极了。同学们顿时鸦雀无声，因为他们很多还没见过电饭煲呢。

几年后农村分田到户，农民种田的积极性空前提高。我们吃米饭不再成为问题，电饭煲从此不再难为"无米之炊"，午饭晚饭，想煮就煮，使用价值得到充分发挥。这个电饭煲一直使用了20多年，直至发热盘严重老化，无法正常工作，煲身也锈迹斑驳，才退出历史舞台。

电视机

　　家里的第一台电视机，是进口14英寸的飞利浦牌黑白电机机，大约在1983年初，我们放寒假期间，在外教书的三叔买回来的。现在看来，这台电视机简单、落后至极，除了屏幕外，功能钮只有两个，一个用来调频道，一个用来调音量。但就是这台电视机，带给我们无穷的快乐。

　　我家有个农村房屋特有的大厅，大约六七十平方米。当时我们一群十多岁的少年最乐意做的就是夜幕还未降临，早早就搬出木长凳、矮脚凳，抬起木沙发，摆成一、二、三排座位，待大人干活回来，吃过晚饭便可直接入座看电视；看完电视节目，再把全部凳子摆回原位——这成为我们那个寒假每晚必做的"功课"，乐此不疲。

　　每天晚上，我家大厅经常满屋子人，有来看电视节目的，有来看电视机的，也有来看热闹的。三排凳坐不下，再去找凳子，确实没有了后面的人就站着看。不管节目精不精彩，一直看到夜深屏幕出现"再见"才依依不舍散去。之前，我们晚上看免费公映电影，要跑去大队部或明华厂看，大队部有时一个月看不上一场。明华厂虽然经常有电影看，但离我们家有好几里路，那些乡村小道坑洼不平，走夜路有时不小心踢到脚趾，痛得要命；有时不小心踩到水沟去，弄得到处泥水；也有不测风云把我们淋得像落汤鸡一样。现在坐在家里就能看到电视节目，谁不高兴？

　　那时农村接收的电视节目不像现在24小时滚动播放，也不是有线电视，要在屋顶架上接收天线的。电视经常有雪花，如遇恶劣天气，不但屏幕的雪花大，图像也经常被扭曲，电视声音嘈杂不清。但即使这样，仍然有很多人坐在"三排凳"里面不愿散去，他们盼望电视信号突然正常，播放恢复如初。

　　不管是电视连续剧、故事片还是综艺节目，大家都觉得好看。因为那个年代文化比较单调，课外书稀缺，农村像文化沙漠，突然有一种全新的媒体展现眼前，马上引发大家极大兴趣。记忆比较深刻的有《虾球传》《排球女将》《血疑》《神女峰的迷雾》《保密局的枪声》《万紫千红》等。

　　据说，我们连阳地区当时用的是粤北天井山电视差转台（位于现韶关市乳源瑶族自治县天井山最高峰）的信号，播放的还不是当天的节目，是广东电视岭南台、珠江台（当时能收看的就这两个台）当天录制好的录像盒，送到差转台后于次日晚上播出。

寒假过后学校开学，三叔和爷爷担心电视影响我们读书，就把电视机锁在衣柜，钥匙由爷爷保管。因为三叔要到几公里外的某小学教书，一般星期六傍晚回来，星期天下午又返校，工作忙时几周才回来一次。有时听同学说这段时间播出的电视节目很好看，我们实在忍不住，便想办法骗没多少文化的爷爷，年龄比我长几岁的五叔哄道："电视机久不使用会像刀一样生锈的。""时间长不通电，电视机会潮湿造成短路、烧坏的。"什么叫短路爷爷不知道，但刀生锈、潮湿却清楚得很。那时村子几乎全是泥砖墙泥地板房屋，每逢潮湿天气，墙壁、地面像雨淋般。爷爷想了想，把衣柜的钥匙给五叔，叫他"保护"好电视机。于是，我们隔三岔五又有电视节目看，开心极了。

记得好像是1983年暑假，正是引进香港电视连续剧《大侠霍元甲》播出期间，从第一集开始便像电影《少林寺》那样吸引人。每晚一集，8时播出。那时我们在家帮助大人"农忙"。酷夏时节，大人们叫我们避开中午火辣辣的太阳，待下午4时过后再出工，宁愿干到天黑才回家，这样就不会暴晒。可我们不管，提前至中午2时出工，傍晚6时多完成大人安排给我们的农活任务，赶紧回家，煮饭做菜，填饱肚子，提前上厕所，把自己排空（免得因大小便问题影响观看），冲了凉，占好有利座位，全神贯注等待《大侠霍元甲》的到来。如果突然有什么事暂时离开客厅，当听到主题曲"昏睡百年，国人渐已醒……"响起时，立马以最快的速度奔回自己已占好的座位。

20世纪80年代中后期至90年代中期，包括爸爸在内的司机们，每逢驾车出差到珠三角一带，亲戚、朋友、同事经常请他们帮忙买电视机。因为那时我们小县城的电视机品种甚少、价格昂贵，而珠三角城市的电视机价格实惠，可选择的品种较多。特别是番禺电器城，各种型号、品牌的洋品牌电视机凭君选择，价格要比大商场便宜几成。据说当时很多被海关查获的走私电视机经处理后在那里出售，因此一天到晚都车水马龙，可想而知他们是如何赚大钱的。据业内人士透露，当时番禺电器城一个几十平方米的铺面转让，仅转手费就几十万元。

电视机由小到大，屏幕由厚到薄。再后来，液晶电视取代笨重的显像管电视。如今一台60英寸的液晶电视机，价格比20世纪80年代末的21英寸还要便宜，再也不必像以往节衣缩食若干年才能攒足购买电视机的钱，现在半个月的工资便能拥有一台全新的宽大的液晶电视机。

音　响

我家的音响是日本的SONY（索尼）组合音响，1994年下半年在广州海印电器城购买的。那时到处都掀起卡拉OK热潮，很多家庭级"歌星"为能在歌舞厅一展优美的歌喉，经常在家对着音响反复模仿歌星练唱。当时我在某单位当驾驶员，经常驾车到广州出差。购买前的两次出差，其实我就悄悄地到广州新大新百货公司的家电楼层，欣赏它美丽的芳容和动听的声音。那时我很喜欢听歌，经常在专卖音响的店铺，眼睛盯着音响、耳朵听着音乐，迟迟不肯离去。新大新这款音响售价6100元，而海印电器城4700元。

◆　我家的索尼组合音响

其实这台音响是妻子的嫁妆。当时我和父母一起住，家里已有一台电视机，再买电视机觉得作用不大，便动员妻子买音响，品牌款式我早选好了。当年我们结婚请喜酒时，送嫁队伍抬着的其实是音响的空纸箱，音响早就被我摆在家里使用了。

与音响相伴而来的是CD唱片。有了音响后，出差有空老是想往卖唱片的店里钻，像购书一样慢慢选购心爱的唱片。至今仍有数十张CD唱片在音响下面的柜子"睡觉"，以港台歌星专辑居多，如谭咏麟、张学友、刘德华、梅艳芳、徐小凤、黄凯芹、蔡国权、邝美云、孟庭苇等，很多是几十元一盒的，最贵的一盒（两张）300元。怪不得有人说，音响也挺烧钱的。

1996年儿子出生，我和妻子商量给儿子起名字。当时家里具有标志性、值钱的电器就两台：一台为父亲买的北京牌彩电，一台便是这索尼牌音响。我说，干脆就叫"刘北京"或"刘索尼"，做个纪念吧。妻子当即行使否决权，说不洋不土，没有新意。后来再三斟酌，还是选了个与歌有关的"咏"字做儿子的名。

播放CD唱片是这台音响的亮点功能，除此以外还可以收听电台、播放磁带。后来，我搬了新居，与父母分开住。DVD机进入我家后，我把DVD机、电视机、音响连接在一起，当作家庭影院和卡拉OK用，音质和画质还挺不错。每当有闲情时，便拿出麦克风，尽情"演唱"偶像歌星的歌曲，一首又一首，过足了瘾，心旷神怡。

我参加工作30多年，家里的不少电器如电视、电脑之类已多次购买、换代，而音响只购买一次。近几年来，这台音响摆放在客厅甚少使用。妻子有时说当时买其他物品可能更好。我说："你的嫁妆之一自行车后来被人偷了，项链戴在脖子上又显得炫耀，只有这台音响实实在在陪伴我们至今，朝夕相见。当初购买这台音响做嫁妆，证明眼光独到。"

自行车纪事

刘庆辉

　　自行车承载着几代人的梦想。每个人都有过与自行车难舍难分的经历。我也不例外，且听我说说我家自行车的故事。

　　20世纪70年代初，自行车在我生活的小山村是稀罕之物。自行车与手表、缝纫机是那个年代的三大件。谁家拥有其中之一就意味着生活非同一般。面朝黄土背朝天的农村人，温饱都顾不上，哪敢有非分之想。城镇人想买都难，更别说像我家劳动力少、吃饭人口多、入不敷出的家庭。

　　那时大队都没有自行车。公社配有几辆自行车，供干部职工下乡办事使用，相当于现在的公车。当时我爸爸在公社工作，有时周六下班后，也骑自行车回家。

　　与自行车相关、令人兴奋的事我们小孩子当然不能错过。掌握爸爸回家的规律后，我们就提前在村口的公路旁"埋伏"起来。当时我们村的四周本来没有公路，是因为县里在邻村山脚下建了个大电站才开的简易公路，甚少车辆行驶。看到自行车出现，我们便一拥而上，把自行车和爸爸团团围住，目光和手都停留在自行车上。爸爸看到我也很高兴，毕竟最少也有几天不见了。爸爸停下车，抱我坐在自行车后尾架上，又抱一个小孩侧坐在前三脚架。爸爸有时自己先跨上座包，骑着自行车在沙子公路行驶一会儿，让我们过把坐自行车的瘾，然后返回，再从坑洼不平的村道回家，一路上引来无数羡慕的目光。这个时候，坐上自行车的孩子更是觉得风光无限，无比自豪；没有坐上的迈着小腿跟着自行车一路小跑，也开心得无法形容。当然很多时候爸爸也是步行回家，有时在路口看见我们那种失落状，便从口袋掏出几个糖果分给大家，安抚我们的心情。

那时我们村私人要想拥有一辆自行车，比现在拥有一辆私家轿车还难。能有这个能力的必须是读书考上中专以上、迁户口吃公粮的人，而且起码省吃俭用一至两年才敢把梦想变成现实。

我三叔就是勒紧裤头从牙缝里省了近两年，才买回一辆自行车。他寒窗苦读，终于考上师范学校，跳出"农门"，后来又分配到连南寨岗公社的中心小学教书。那时农村没有什么交通工具，如果半夜有人突然生急病，需要到公社医院就医，只能用木板做的手推车推着去。

我三叔经常回家靠双腿走路不是办法，虽然只有不到10里路，但没有辆自行车很不方便。于是，他从每月20多元的工资中存下5—10元，硬是用近两年的时间攒够一辆凤凰牌自行车的钱。

崭新的自行车买回家，就像如今买了辆崭新的私家轿车一样，村里不少人专门来我家看自行车，问这问那，很是好奇。年长的问这自行车一次能运多少包化肥。小孩子拨拨车铃，爷爷抽起自己用烟叶卷的散烟出神地看着车，三叔在车旁像推销员一样，对自己心爱的自行车介绍不停。一屋子温馨无比。

当时的自行车要到派出所去上牌，每辆自行车都有牌号和车证，就像现在的汽车、摩托车一样。到了派出所，民警拿出专用工具，在脚踏转轴上方的关键位置，一手握锤一手握专门印号码的工具，用锤砸出一串号码，作为车架号。如果自行车万一被盗，可凭这车架号找到失主。

三叔对自行车十分爱惜，每次骑回家，总是用布把自行车上下左右、前前后后擦得闪闪发亮，要是下雨天把自行车淋湿了更是如此。停放时，专门用块木板把前轮垫起来，后轮则有自带的支撑架支撑起来。三叔说这样两个橡胶轮胎就不会接触到泥巴地板，使用寿命就会长些。

那时购自行车要像购其他生活物品一样凭票。一个村的自行车票分配名额十分有限，生产队队长就采用最原始最实用的办法——捡签。队长把分配来的各种物件的名称写在纸上，比如棉被、布匹、缝纫机、自行车、手表……

然后分折好丢在地上。僧多粥少怎么办？那就折多几张空白的，保证每户人手一签，捡到什么签全凭运气。当然，也有就算捡到三大件其中之一大票的也开心不起来，因为没钱买呀！因此，也有捡到自行车票的与捡到布匹票的私下调换；确实无人肯换的，只好把大票送给别人。

时光流逝，慢慢地，在农村显得无比实用、高档的自行车成为每个家庭优先购买的物品。

星期天或学校放假时，我们小孩子最高兴的事就是学骑自行车，先是在家门口的晒谷场学，车尾后面有个大人像搀扶小孩子学步一样修正平衡。如果身高不够，就坐在三脚架那条直杠上，屁股被震痛也无所谓。再矮小的上不了三脚架，就把右脚伸过三脚架里面的空间，不能像大人那样双脚踩着脚踏360度转圈循环，那就每次踩大约四分之一的幅度。

如果大人要干活忙不过来，就在车尾架横向用绳索绑上两条扁担。当然是用木扁担而不是竹扁担，因为竹扁担较滑。这样学骑者即使失控，自行车也不会摔在地上——有扁担支撑着，巧妙地保护了自行车。自己觉得在晒谷场学得差不多，便觉得晒谷场的空间太小，施展不开，骑得不够痛快，于是便跃跃欲试骑上公路。即使是在酷暑，火热的阳光把我们的肌肤炙得疼痛；或在寒冬，冰冷的空气把四肢冻得生硬，我们全然不顾。对于我们小孩子来说，还有什么比骑上自行车更过瘾的事？当时我们的记忆是，如果不小心被摔，只知道脚骨冬天比夏天更痛。当然如果真的被摔了，自己的身体摔伤倒不害怕，如果自行车被摔坏就不好交代了，回家十分害怕长辈的责骂。

好些的自行车，长辈坐回家都要上锁，并非防止被人偷——那时我们乡下的风气淳朴得很，鲜有偷盗事件——而是担心被我们推出去练车。当然我们很识趣，即使没上锁，也不会贸然偷用，最多坐在自行车上原地不动地拼命踩，过一把原地不动的骑车瘾，然后恋恋不舍离开。

直到读初中，我才拥有自己的半辆自行车——与哥哥合用一辆。哥哥比我高两年级，上学时，他载着我向近10里的寨岗中学奔去；放学时，他又在校门口等着我。风雨来风雨去，直到他中学毕业。后来家里多买了一辆自行车，于是我拥有了我的自行车——当然是旧的那辆，新买那辆理所当然给哥哥。即使这样，我心里拥有"专车"那股兴奋状难以形容，以后想骑车去哪里再不用问这问那，想骑就骑，说走就走，何等快乐。

自行车渐渐多了起来，家里也多了维修自行车的工具、配件。其中打气筒和补轮胎的工具少不了。那时的自行车都是多用途的，载人或载物。路遥知马力。我们农村的自行车很多都是把车胎气打得涨鼓鼓的，这样踩才省力。可越是气压高，夏天在载人载物的情形下，爆胎的概率也越高。特别是后车架坐人，前面三脚架也侧坐人，总是超载行驶的自行车更是如此。也有不小心被路面的铁钉、碎玻璃扎穿的。那时大街上和公路旁，有专门从事维修自行车、补胎的行业。百货大楼有专门卖配件的柜台，大到自行车的车把、轮框、内外胎，小到刹车胶皮、转轮滚珠，一应俱全。节假日，我们的乐趣之一就是推出自行车，拿出工具箱，把自己的自行车保养维护到最佳状态，乐此不疲。

1987年秋，我在连南县城进工厂参加工作，很多时候要三班倒。那时上班的路上人车稀少，不像现在那么繁华。当时我的身体很好，下雪天也只穿两件衣服。我经常骑着一辆老掉牙、经久耐用的自行车去上班。为了生活，风雨兼程。有时寒风太猛，吹得双手发僵，我竟把双手插入口袋，利用身体的平衡，耍杂技般脱手骑车。那时在工厂，与自行车相关、印象较深刻的是年长一些的工友斗嘴，有时会搬出"你有什么了不起，你谈婚时的自行车还是我借给你的""没有我的自行车，说不定你老婆还讨不上"。

我结婚时，妻子的嫁妆之一就是自行车，女式的。那时妻子就骑着自行车上下班。有段时间她没怎么使用，转给我用。1995年的某一天，我有个高中同学借去骑，结果被人偷了。他找到我说："自行车被偷了。"轻描淡写的一句话再无下文，根本没打算赔回一辆给人家，害得我不知怎么跟妻子解释。天啊！按现在来说，相当于一辆几成新的普通私家轿车被人偷了，心里那个疼啊！

儿子读初中时，说要自行车，我花600多元买了一辆他喜欢的款式给他。谁知没多久，有一天早上，我在家里的楼梯间没有看见他的自行车，就问他车呢？他迟疑片刻才反应过来，立马飞身下楼，一路向超市狂奔，却失望而归。原来昨晚他骑自行车去超市购物，回来时忘了骑回来……我也甚觉惋惜，毕竟才用了不到十天呀！可我还是安慰儿子说，没事，长长记性，以后就不会掉东西了。

无独有偶。几年后我大嫂去市场买东西，自行车在市场旁一停就是几天，待恍然想起时，觉得自行车肯定不复存在，谁知待她再到市场时，那辆熟悉的自行车还在原地一动不动地等着它的主人。我们事后诸葛般分析，应该是现在县城到处都有摄像头、视频监控，治安良好，文明程度日益提高，同时现在交通工具早就被小车和摩托车取代，自行车已无"盗"的价值。

前几年儿子读大学时，用我给他的生活费，买了一辆可参加比赛的自行车。儿子业余喜欢运动，广州黄埔马拉松、清远马拉松、连南半程马拉松不少赛事都参加过。买赛车的目的是冲着2018桂林阳朔铁人三项赛而来。广州大学城至桂林阳朔数百公里之遥，人生地不熟，还要携带赛车参加，当时我和妻子劝他放弃报名，但他执着要参加，乘大巴时，还要多花几十元托运赛车。2019年大学毕业，他去了外省工作。一天，我突然想起他这辆赛车，发微信问他，回复说送给同学了。呵呵，毕业还做了一件正能量的事，值得点赞。

如今，我们早已告别用自行车代步的年代，但回想与自行车一起走过的酸甜苦辣，仍觉甚有滋味。一路走来，自行车见证了社会的进步，见证了祖国的强大！

连南，我那回不去的梦里瑶乡

曹宣雷

　　初识连南是在2014年冬天，我就读的广东技术师范大学民族学院组织学生到连南瑶族自治县开展调研学习活动，一行30多人先后走访了瑶族博物馆、油岭古寨、南岗瑶寨等地，有幸现场参加了油岭古寨的婚礼，还拜访了油岭小学和南岗中学等地。当地淳朴的瑶胞、秀丽的风光、浓厚的民族传统文化等让人印象深刻，难以忘怀。可谁承想，自此便与连南结下了一份深厚的情谊。

　　2015年夏天，民族学院举办"岭南民族语言与民族文化"研究生暑期培训活动，再次走访了油岭村、南岗村、墩龙瑶寨等地方，进一步加深了自己对连南的了解。2016年夏天，跟随导师刘付靖教授及师弟师妹们再次到连南开展调研活动，还曾徒步爬上油岭老寨参观走访。2016年9月至11月，我的硕士毕业论文启动调研活动，独自一人到油岭小学、南岗中学等地开展为期近两个月的田野调查。2018年大年初一晚上，开车前去茂名信宜迎娶妻子时，在毫无征兆的情况下被车载导航带到连南县城切换高速路线，一行人在连南县城吃了晚餐之后才继续赶路，高兴之余不得不感慨自己与连南的缘分，内心深处除了感恩之外，更多了几分牵挂与思念。

　　记得初次到油岭古寨参观时，那善良淳朴的瑶族老阿姨非常热情地招待我们一行人，尽管老阿姨的普通话不怎么标准，但大家都能感受到她的热情。临走时，老人家把家里的南瓜、冬瓜等土产搬出来要送给大家，让我们一行人感

◆ 盛世歌堂 油岭瑶寨（赖文锋/摄）

动不已。是呀，老阿姨的生活条件确实还相对艰苦，但她的内心世界却如此纯洁，让人久久难以忘怀。后来，又去过几次油岭古寨，只可惜每次去老阿姨家拜访时，她都不在家，房门是锁着的。时至今日，竟然连老阿姨的姓名都不知道，说来实在是惭愧。

还记得那年冬天，天气寒冷，许多瑶族同胞都在家门口的田野上燃起一堆堆篝火，三五成群地围坐在一起烤火、抽烟、聊天。原本大家都是把粗大些的树枝当板凳用，见我们到来之后，热情好客的瑶胞们特意从家里搬出了椅子给大家坐在一起闲聊。就这样，一群人围在篝火边伴随着阵阵炊烟慢慢叙说着各自的话题，而这一切都毫无违和感。其中，在拜访当地"先生公"的过程中，老人家还特意在门口的空地上点燃了一堆篝火给大家取暖。在我们看来，面前熊熊燃烧的"篝火"更多的意味着来自长者的关心和呵护，就好像那咖啡厅里演奏的"钢琴曲"，即使身处凛冽的寒风中，也让人倍感温馨。

时常会想起油岭的唐罗好叔叔和唐罗好尔阿姨，在油岭小学调研学习期间，一直吃住在他们家里，夫妇俩特意腾出了二楼一个房间给我居住和学习，把我这个穷学生当亲人看待，第一天便把家里的钥匙给了我。叔叔夫妇白天要外出干活，到晚上才回家，我上午外出调研回来之后便独自在他们家做午饭吃。待叔叔夫妇俩晚上收工回家后，总会特意炒上几个菜给我吃，生怕我吃不饱。有时候，我也会提前把晚餐做好待叔叔阿姨收工后一起吃，饭桌上会相互聊一些感兴趣的事情，待一切收拾妥当之后，我便回到房间整理白天的调研资料。结束油岭小学的调研返校那天，叔叔往书包里塞了一袋花生给我路上吃，待回到学校打开袋子之后才发现里面放有一个纸包，纸里包着200块钱，纸上写着："小曹，你好！你的心意叔叔、婶婶心领了，你现在学业未成，自带薪学习，实属不易，等将来学业有成，有缘再次来到家里做客的话，我们再行待客之道。我们没有什么特产可送，带一包熟干花生回去，可解路上饥饱问题。200元钱解决不了什么，但对你学业多少有些帮助。祝一路顺利、平安。叔唐罗好。"那一刻，深深地感动了我。这些年，无论走到哪里都会想起唐罗好叔叔夫妇，想着有朝一日能够再回去报答他们的恩情。

忙碌之余，时常会把《瑶族舞曲》翻出来单曲循环一阵，每当那优美的旋律在耳边响起，便仿佛自己已置身于那茫茫的大瑶山之中，站在夕阳西下的路边远眺那秀丽的万山朝王，围在火塘边欣赏那美丽的瑶族舞蹈，穿梭在油岭古寨的小巷里感受千年瑶寨的沧桑岁月。

手机里一直保留着与连南相关的部分公众号，日常生活中，虽然身处千里之外，但凡与连南瑶胞们相关的信息都会留心关注一下，默默地在评论区点个赞。也许自己只是连南这片沃土上的一个匆匆过客而已，但那些镌刻在记忆深处的东西却是永远也抹不掉的，正如自己曾经在三江县城、油岭古寨、油岭小学、南岗千年瑶寨、南岗中学等地所留下的足迹和身影一样，当照片定格在那一刻的时候，便已是永恒了。

这些年为了生计四处奔波，竟然再也抽不出时间回去看看，也曾暗下决心，邀上三五好友前去连南瑶乡游玩几日，但终究还是未能成行。随着工作的变动，距离连南已经越来越远了，难道连南真的已成为我那回不去的梦里瑶乡了吗？可在自己的心里，明明还深深地思念着那片土地和生活在那片土地上朴实善良的瑶胞。

瑶山那抹红，早已深深地刻入了我的心房。

军寮公社林业中学

口述：李大力三公 采写：房志荣

军寮公社1974年前是连南瑶族自治县的一个公社，级别和现在的乡镇同级。当时的军寮公社管辖现在的军寮村委、牛路水村委和现在涡水镇必坑村、大竹湾村委。1975年后，军寮公社和大掌公社合并成现在的大坪镇。

为了响应当时党中央多种树增加绿化面积和增加人民收入的号召，1963年开始，军寮公社在现在的涡水镇原大横龙村庄旁北边的耕地和林地上开始培育杉树苗和药材苗（例如熟地等）。1965年，为了培养育苗人才和提高种植技术，军寮公社在育苗基地的基础上，成立了军寮公社林业中学。

当时军寮公社林业中学总占地面积大约200亩（包括育苗基地），配备校长一名，教师两人。校长李大力三公，男教师李家世，女教师廖老师（被采访者只记得姓氏，忘记了名字），学生36名，都来自军寮公社有点识字的村民。在该校就读过并且现在还在世的有军寮9队的房买古沙一公、8队的李万沙七婆、2队的镇退休干部房告晚（房介八沙三公）、牛路水村委西米洞村人原县图书馆馆长房国强（房买行沙一）、现涡水镇大竹湾村委沙田村房表哥告义一公等等。学校建有办公室1间，教室2间，厨房（饭堂）1间，会议室（礼堂）1间，宿舍20间。当时分管军寮公社林业中学的公社领导是盘志良和赖永连。学校性质属于公社自办，自负盈亏，学生半读半农。

随着"文化大革命"的深入和学生半读半农而生源逐步减少，1969年，军寮公社林业中学被撤销。

　　军寮公社林业中学成立，响应当时党中央多种树增加绿化面积和增加人民收入的号召，培养了一部分培育杉树苗和药材苗的技术人才，使原军寮公社的村民到现在还保持开荒种树、从不丢荒林地的良好习惯。同时，也使部分人员参加了工作，更好地推动了本地干部的输出。

从文盲到知识分子：瑶族两代人的成长记忆

盘 鹃

"南岭无山不有瑶。"由于历史上的原因，瑶族作为南方山地民族，只有本民族的语言没有本民族的文字，他们困顿于大山，贫穷、落后、愚昧，一度成为他们的"代名词"。渴望有文化，企盼有知识，便成为他们心中那盏在夜晚发光，可以带来无尽光明、温暖和希望的灯。

1950年，油岭瑶寨的瑶族人民当家做主，建立了乡（村级）人民政府，还要筹建之前想都不敢想的油岭小学，世代相盼的瑶家人终于盼来了共产党那盏光明的灯。父亲那一代人，除了略识几个汉字的先生公以外，几乎都是文盲。他们只会用玉米粒记日子，愚昧到钱也不会数，所以他们很少赶集，生怕上当受骗。这种"睁眼瞎"的日子实在不能继续下去了！就在这一年，我父亲盘法同九斤公加入了中国共产党，他认识到文化对一个民族的重要性，便主动请缨负责筹建学校，让后代永远结束"睁眼瞎"的痛苦历史。

1951年3月，油岭瑶寨组织互助组发展生产，父亲既要做好村务工作，还要回到互助组从事生产挣工分，十分辛苦。无论生活如何艰难曲折，父亲都负起建校的责任，对"知识的力量"深信不疑。在父亲的带动下，瑶寨那些不愿下一代也成为"睁眼瞎"的村民同心协力，用心中的那盏灯装点如墨的瑶寨，构成一道亮丽的风景线。这年秋天，学校建成了，王世英老师来了，学生上课了。父亲并没有因此放下心，一有空就到学校，主动跟不会瑶语的王世英这些汉族老师沟通，解决他们的实际生活问题。"孩子上学有什么困难，学校条件怎么样？"每次到学校比画着问王世英老师的第一句话都是这样。父亲浓浓的教育情怀，让王世英这些老师深受感动。这些从汉族地区来的老师，也以中华民族一家亲的感情呵护瑶族学生。1960年，油岭小学被评为全国"红旗学校"。

1968年，贫下中农管理学校，父亲成为"贫管代表"，负责监督改造知识分子，让知识分子接受贫下中农的再教育。因为母亲要挣工分，姐姐们上学，6岁不到的我也被父亲送进了油岭小学。已经开始懂事的我发现，父亲这个"贫管代表"只是负责学校的修修补补和老师的后勤生活，并没有要求老师劳动改造。记得有一次大队长对父亲说："你是贫管代表，怎么能怂恿老师只上课不改造呢，这要犯错误的。"父亲说："人家本来是城市的人，来到我们瑶寨就算是改造了，怎么还要劳动呢？"大队长被驳得哑口无言。此后，学校风平浪静，老师专心教学，学生安心上课，教室里总能听到琅琅的读书声。

1969年，父亲担任大队书记，对学校更重视了。他认为经济上的贫穷不算穷，没有文化的贫穷才是真正的穷。人要是有了文化，就能明事理，才能明明白白生活，本本分分做人。在父亲的影响带动下，油岭瑶寨的村民们渴望自己的子孙后代都能学知识爱知识，用知识点亮人生，成为德才兼备的社会有用人才。这期间，老师只管安心教学，柴火和菜园全由村民包了，尊师重教蔚然成风，这也成就了油岭瑶寨相当一段时期在连南瑶族自治县的瑶族地区中出现大学生最多的佳话。

在父亲的影响和严格要求下，我总在检讨自己的学习，深信"知识从来不属于懒惰的人，只有勤奋才能结满丰硕的果实，才有力量向理想的目标靠近，才会创造崭新的自我，让执着的追求书写无愧的人生"。

1977年7月，未满15周岁的我终于完成了高中学业，之后迎接恢复高考后的首次高考，结果名落孙山，没能考上大学，于1978年进入连南农林技术学校就读林果专业。1981年毕业后，我回到家乡的农业技术服务站担任技术员，负责指导5个瑶族行政村的农业技术。由于家乡基本上种植水稻、玉米等农作物，而我在校读的专业是林果，对不上号，便从头开始学习，再用自己学到的知识指导农业生产，连年获得丰收。看到农民舒心的笑容，我也满足地笑了，感受到了知识的力量。

在农科站工作的两年里，我一边学习专业知识，一边学习文学创作。两年间，我从一名默默无闻的农业技术人员成长为新闻通讯员、文学协会会员。1985年6月，我在连南林业局营林股担任技术员，被连南文化局选调到南岗文化站担任站长。1986年8月，我创作的新故事《寡妇门前谣言多》获韶关市群众文艺作品创作二等奖；1988年6月，采写报告文学《瑶山鼓王》，把坚持传承和弘扬瑶族长鼓文化的正能量宣传出去，在《清远日报》刊登后引起强烈反响。同年12月，我被调到盘石乡政府从事行政工作，农业知识很少用得上了，便发挥自己的文化专长，继续把身边的好人好事报道出去，1989年9月采写的报告文学《手——瑶家两代人纪事》荣获《广东农村报》国庆征文二等奖。

1993年6月，我从盘石乡调到三排乡工作，担任政府办主任一职。工作量大了，工作任务重了，但我仍坚持着"为人民抒写、为人民抒情、为人民抒怀"的初心，不但采写新闻稿件，创作文学作品，还拿起相机记录瑶族山区的人文景象，也因此收获颇丰。我拍摄的《连南排瑶服饰》和《排瑶的葬礼》两组组照，2017年分别获得第10届国际民俗摄影"人类贡献奖"年赛纪录奖，被《南方日报》记者以"从民俗摄影中走出来的'工匠'"为题作了报道；2018年，我拟题为《鼓舞》的长篇小说被中国作家协会列为"2018年度少数民族文学重点作品扶持篇目"；拍摄的组照《耍歌堂，瑶族的历史文化记忆》被中国民族博物馆永久性收藏；2020年，我创作的报告文学《贫困户眼中的第一书记》和《爱的另一种表达》分别在清远市文明办、文联、作协联合举办的征文活动中获得大奖。

30多年间，我从一名没有自己民族文字的文盲后代成长为令人尊敬的知识分子，这少不了父亲的教诲和党的培养。1986年，我被吸收为广东省民间艺术家协会会员；2019年，先后被吸收为中国摄影著作权协会会员、广东省摄影家协会会员、广东省作家协会会员。

尽管父亲已经看不到这些成绩，也没办法分享我的喜悦，但党和国家通过知识的力量让瑶族人民改变自己命运的事例是实实在在、有目共睹的。新中国成立后的油岭瑶寨，许多"睁眼瞎"的后代们就是依靠知识改变了人生，他们或站在了讲台上，或走进了机关里，沐浴着党的光辉，吟唱着春天的故事，心中洋溢着满满的幸福，成为新时代的中坚力量。

我与对联结了缘

谢 火

　　"对对红联红对对，声声爆竹爆声声。"这是副回文对联，可顺读可倒读。每当我读这一对联，我就会想起过年红联对对、爆竹声声的情景。童年记忆中，过新年，除了年夜饭桌上许多荤菜好酒之外，就是家家户户门前贴着的大红春联了，它给村庄增添了喜庆的色彩，正是："佳节千村萦紫气，新年万户绕祥云。"

　　从童年时代开始，我就对对联产生了兴趣。记得儿时的大年三十，早上起来，叔父就开始搬来桌子，磨墨备纸，边拿起毛笔边思索着对联的内容，经他思路定格后，便举笔一挥而就写出了"上上下下男男女女老老少少都添一岁，家家户户笑笑谈谈欢欢喜喜各过新年。"一副红红的对联展现在我眼前。此情此景，我记忆犹新，经久不忘。也就从那时开始，我就爱上了对联，与对联结了缘。也就从那时开始，我就立志以叔父为榜样，写好字，练好字，将来为群众写出更多更好的对联。

　　1972年，我完成了学业，参加了工作，在单位办公室开始了以笔为伍，书写各式材料，如横额、标语、座地牌等。经过多年的锤炼，我的书法不断长进，1989年成为县书法协会会员，每年春节回家就为当地群众书写对联。几年下来，群众说我进步不小，是个写对联的好手。

　　知识是力量的源泉。从20世纪80年代末开始，我就到邮局订阅对联杂志、书法报刊，至今从未间断。这些报刊陪伴我走过了多少个春秋多少个日日夜夜已记不清，正是它们丰富了我的知识，提高了我写对联、书法的水平。

2019年，一位姓罗的朋友邀我去他家做客，听说那位朋友一家很有文化，一家大小都喜欢对对联。在他的盛情邀请下，我答应启程出发，途经一条街道时，看见街道旁都是小店，于是买了些手信（礼物）带上。这时，我触景生情，灵感一来，脑海里立刻拟成了一副对联："一条大道通南北，两边小店卖东西。"

朋友的住宅坐落在一个门前绿水流淌、屋后青山林密的地方，我信步到了他家门口，一副红红的对联立即映入了我的眼帘："门前绿水财源广，屋后青山利益长。"此联写出了主人的境地和心愿，好联啊好联！午餐酒席开始，桌上摆满了猪肉和鸡鸭鱼，荤菜丰盛，酒过三巡，我举杯提议："都说罗家文化有传承，大小好对联，不妨由当家的出句上联，再依次大小对句下联，如何？"当家的当即应允："行，我先出上句，再由我爱人依次接吟对句下联。"吃饭于是成了全家对对联说理想的场面：

老公：马踏春风寻绿草，
老婆：妻迎盛世享安康。
儿子：儿奔富路过吉年，
儿媳：媳逢好运最欢心。
女儿：女圆美梦遇良人，
孙子：孙腾梦想驾祥龙。

对毕，我也诗不成诗地接道：

罗字写成四维罗，
文化传承四海歌，
全家对联说理想，
吟出对句感动我。

在回家路上我想：此行我没枉来，我看到了对联文化在民众中有传承，而且氛围极为浓厚，每每过年，都可看到"红联对对、爆竹声声"的场面。

改革开放后，党的惠民政策让农民富裕起来，"瓦屋小房成古迹，高楼大厦看今朝"。座座高楼林立，每到一处，都可看到："政惠三农，果硕稻香，小车泊满新村道；泽滋百姓，丰衣足食，广厦撑高盛世天。"美丽乡村、整洁村、乡村文化室……随处可见，楼房多了，对联随之更多了，千家万户加倍的对联需求，如果没有印刷对联的充实，靠手写是很难满足的。

这几年我所写对联的毛笔就与烂作废了很多，要常买毛笔，常换毛笔。我所用的墨汁，每年都要一箱（24支，每支一斤）以上，可见用联多纸多墨多。近几年来，由县书法协会组织了一支书写对联的队伍，送福送春联下乡，为群众书写对联，每到一处，群众都满脸堆笑，刚写就的对联墨迹未干，乡亲们便将它铺在空地上晾晒。红红的对联像是给空地坪上铺上一片灿烂的红霞，显得耀眼、喜庆。每次送福送春联下乡回来路上，都能听到不少村民边走边说，免费拿春联，共产党好啊！

2020年一位来我小店写对联的村民，说起他家老爸贴对联贴错的一个小小的笑话故事：他家老爸老了，眼力不济，文化不高，常有把对联贴歪、将上下联贴反的差错。有次居然把应贴在猪圈的"六畜兴旺"的春联贴在了自己的睡房，成了村里人茶余饭后的笑谈。我是一个常给村民写对联的人，听了后引起了重视，凡是到我小店座谈的人，每次谈到对联，我就给他们讲解一些有关张贴对联和识别上下联的知识。当我给村民写完一副对联，我都会在对联的背后写上左右（上下联），以避免村民将对联贴反。在我往后举办的书法授课班上，我都会将写好的对联挂起来教导学生，什么叫上联下联，什么叫横批，怎样识别上下联，对联的正确贴法等知识。我想：书法文化、对联文化两者都是紧密相依的，中华民族文化必须从小抓起、学起，从小培养起，只有这样才会得以传承。

我在万千对联和书刊中收集而来的不少精品，用不同的形式字部，分门别类，一部一内容记录下来，20多年来的积累，感觉这些精品都具有实用性和思想性。我收集精品的目的在于充实知识，品味艺术精华，也方便逢年过节书联之用。我爱好书法而更喜好对联，书法能陶冶性情，有益身心健康；对联能丰富知识，培养知识。爱好对联、收集对联、品味对联是我的乐趣。

瑶家拜年"三宝"

盘 芸

　　什么是乡愁？在我心里，乡愁是一种味道，是小时候春节的拜年"三宝"。爽口郁香的烟熏肉、香浓软糯的油炸糍和芳香醉人的米酒，一直深深地藏在我的记忆里，常常在脑海里闪现，也常常在梦里萦绕。自参加工作后，一直从事文化旅游服务工作，极少回家过年，乡愁也越藏越浓了。

烟熏肉

　　我的家乡在连南瑶族自治县三排镇东芒村，是一个在半山腰中的纯瑶族村寨，我是在山里土生土长的瑶族人。烟熏肉是我们瑶家人过年家家必备的一道美食。过去祖辈们依山而居，为了储存肉食，便把吃不完的各种食用肉挂在火炉堂上熏烤，烟熏猪肉便是其中一种。

　　烟熏肉的制作过程很简单，分四个工序：首先是挑选材料，烟熏肉要挑选半肥半瘦的猪肉，然后切成一块一块备用；其次腌制，用适量的盐和小量的料酒，均匀地涂抹在猪肉上，腌制三天三夜；其三就是晾晒，把猪肉用竹皮条穿起来，再挂到竹竿上，放在太阳能照到、风能吹到的地方，晾晒到半干的状态；最后是放到火炉堂上熏烤，增加香味。

经过腌制和熏烤的猪肉非常香，特别是肥肉，色泽金黄通透，吃起来特别爽口，一点也不油腻。烟熏肉也是我们瑶家人招待客人必不可少的美食，有客人来的时候，就会割一块下来下厨，方能彰显主人家热情好客之道。烟熏肉不管是洗干净后直接用水煮，或者干蒸，又或者跟菜心炒，跟芹菜蒜子炒，都香气四溢，美味可口。

油炸糍

每年的农历十二月二十八是我们瑶族的小年夜，这一天，家家户户都会在家准备春节要拜年和招待亲友的油炸糍。油炸糍是我家乡过年和婴孩出生满百日，摆百日酒必不可少的一道小吃。油糍的用料很简单，用糯米粉拌和一点粳米粉，再配点红糖做馅料。制作过程也很简单，先把糯米粉倒进木盆里，然后一点一点地倒清水，揉捏成柔软的面团，然后再用手取一点糯米面团搓成一个圆圆的小面团，再包裹着一块红糖作为馅料，然后碾成一个扁圆形的薄饼，有的人还会粘上一点芝麻，最后放到烧开了花生油的大锅里慢火炸熟。每当妈妈炸油糍的时候，我们都会围在火炉旁，迫不及待地想要吃。油糍炸好捞出来后，整个厨房溢满了香甜的味道，油糍金黄金黄的，看得我们垂涎欲滴。而母亲总是大声责备我们，说刚出炉的油糍很热，要等放凉了才可以吃。煮饭的时候，把油糍放在饭上蒸一下，香甜软糯，让人吃了还想再吃。我最爱吃的是甜酒糍，家里有甜酒的话，煮甜酒时放几个油糍下去煮，酸酸甜甜的甜酒搭配软糯的油糍，简直让人唇齿留香、回味无穷。

酿水酒

瑶族人大多喜欢喝酒，有以酒代茶的习俗，餐桌上是少不了酒的，便有"瑶家无酒不成席"之说。有客人来家里做客，首先会倒上一碗米酒给客人，方能彰显主人家的好客之道，若是倒一碗茶给客人，反倒让客人觉得主人家小气。

过去，几乎家家都有一套酿酒的工具。瑶家酿酒，一般用大米、玉米、红薯等五谷杂粮自酿。酒类有糯米甜酒、粳米烧酒、玉米酒、红薯酒、高粱酒，还有强身健体的药酒、治病救伤的跌打酒等等。我的家乡还有一种不用经过酿酒工具蒸熬的米酒，叫"水酒"。水酒的制作过程比较简单，先把大米洗净，用水浸泡一个晚上，用锅蒸熟，放凉后拌些酒曲，然后直接放到酒缸里，把酒缸置放在阴凉的地方，经过半个月自然发酵酿制而成。酒呈白色，度数较低，略带酸苦味，口感比较好。因为好喝，往往使人失掉警惕性，一杯接一杯地喝。但是这种酒后劲都大，一旦喝醉了，就会大睡一整天。

瑶族人思想开放，十二三岁便可以喝酒，成年后酒量都特别好。记得我第一次喝酒是11岁，读小学六年级的时候，恰逢过年，便跟我父亲小酌了两杯米酒。记得第一口涩涩的、辣辣的，下肚后觉得全身热热的。当时每喝一口，我都会紧皱眉头，惹得爸爸和姐姐一直在笑。

酒承载了我们瑶家人的悲欢离合，不管是婚宴、寿宴，还是丧葬习俗，酒都是不可缺少的。每逢大年初一，家家户户一早在家奉神祭祖后，便拿出一个龙碗（老瓷碗）装满油糍，带上一瓶米酒，提着一串烟熏肉，脸上洋溢着喜悦和幸福，走村串户到亲人家拜年。拜年，一般先从最年长的长辈开始。于是，过年成了各个家族的聚会，大家围着长桌宴一起吃饭、喝酒、聊天、嬉闹，欢聚一堂，其乐融融。小时候，也只有过年的时候才能尽情地吃烟熏肉、吃油糍、喝水酒。长大后，外出工作和生活，这拜年"三宝"便成了我怀念过去、怀念家乡、怀念家人的一种味道。

难忘寨南大笼糍

潘渊祥

◆ 黄板权

旧时，寨南人用来蒸大笼糍的圆糍笼直径在50—60厘米。大笼糍，其实就是客家人的年糕，寓"大吉大利、团团圆圆"之美意，因其独特的制作与独特的风味闻名于连南，驰名于清远，乃至珠三角地区，成为广东清远的"非遗美食"。

说起这个，我回忆起了50多年前家里蒸大笼糍的那些事，令人难以忘怀。

我的家在寨南石径偏僻山村。据村中老人说，除了遭受特大自然灾害的20世纪60年代初的那几年，每到春节前夕，家家户户都要蒸大笼糍。加工糍浆的石磨从早到晚都不会停歇，同祠堂的伯姆阿婶都在排队等候磨糍浆。我的外婆、姨妈、姑妈等亲戚，都住在东升、寨岗圩、官坑、山心等村寨。每年春节，我母亲都会将一笼大笼糍分成若干份作为年礼送给她们，似乎成了习俗。我的外婆、姨妈、姑妈每当接过母亲的大笼糍时都会欣喜地赞许："山里的大笼糍真是好吃。"有的晚辈还亲热地拉着我母亲的手喋喋不休地问："大笼糍样边简（为什么那么）好食？系样边（是怎么样）做的？"

在我儿时的记忆里，寨南大笼糍是上乘的馈赠礼品，寨岗人对大笼糍情有独钟。直到长大后，我才知道制作大笼糍的艰辛与奥秘。其独特的风味来自山里土壤的培植，来自山里雨水的滋润，更来自山里人的不畏艰辛，是山里人的刻苦耐劳才有了寨南大笼糍的清香甘甜。

读高中二年级那年的寒假，我从三江回到家里。一天，母亲对我说："即将过年了，要蒸大笼糍了，趁天气晴朗，我与你阿姊去细坳山砍'灰水柴'（灌木黄板权）烧灰做灰水（碱水），你在家里煮昼（做午饭）吧。"细坳山离家有3公里多，虽不远，但要爬一个多小时才能到达。她们一早就出发，到了晌午才汗流浃背挑着两大把黄板权回到家。我急忙从茶壶里斟茶给母亲和姐姐解渴。母亲说："大笼糍好食，灰水柴难砍呀！"

下午，母亲用柴刀将黄板权砍成一段一段，连叶一起放在打扫干净的门口地坪上燃烧，我们姐妹几人和邻居小孩围着火堆取暖，议论着春节的快乐。到了黄昏，那灰水柴才燃尽。恐防下雨，母亲用铁锹将火灰和火炭铲进大火盆，然后叫我的父亲将火盆搬进屋里，过了两天火盆里的火炭才全冷却化成灰烬。

那年头虽说生活不富裕，但大笼糍还是要蒸的，否则拿什么去送年礼？

母亲开始熬煮灰水。她从不远处的山溪里挑回两半桶水，将黄板权灰放入大锅中，再将挑回来的清洁山溪水倒入捣拌，让水充分渗入灰中，然后用文火熬煮。大约过了一个半小时，母亲用手指蘸少许舔了舔，对我说："要熬至灰水味苦涩为妥，这样灰水才出味。"待锅中的灰水冷却后，她用纱布将灰水过滤沉淀，再将过滤的灰水灌进干净的容器。她说容器的灰水可存放两年，甚至更长的时间都不会变质变味，她还说蒸大笼糍的灰水还可医治肝炎呢。

腊月二十七，母亲约摸7点钟就起床，她从米缸里称了10斤糯米放入水桶中，将糯米洗干净后用调制好的灰水浸泡。她好像传授秘诀一样告诉我："浸泡糯米的灰水不能太浓，也不能太淡，过浓糍则味涩，过淡糍则不香。浸泡糯米的时间两小时左右为宜，如果浸泡太久，蒸出来的大笼糍就不柔韧。"从那时起，我才知道制作大笼糍还有那么多讲究。

◆ 入锅开蒸

到了吃午饭时，母亲和姐姐才把磨好的糍浆挑回家，仅磨糍浆就耗去了半天时间。

吃过午饭，母亲没有歇息，紧接着将预先浸泡洗干净的干芭蕉叶，一丝不苟地一层一层铺垫在直径60厘米的用竹篾编织的蒸笼上。母亲说："大笼糍的独特香味，一是出自用山坑水熬制的黄板权灰水，二是出自山冲采摘的芭蕉叶。"她停了停又继续说，"铺芭蕉叶一定要严密，否则蒸笼会漏糍浆，会给蒸糍带来麻烦。"铺垫好蒸笼后，母亲将蒸笼置入有支撑架的大锅（俗称"龙槽锅"）之上，再小心翼翼将糍浆一勺一勺地舀进蒸笼中，盖上比蒸锅略小的生铁锅盖。

母亲又对围看的儿女说："蒸大笼糍要预先舀些水在锅里，加热至差不多沸腾时才能把糍浆放入蒸笼去蒸，视大笼糍的大小用柴火蒸4—5小时，中途炉灶里不能熄火，更不能中途揭锅盖，还要时不时从铁锅边缘加水至锅中，确保锅里的蒸气不会下降，否则糍就蒸不熟。"到了下午6点半钟，母亲才叫熄火停止加热，足足蒸了5个多钟头。

晚饭过后，父母两人将蒸熟的大笼糍捧到饭桌上，母亲说要过两天才能将糍从笼里脱出来。一家大小喜笑颜开地看见那热气腾腾的、黄黄的大笼糍，因还不能拿去煮尝，孩子们只能望糍解馋。

从那年起，我知道制作大笼糍要经采蕉叶、砍碱柴、烧碱灰、熬灰水、配米、磨浆、垫笼、蒸糍、冷却、脱笼等繁琐的工序，是那样耗力，是那样费时。我望着母亲那辛勤劳碌的背影，对勤劳朴质、贤淑善良、不畏艰辛的农村妇女群体从心底里油然产生莫大的敬意——是她们在不知疲倦地操持着家务，是她们用辛勤朴质和坚持执着传承着中华饮食文化！

时光荏苒，日月如梭。从我那年目睹母亲制作大笼糍至今，不觉50余载。

时至今日，寨岗地区的糖环、角仔、米橙、麻橙等春节传统小吃，因其做法繁琐费时，市面或网上可买得到，再加上新颖小吃越来越多，年轻人都不愿意去制作而淡出邑内。有的面临失传，有的已经失传，唯独寨南大笼糍以其外滑里嫩、色泽美雅、香醇可口而仍在传承。石径、新寨、吊尾、白水坑等村，山深林密，溪坑纵横，浓雾缭绕，空气清新，负氧离子多，山上所生长的黄板权树与其他地方生长的相比有质的不同，用其烧灰所滤制的碱水制作的大笼糍，更是风味独特而声名远播。

旧时只有在深冬才蒸大笼糍，因为在炎热天蒸的大笼糍，没多久会起黄斑变质。但是，新时代的今天，家家有冰箱，可将大笼糍放入冰箱保鲜存放，大笼糍是弱碱性绿色食品，再则电动机打浆又取代了昔日人工磨浆的繁重劳动，所以大笼糍不单单是春节年糕，更是一年四季都有的送礼佳品。在寨岗、黎埔、三江镇集市常有大笼糍摆卖，端午、中秋、春节等盛大节日购买的人尤为多。今石径、新寨、吊尾、白水坑等村，已有10多家大笼糍专业户。大笼糍走上了商业化道路，可网上购买，快递邮寄，寨南大笼糍已成了一种备受青睐的时尚美食商品。然而，如今用来蒸大笼糍的竹编蒸笼较旧时小得多，有的直径小至20多厘米，大笼糍不再是"大笼"了，也许是为了携带和邮寄的方便吧。山上的灌木黄板权树也因常年有人砍伐而生长不及，制作大笼糍的碱水有的是用花生壳、干黄豆苗烧灰所熬制，对大笼糍的品质有所影响，香醇淡薄，令吃者缺少那种口齿留香、回味无穷之感。2020年春节，有一亲友买了一笼直径20多厘米大小却又很厚的大笼糍。糍色淡白，煮来食之爽口有余，嫩滑不足，没有那种传统大笼糍的特质。我想大概是为了煮糍时糍与糍之间不粘连而放了过多的硼砂所致。上了一定年纪的人都知道，只要糯米

◆ 美味的大笼糍

优质、灰水优质，不放硼砂糍也不会粘连的，即使放硼砂也是少许为妥，当然也有人喜欢大笼糍爽口的，俗话说"糯米煮粥，各人所好"。

大笼糍的传统煮法，是将糍平放在砧板上，用刀切成片状放入锅里，或煎或煮。用红糖伴之为上乘，红糖可把大笼糍的颜色和美味衬托得更加出色。如今糖尿病人群增多，有改用芹菜、蒜子，加少许食盐炒食者，使大笼糍的香味更加浓郁。也有人将大笼糍置入不粘锅煎成两面黄，不加任何佐料，直接用"味事达"蘸而食之，亦别有风味。

大笼糍象征着丰收、团圆和吉祥，我对寨南大笼糍情有独钟，我爱它那独特的风味，更爱那不畏辛劳、淳朴善良、锲而不舍、坚持执着传承着中华饮食文化的寨南人。我不奢望寨岗邑内的糖环、米橙、麻橙等新年小吃的制作重回故里，只希冀寨南大笼糍在商品化的同时，更要注重传承前人制作的传统工艺，不失广东清远"非遗美食"的殊荣，让正宗寨南大笼糍传承得更加久远……

寨岗客家酿豆腐

罗永新

在粤西北，寨岗的酿豆腐久负盛名，是寨岗客家三大名菜（白斩鸡、香芋扣肉、酿豆腐）之一。在寨岗，热情的客家人碰到熟人都会笑着说道："来涯屋卡啊，让豆腐奔你吃。"（来我家，酿豆腐给你吃。）

◆ 传统大锅煎酿豆腐

◆ 酿豆腐

寨岗的传统酿豆腐一般是指让三角白豆腐，就是把三寸见方的豆腐斜切成两个三角块，用菜刀尖在斜面中间点一下，将鱼肉馅、猪肉馅让入，香煎后炆煮而成。还未上桌，那股夹杂着豆味、肉味的香甜早已飘了过来，随着主家将豆腐盘子置于桌面，只见一个个斜面焦黄、三角白嫩的豆腐块在盘中堆叠得

◆ 做豆腐

如小山峰似的，相拥中，那微微颤颤、扭捏含羞的形态，诱得人食欲大增。

夹一块热气腾腾的豆腐，蘸上辣椒，咬上一小口（不要一大口，小心烫着嘴，因为心急吃不了热豆腐），霎时，一股焦香、嫩甜、绵滑、鲜美的味道在口腔中充盈，待咀嚼温和后，吞咽而下，从食道至胃袋，你会感觉到一种犹如被熨帖过般的舒适。

寨岗的酿豆腐风味独特，以"嫩而不散、实而不粗、焦而不老、鲜而不杂、滑而不滞"而闻名粤西北。有人戏称，离开了寨岗，你恐怕再也吃不上这么好吃的让豆腐了。确实，同是连南县的三江城，不过离寨岗30多里地，但做出来的酿豆腐始终比不上寨岗的味道。

好吃的酿豆腐，一定是与做豆腐的水、豆、技艺相关。讲到水，寨岗的同冠河源自白芒坑黄连坳顶和牛岗顶附近（海拔1470米），而后汇三坑（白芒、老鸦、稍陀）之流浩浩荡荡流向连江，河水富含多种矿物质元素，甘甜可口；而寨岗本地种植的黄豆，是黄泥地里生长出来的非转基因大豆，浑圆饱满，植物蛋白丰富，豆味浓郁；还有清乾、嘉年间，大量的客家人从惠嘉地区迁入寨岗，也将做豆腐、酿豆腐的技艺带来了寨岗。

◆ 梅州、河源地区的酿豆腐

酿豆腐是一道客家特色菜，因为它是聪明勤劳的客家女子在家庭厨房中发明的，传说是客家人从中原南迁梅州地区，因一时无麦可包饺子，才创出如此美味。当然，它从产生到技术成熟也经历了数百年之久，特别是在封建社会里往往男主外、女主内，因此它长期养在深闺人未识，一直在嘉应地区默默无闻。

最早说到酿豆腐的是清代嘉应名人张凤孙，是嘉应城东留余堂人，岁贡生，学识渊博，性格平和。他在嘉应设馆授徒，因教学有方，名声颇大。清咸丰九年（1859年）二月，太平军攻破嘉应城，其弟张寿田逃难到了花县，致书信于兄，兄弟俩在花县私塾会聚。而后其在《己未逢乱在家赋闲后就鄢荆山明府馆由陆丰至花县咏事十首》之八写道："最难兄弟赋怡怡，风雨联床话一时。不食官厨食私馔，家乡风味煮来其。""来其"，四川方言，指豆腐。诗歌尾联说，不吃私塾提供的菜，煮一碗嘉应豆腐以佐食。兄弟一聚，却让"家乡风味"令花县人刮目相看，酿豆腐遂为世人所知。

酿豆腐发明以后，成为客家饮食中具有标志性的食品，是客家人的最爱。寨岗客家人也一样，背井离乡来到寨岗，虽安居乐业了，但故乡之情时时驻在心中，所以非常珍视酿豆腐等故乡菜，做到用心用情用意，精心制作，故做出来的酿豆腐非常好吃。

20世纪80年代以前，粤北山区物资贫乏，生活清苦，客家人待客的主菜往往就是让豆腐。因为这道菜可就地取材，操作不难，故成为客家人的至爱。

寨岗客家家庭中的男丁妇孺都会做豆腐、酿豆腐。记得小时候，在祖屋厅下的一角，就静静地停放着一个大石磨，墙上还挂

◆ 一板做好的豆腐

有一个弓形磨钩。某日，当看到大人去清洗石磨时，小孩们就知道要磨豆腐了。果不其然，不久，一桶浸泡着黄豆的木桶就放在磨石旁。小孩们顿时心花怒放，乐得不得了，因为等下就会有豆花、豆腐吃了。

磨豆腐，首先选择颗粒饱满、没有虫口，最好是当年新收的黄豆。泡的时间也要把握得十分精准，如时间过长或过短，豆子出浆就会减少，从而影响豆腐的产量。老人们说一般用冷水浸泡要5—6个小时，用暖（温）水浸泡的话，可缩短一半时间。

◆ 加放黄豆磨豆腐　　　　　　　　　　　　　　　　◆ 豆糟分离

当阳光从天井上洒下来时，缕缕尘埃和小小飞虫在光影中起舞，鸡儿也在悠闲地踱着步子，东张西望，偶尔也咕咕地叫几声，亮堂的大厅一片温馨。此时，厅下角的石磨已在悠悠地转了，只见叔咩（阿婶）背着芽仔（小娃儿），抓住磨钩柄，一下前、一下后地拉着石磨按顺时针方向平移转动，不时停下还用勺子将黄豆带水一起舀进石磨顶口。随着"嚓嚓"声响，乳白色的豆浆慢慢从石磨渗出，沿着凹槽流入桶里。

豆浆磨好后，提到厨房，要将其倒入一个大布挂里，然后轻轻地摇动，让浆水滤出；或者倒入一个布袋里，架在木架上，然后用力挤压，把浆水挤出。浆糟分离后，将浆水倒入大锅中煮成豆花。接下来便是关系到制作豆腐成败的

◆ 豆腐点卤

◆ 煮浆上格

关键环节——点卤了。

　　在寨岗，万角人做豆腐是比较出名的，从清朝至民国，再到新中国成立后，无论在永安墟、牛径墟、老埠墟或圩岗墟做豆腐卖的万角人还是居多。小时候，我们最爱去万角的舅公家做客了，因为他家的酿豆腐非常好吃，每次都能让

◆ 客家妇女做豆腐

◆ 酿好的豆腐

◆ 植入馅料

我们大饱口福，尽兴而归，所以万角也是我们孩童时记忆最深刻的地方。

"做豆腐时点卤很重要，放多了豆腐太老，放少了豆腐又太嫩。"舅公在饭后与我们道出将豆腐做好的秘密。点卤环节，经验很重要，要将卤水一点一点滴到豆浆里，慢慢搅拌，让豆浆慢慢凝固。这个过程全凭经验操作，豆浆凝固的状态、好坏就在毫厘之间。随后将其放入铺上麻布的豆腐格里，盖上盖板，压上大石头，任其将水挤出，停放10—20分钟后即可。掀开麻布，一整板的豆腐就呈现眼前，放上小方木条，滚两下用刀划一下，纵横一轮，就可用小铁皮铲将豆腐一块块铲起置于碟中了。

豆腐做好了，就要配馅了。在小时记忆里，家里让豆腐的馅很少是用猪肉做的，因为那时没钱买猪肉，也不容易买到，更多的是用小河鱼剁葱制成。当然小河鱼馅的豆腐也是特别香的，今天在寨岗也很难吃到那种腥鲜味了。

馅也做好了，就要"酿"了。"酿"在寨岗客家方言里，就是"植入馅料"的意思。酿豆腐，也就是将肉馅植入豆腐里。一板豆腐在寨岗人纯熟的手里瞬间魔变，只见豆腐在手、一刀对开、点口、放下，不一会儿三角豆腐就齐刷刷地立在板面上了。随后，手指一抹，馅肉就压进点口里了，再看，此时板上的豆腐块已是肚儿肥圆、饱而不破的样子了。

好吃的酿豆腐，讲究的是"煎、煮"二字，且火候掌握至关重要。将大锅刷干净，起火淋油，火势不要太猛，将三角豆腐逐一放入锅里，慢慢煎至金

◆ 酿好的豆腐

黄。待酿豆腐煎好时，可用适当的水倒入锅里煮，在此过程，最好不要盖上锅盖，要记得用锅铲不时小铲一下，防止煎焦的同时让汁水渗入豆腐馅中，然后在豆腐面上洒上小许盐，煮熟即可起锅。

添加生粉、酱油、胡椒、味精、鸡精、五香粉等佐料，它强调的是一种原味，即豆腐是清甜滑嫩，馅面是焦香有味的。然后上桌时，会配上一个调好的辣椒酱油味碟，让吃客将酿豆腐蘸上辣椒酱油，随后再一口口感受酿豆腐那一种咸甜清润、焦香绵滑的滋味，所以寨岗的酿三角豆腐，其形、味都与河源、梅州地区的酿豆腐有着不同之处。

酿豆腐鲜嫩滑香、营养丰富，豆腐里的高氨基酸和蛋白质含量使之成为很好的谷物补充食品。豆腐脂肪的78%是不饱和脂肪酸并且不含有胆固醇，故豆腐素有"植物肉"的美称。酿豆腐也是客家人敬老的一个保留菜式，深受客家老人的欢迎。

现在，酿豆腐成为客家人

◆ 寨岗家常酿豆腐

◆ 客家人磨豆腐

的饮食标志和骄傲，在寨岗更是如此。它不但是寨岗客家菜中的极品，更承载着寨岗客家人的历史背景，寄寓着客家人的故乡情结和人文关怀。

200多年前，许多客家人远离故乡，来到荒草丛生、荒无人烟的同冠河边。他们不畏艰苦，开荒垦地，艰难生存；积余少许钱粮后，便开始从做豆腐起家，然后节俭累积，逐渐买田买地，最终安身立命于此，所以做豆腐卖、酿豆腐吃，这也是寨岗客家人艰难创业过程中的两个层次。

在清朝、民国或是20世纪80年代初刚改革开放时，许多寨岗人因没有本钱，往往选择从做豆腐、做发糕糍等小生意起步，辛苦多年后，逐步改善了生活，过上了好日子。所以对幸福生活的向往，是客家人为之奋斗的动力。在客家文化中，酿豆腐往往象征着富贵，表达了客家人对富贵和美好生活的向往、追求与祝福！

记忆中的瑶乡年味

房楚鹏

回忆起瑶乡年味，一块块熏香扑鼻的腊肉、一根根饱满光滑的腊肠、一个个金黄香脆的油角便从我脑海中浮现出来。同时，还有那个熟悉的身影。

"过年吃油角，来年露头角。"每年临近小年夜，勤快的妈妈带着我们在客厅里围着坐在一起，手里边包着油角边笑着吆喝油角的好寓意。

油角也是一种充满了温情回忆的过年美味。记得小时候临近新年，街坊邻里就会聚在一起做油角，大人们在做油角的时候，小孩们就帮忙打打下手，大家说说笑笑，一边乐此不疲地制作贺年美食的同时，一边分享自己生活中的琐事趣闻，现场呈现出一派其乐融融的气氛。

做油角主要步骤是准备馅料、和面、压皮、包馅、油炸，馅料是油角的灵魂。大家动手包油角前，妈妈先用一个玻璃瓶把生花生米碾碎，再朝被碾碎成颗粒状的花生米用力一吹，瞬间，红色皮衣像娇而不艳的红梅花瓣般纷纷扬起，随后翩然落地，这就巧妙地把花生的红色皮衣去掉了。而后，把芝麻放到锅里小慢火炒熟。接着，把碾碎的花生、芝麻、幼砂糖搅拌在一起，便做好了浓香四溢的馅料。

把馅料备好后，便是和面环节。和面的制作过程很讲究，面粉和水没有具体的比例值，要加多少水和面粉全靠经验。多一分少一分都可能会对油角口感产生影响。妈妈心里宛若有一把秤，水加得不多也不少，做出来的油角皮晶莹

◆ 待炸的油角

◆ 炸油角

透亮。在制作的步骤中比较艰难的是出锅后的趁热和面，稍微搁置放凉一会儿都不行，因此，妈妈每次和面都被烫得满手通红，眉毛也拧成一个疙瘩，嘴里更是呲溜呲溜地吸气，直到受不了才匆匆跑去冲冷水降温。因此，妈妈制作油角的身影成为我小时候一道深刻的记忆。

准备好油角馅，开始和面、擀油角皮、包馅。很快，就像变戏法似的，一个个形如弯月的油角如"士兵"般排排站立，颇有"一声令下，勇往直前"之势。经过几分钟的细心油炸，一锅外皮酥黄、馅料香脆的油角冒着腾腾热气呈现在眼前，我们三兄妹便争先恐后地挤上去，目不转睛地盯着妈妈手中散发出香味的盘子。妈妈先敬祖，然后才拿给我们吃。这时，我们迫不及待咬上一口，唇齿留香，实属美味。

油角制作过程尽管艰辛，妈妈依旧年复一年地制作，爸爸经常劝妈妈出去外面买一些回来就好了，既方便又省力，但妈妈总是笑着说："亲手包的油角不但卫生，吃着也放心。"慢慢地长大了，我才渐渐懂得了妈妈的深意。

在我小时候，妈妈经常忙于工作住在工作点，因而大部分时间是爸爸在家照顾我们，逢年过节才可以看到妈妈的身影。那个时候我们三兄妹经常缠着爸爸打电话问妈妈什么时候回来，妈妈每次都是带着歉意地说："等我过节放假了就回家，你们在家要好好听爸爸的话。"

渐渐地长大了，我才发现妈妈的"小心机"。妈妈平常陪伴我们的时间相对较少，于是春节在家就花费心思制作油角，包出来的油角不仅美味，还藏着妈妈对我们浓浓的爱。我们家一直坚持自己制作油角，不买市场现成的油角。倒不是买的油角有什么不好，而是看重一家人借着包油角的缘由，暂时放下手中的事，围坐在一起，你来擀油角皮我来和馅，齐心协力包油角的那种和和美美的氛围。

外面的油角虽然种类齐全，馅料也是各式各样，却没有妈妈的味道。在岁月的长河中，我能够在每年春节吃到妈妈亲手制作的油角，感受到那份纯纯的爱意与新春的祝福。

在秀美的连南，油角不仅仅是一种小吃，更是一种镌刻在连南人灵魂深处的年味记忆。吃着油角，闻着酥香，听着家人念叨着"油角弯弯，家财百万"的俗语，年味就在唇齿之间蔓延开来，不但"甜"了新年，也"甜"了心灵。

连南排瑶婚宴记忆

房春桥

在我的记忆里，瑶山那段艰难岁月的底色是黑色的，连瑶家婚宴的记忆也是黑色的。

瑶家的房子一般是两兄弟合建，共有三间房，中间是厅房，两家共用，两边为居室，两家人各住一个居室，厅房与居室都连通着。如果没有宗族活动，很少在厅房里吃饭。厅房摆酒设宴，最喜庆最热闹的就数婚宴了。

婚宴尽管热闹，但似乎缺少一些气氛。没有张灯结彩，有时甚至连一副对联也不用贴上，在灰黑的厅房里摆上五六张桌子，居室再摆上两张，婚宴会场的布置像召开一次家庭会议那样随意。

结婚前一天，主家杀了两头猪，做好二三十板豆腐，煲好一大锅老玉米，备好三四百斤米酒。那个年代，猪肉、豆腐、米酒、老玉米被称为"婚宴四大宝"，贫苦的瑶家人靠着这四样"宝"熬过喜庆的三天三夜。

傍晚，男方家里派出一个年轻的族人当"迎亲人"（如果是长子结婚，这个重任由舅父担当），挑着酒肉随媒婆去女方家里迎亲。带去女方家里的酒肉都不多，挑选1扇猪左腿肉，称足36斤，酒40—50斤，加上"对鸡"（两只大骟鸡）百来斤重，如果路途远，还未到女方家里，迎亲人已是汗流浃背、气喘吁吁了。

深夜，男方家里的族人和亲戚迎来了最为期待和享受的"骨头宴"。当时的瑶家风俗，结婚当天的宴席上不能出现骨头，否则被视为不吉利。因此，结婚前夜，族人把猪肉里的所有骨头都挑出来。这给族人创造了一顿丰宴，留下了一份美美的念想，因为在三天婚宴时间里，族人和亲戚能欢快地享受肉味的就是这一餐了。这天夜里，族人的笑声和歌声柔柔地融在小山村微暗的灯光里。

结婚那天，送亲的队伍走来了。走在前方紧跟迎亲人和媒婆，撑起黑色雨伞的人便是新娘。黑伞下面，新娘头上竖起了高高的发髻，戴上多层绣花布冠，冠上插4根锦鸡羽毛，项上戴着几个银项圈，穿着一身黑色的新衣服，腰间系着白布带，白色的袖口和蓝色的衣边让瑶族服装显得更加暗淡。尽管如此，这种打扮已算得上女人一生中最好的装扮了，新娘的脸上露出了腼腆而又喜悦的笑容。远远看去，整个送嫁队伍穿着打扮都是黑色调的，像一条黑蛇蜿蜒在山路上。

送嫁的亲人不算多，三五十人，大家似乎都约定，婚嫁是好事，但不能"吃穷了女婿"，所以送嫁的人都不会太多。男方也只派了几个上了辈分的人陪客人，那个年代，能在婚宴上作陪是一种荣幸。

宴席开始。黑黑的桌子上，摆着两碗白色的肉。大家互相敬酒，筷子却快速夹菜，尽管没有鸡鸭鱼，只有猪肉，喝一口酒，吃两块肉，也很惬意！两大碗肉很快见底，四碗、六碗、八碗、十碗也见底了，只能上一碗肉、一碗水豆腐，再后来，只看见两碗白豆腐懒懒地躺在黑色的桌面上。

这时，女方亲人起歌了——

哎哟嗨……砌墙怎能只有白砖呀……

瑶歌大意是说，婚宴不能没有肉，不能只有豆腐呀！
男方亲人的对歌却显得很无奈——

新亲家哎，白砖砌墙也坚固呀！

出于礼貌，双方亲人都和歌——

噻啰哎，噻啰……

没有肉确实难以维持宴席的喜庆欢悦，于是，主家想办法勉强再上两碗肉，对歌也似乎变得和悦一些……

终于送走了客人，轮到族人亲戚"喝酒"（酒管饱，几乎没什么肉吃，所以叫"喝酒"，它与"送嫁"的待遇有极大差别），没有青菜，有时候连豆腐也没有，桌上放着一碗煲得很软的老玉米，玉米上面只有几片肥肉羞答答地趴伏着。肉确实太少了，一桌人每人夹一块就没有了。接下来，喝酒的人就用玉米下酒，小孩则用汤水送饭。碗里只剩一半玉米时，又添加一大勺玉米……

这二三十年前的记忆已属于珍藏版。时光荏苒，春光明媚，春风拂面，睁开眼，看到的是一种五彩缤纷的世界。

瑶乡瑶寨，黑矮的土房不见了，取而代之的几乎都是小洋房，红砖白墙，琉璃溢彩。村边绿树环合，映配蓝天白云，美丽乡村处处如画。

婚宴也变得多彩，都围绕着红色主调铺开。新房布置，张灯结彩，处处渲染着热闹非凡的场面。

结婚前一天，杀猪杀鸡自不必说，有的瑶家甚至杀牛办婚宴。老玉米不用煮了，豆腐也懒得做了，在市场里买回一些新鲜蔬菜就是了。这样一来，"骨头宴"失去了它原有的吸引力。

结婚当天，送嫁的车队来了。到了村口，大家走下车来，排着队缓缓地走去。送嫁的人可真不少，大家都打扮一新穿红着绿的，整个队伍成了一条多彩的长龙。

新郎新娘从车里手拉手走出来，只见新娘撑着大红花伞，身穿绣花衣裙，缠上绣花脚绑，身上各种颜色的饰物快要把服装黑黑的底色覆盖住了。陪伴的小姑娘更是穿得花枝招展的，她们走着笑着。这一天，新娘成了最幸福的人。

新郎满脸笑容，不断地从绣花袋里拿出喜糖分给乡亲们，不再像过去那样绣花袋里装着炒熟的黄豆，碰到有路人要才摸出几颗给他们，有时还弄得爱开玩笑的路人再次索要："再给几颗，添妹添哥……"

嫁妆也多，装了满满一台货车。衣柜沙发、家用电器、床上用品，品种繁多。过去当嫁妆的脸盆、毛巾、铁桶、暖壶、挂镜之类的东西，已经在瑶家婚宴礼物单上销声匿迹。

当新娘新郎沿着红地毯走到花门时，几个婚礼炮同时拉响，五彩缤纷的纸花从空中徐徐而降，万花缤纷迎新人，一对新人携手走进花门，走进了甜蜜蜜的新生活。

隆重的迎接仪式之后，大家开始享受舌尖上的美味。

瑶家婚宴上，单是猪肉的做法都有好几样：做扣肉、蒸排骨、炖猪脚、灌猪肠、红烧肉……加上鸡鸭鱼虾、肉丸腊味、蒜苗芹菜、香菜配料，菜式不输酒店，那油光发亮的餐桌放不下那么多菜品，只好轮番上阵。

这时，女方亲家们说："够了够了！亲家，大家一起吃。"

男方亲家答道："不好意思，没什么菜，亲家吃好喝好！"

我们排瑶在结婚当天，不管男女老少，双方亲人都互称"亲家"。

酒过三巡，上了年纪的人忍不住要喊两嗓子了——

新亲家呃——

难得你们今天到来，我以酒当茶敬你们一碗哦！

大家应和道："噻啰呃——喝酒呃——"

歌里只有喜悦，不再有酒肉不够、酒菜不丰的含蓄。

照顾好送嫁人后，族人亲戚上座，不再有"送嫁"和"喝酒"之分，一样的酒，一样的菜，笑声、吆喝声一直传到室外，而室外临时搭建的厨房里那几口大锅不断地翻炒着各种菜品。在这喜庆的三天三夜里，看着锅里热气突突往上冒，仿佛听到了郎朗洒脱的琴键上奏出的欢庆乐章。

新时代阳光普照，融融春风为瑶家婚宴着暖色，在瑶家婚宴红红气氛中，黑色记忆也成画。红与黑诉说着瑶家婚宴的今昔，但愿我们能够珍藏黑色记忆，珍爱红火的生活。

吃饭往事

刘庆辉

春节回乡下过年。奶奶膝下，近三十人欢聚一堂。吃年饭时，六张四方桌连在一起，一字排开。那规模像小型公司聚会一样，十分热闹。桌面上的菜肴琳琅满目，陆地走的、水中游的应有尽有，吃得大家唇齿留香、回味无穷。

此情此景，不禁令我回想起20世纪70年代我还是小孩子的时候，那时吃的跟现在吃的相比，简直是天壤之别。

那时我们全家都在农村乡下老家，小孩子多劳动力少，入不敷出，生活举步维艰，断粮断炊的威胁让长辈愁断了肠。

我们一年到头难闻几次肉香味，更别说饱吃一顿。除夕之夜宰鸡，一大家人才宰可怜巴巴的一只。是否留鸡腿送亲戚，这还要爷爷来定。我们几个小孩子鸦雀无声盯着在抽闷烟的爷爷，眼睛充满渴望。许久，爷爷烟斗一挥，口里吐出两个字：不留！爷爷底气明显不足，却让我们小孩子感动不已。鸡煮熟出锅，那久违的味儿让人垂涎欲滴。很快，我们几个小孩子皆大欢喜：有人分到鸡腿，有人分到翅膀肉。虽然只有一只鸡，可还有猪肉、豆腐，大家总算又能美美吃一顿了。

我们有时一个星期才能吃上一顿饭，平时都是吃白粥、玉米糊和杂粮。即使是饭，也没有办法全做米饭，而是把番薯去皮切成方角，放很多番薯角下去煮的番薯饭。番薯角待沸水后会下沉，大米膨胀后会隆起在番薯角上面。因此盛饭时，大人们不许我们小孩子只刨饭面上的米饭，要像挖地道一样往纵深挖，这样米饭与番薯角才搭配均匀，后面的人才不会只吃到番薯角而吃不到米饭。平常日子，饿得慌了，想磨豆腐吃，这都要爷爷奶奶点头才行。毕竟粮食有限啊！

家里的杂粮主要是番薯、芋头和玉米。大人们怕我们小孩子读书挨饿，便把部分番薯用来加工制成番薯干，上学时让我们抓一把放在书包带去学校，下课饿了，就拿些出来吃。番薯干又甜又韧又有嚼头，引得班里不少同学主动跟我套近乎。我们学校附近有间兵工厂，他们当时还没有学校，有很多工人子弟就读我们学校。他们的早餐与众不同，以吃肉包子为主，有时还带到学校来吃，真叫人羡慕。于是，我忍不住用番薯干换他们的包子吃，讨价还价，一大把才换一个包子。没办法，各取所需，谁叫包子的味道那么美，比番薯干更诱惑人呢。

家里来了亲戚，自然要加菜。但加菜很少加肉，更多的是用米去换几扎米粉丝回来，再拿几个自家鸡下的、待日后用来卖钱的鸡蛋煮给客人吃。吃饭前，大人们要做我们小孩子的思想工作，不许我们老是盯着那盆鸡蛋汤粉，筷子更不要伸向那里，要装作平时有得吃、不在乎的样子。

谁家做喜事摆筵席，被邀请方准要带上一两个小孩，目的是为了让小孩子撑饱一餐。要是女人家孤身赴宴，就会去主家的房前屋后摘芭蕉叶，洗干净折好塞在口袋，作饭后"打包"用。因此，那时谁家做喜事谁家的芭蕉树叶就会被扒得精光，甚至邻家的也会遭殃。开饭前，她们再备一个空碗放在旁边，自言自语谁谁谁有事没来，夹几块菜回去给他。夹每一道菜前，总是由长辈先说夹菜了并带头夹第一块菜，然后才轮流往下夹，夹猪肉就说夹猪肉，夹鸡肉就说夹鸡肉，井然有序。这时，她们夹一块给自己，然后再夹一块放在空碗里。一顿饭下来，众多盘子都空空的，而那碗却满满的。散席时，她们把碗里的肉倒在芭蕉叶上，小心翼翼包好揣在围裙里带回家。真的是多么无奈又用心良苦啊！

那时家家户户都困难，连自家用的碗筷也不宽裕，摆筵席免不了要借桌、凳、盘、碟、碗、筷，一家一户不厌其烦、心情舒畅地借，因为接下来饱撑一顿是顺理成章的大好事。因此，那时人家的桌子、凳子背面都用毛笔写有主人的名字，就是为了在不断借与还的过程中不会弄错。盘、碟、碗也是如此，只不过是用红漆写，即使水洗也无妨。如果房屋所限桌子不能多摆，或者来的客人大大超出预算——那时来的客人都是超出预算的，因为受邀方带多少小孩来，或者不请而来的客人有多少，这些永远难以预料——这时就分批吃。第一批是女方的娘家人和比较重要的客人，第二批是七姑八姨和要赶远路的……最后一批才是左邻右舍来道喜或来帮忙的。因此，到下午二三时还未轮到吃并不奇怪。当第一批客人吃得津津有味时，屋外等待的人便开始肚子叽咕作响，暗吞口水。只是那时的人对饥饿早已习以为常，忍受饥饿的能力非同一般，总是能不露声色地拉家常，谈笑风生。也有些经受不住肉香诱惑的小孩子，站在桌子旁目不转睛地看别人吃。大家都懂他们的心思，有些熟悉的长辈便夹块骨头或豆腐安抚一下。其实如果分批吃，从第一批客人开始，吃的效率颇高的，来不及细品味道，第二块肉又到嘴边了，大家都知道后面还有不少人等着"坐桌"。待每批客人吃饱空出位置给下一批客人时，收拾桌面也比较便捷，因为桌面的盘碟几乎无剩菜，个个都是光盘行动的楷模，这样收拾的速度就快多了。待最后一批客人开吃时效率更高，嘴里说闲话的时间也没有，有点像填鸭式。有些客人肚子饱胀得行动不便，却开心得很。所以那时赴宴的人很多都有"吃一餐饱两餐"的体会，起码省下半顿的粮食，无比心满意足。

我们小孩子如果上学没有"陪"大人去赴宴，回到家里准会悄悄地把厨房翻个透，看能不能找到大人用芭蕉叶带回的"大杂烩"，然后不露痕迹地偷吃一两块。要是知道大人还未回到家，我们便沿路跑到村口去迎接，见到大人就一拥而上，"半路打劫"……

时光飞逝，一晃四十多年过去。如今丰衣足食，喜欢吃什么就吃什么，饮食文化丰富多彩、层出不穷。现在出外吃饭，除了吃饱肚子、享受饮食文化外，更多的还是为了应酬。我没有经历过父辈们的困难时期，更没经历过祖辈们战争年代的艰苦岁月，但回想20世纪70年代的吃饭往事，怎不令人感慨万千！又怎不令人倍加珍惜今天美好的生活啊！

千层底·一字扣

罗穆良

旧时，连州区域流传着这么一句俗语："三江草鞋连州屐，东陂马蹄（荸荠）西岸石。"俗语准确凝练地点出了连州各地独具特色的物产：西岸的石头方整而坚硬，是建筑的好材料；东陂的荸荠个大汁多又甜爽，美味可口；连州城里的木屐，走在石街上，橐橐连声，别具风味；而三江打的草鞋结实耐用，口碑佳，销路好。

一位三江城的老人给我揭秘，一双普通草鞋能穿三五天，好一点的草鞋能穿七八天，而三江人打的草鞋，因为选材上乘，做工精细，能穿半个月左右，因而大受欢迎。

我曾见过一张《民国十六年四月一日连县县长兼连阳化瑶局局长就职时率同八排瑶民摄影》图片，图片有28位瑶民，前排8位瑶民中仅两位穿着草鞋，其余6位均是赤脚。第二排瑶民也是赤脚居多。可见，鞋子对当时的老百姓来说，还是难以企及的。

我也曾见过几张20世纪五六十年代的连南部分小学毕业照片，照片中的小学生均是清一色的"赤脚大仙"。这些图片表明，从民国初期到新中国成立后的40多年时间，物质水平还是相对落后的。

小时候，听村里人谈到，咱们村的某某，大雪天都能打着赤脚进山里砍柴。除了称他耐寒，也说明当时生活的穷困。

不知什么时候，大冷天乡村的孩子也能穿上棉布鞋了。依稀记得，我在孩提时代，确乎有过穿棉布鞋的经历。

◆ 手纳的千层底布鞋

一双小小的棉布鞋，不知凝结母亲多少的心血。放样、剪样、纳底、裁鞋帮、合帮，几道工序中以纳底最为繁琐，也最见功夫。那时，生产队劳动繁重，母亲往往要到深夜才能腾出时间做一点针线活。昏黄的煤油灯下，母亲耐心地搓麻线，纳鞋底，一针一针，细细密密。

穿上母亲熬了多个夜晚才做出来的小棉布鞋，兴奋得活蹦乱跳，一群小伙伴疯在一起。

"某某某，拿一条棍子回来！"

不知谁家的母亲吆喝了一声，小伙伴们都笑着一哄而散——拿棍子回家找抽，才没那么傻。见了归家的顽童，谁家的母亲都舍不得真打，只是一瞪眼，凶凶地数落："像你这样折腾，铁皮做的鞋子也不耐穿啊！"唉，那时怎么会懂得母亲的慈爱与辛劳呢。

后来有了解放鞋，棉布鞋便失了踪影。

到如今，大街小巷，乡村僻壤，脚穿款式新颖、舒适耐用鞋子的行人多如牛毛，就连校园里的学生哥、学生妹，穿三几百块钱一双的靓鞋子也已是稀松平常。

说到穿的，还有一个细节变化值得提一提，那就是衣服上的纽扣。

记得我们那时候小棉袄上的纽扣都是布做的，即最简单最常见的那种"一字扣"。用数根卷起来的布条，每一根对折留出一小部分作为环孔，其余的四分之三缝在左侧的衣襟上。右侧的衣襟上也用相应多的布条缝上，只是外突部分要做成一个比

◆ 一字形布纽扣

环孔略大的疙瘩，与左侧的布环组成子母扣。这种布纽扣非常结实耐用，不像常见的四孔塑扣，不自行加线的话，稍一牵扯就脱落了。

不久，我们的衣服又陆续出现了塑扣、琵琶扣，一字扣就基本消失了。20世纪80年代初期，武术热的兴起，忽然又见到那种练功服上的一字扣，黑布黄扣，格外显眼。随着改革开放的深入，大量的拉链扣出现了，严丝合缝，防风保暖。

资讯越来越发达，慢慢明白一字形布纽扣是传统盘扣的一种。唐宋以降，特别是民国至今，材质的多样性和设计思路的宽广独创，各式精美的盘扣令人应接不暇。按动物造型分，有蝴蝶扣、蜜蜂扣、金鱼扣等；按植物造型分，有菊花扣、树叶扣、花蕾扣等；几何图形的有一字扣、四方扣、三角扣等；还有吉祥如意字符，如吉字扣、福字扣、寿字扣等。盘扣已淡化了系扣功能，越来越体现出极高的艺术价值。

小小纽扣的变化，可看出纽扣古今传承与发展。

我们经过改革开放，经过各族人民的努力奋斗，已经从物资极度匮乏的年代走过来了，逐步迈进健康、文明的生活。回首往事，我们还应谨记朱柏庐的格言：一粥一饭，当思来处不易；半丝半缕，恒念物力维艰。

"汪嘟"声声绕山梁

穆霭沉

"汪嘟"一词是从粤北连南瑶族自治县八排瑶语系中译过来的，意即长鼓。

长鼓和长鼓舞的由来，排瑶流传着一个美丽的传说：盘古王（排瑶尊崇盘古王，过山瑶尊崇盘瓠，即盘王）的小女儿房莎十三妹下凡到人间，与勤劳帅气的唐冬比成亲。后来盘古王发现女儿私自下凡，于是传令召房莎十三妹回天庭。房莎十三妹既无法违抗父命，又舍不得心爱的唐冬比，就教唐冬比一个上天的法子，让他去南山砍来琴木，做成长鼓，到十月十六那天，边敲长鼓边跳舞，旋转三十六圈就可以上天和她相会了。唐冬比依计行事，勇斗毒蛇猛兽，终于从南山砍来琴木做成长鼓。十月十六那天，他果然升上了天庭，和房莎十三妹过上幸福美满的生活。

长鼓是一种击打乐器，通常用1.2米长的整截的沙桐木做材料，中段的鼓腰细长，直径约10厘米，两端呈喇叭状，用牛羊皮蒙面，鼓面宽约20厘米。长鼓的中心要钻孔，连通两头喇叭状的鼓室。鼓身涂上红底色，鼓室外围绘上两圈黄绿相间的花纹作为装饰。用几根白绳弦连接鼓室外端，起到平衡和装饰的作用。再用一匹腰带大小的长白布系住两头就成了。

长鼓舞的玩法很特别。不用鼓槌，跳舞时，长鼓横挂腰腹间，右手五指并拢，以掌击鼓；左手执一竹片，敲打鼓面，发出"嘭啪嘭啪"之声。随着鼓声的节奏，舞者或蹲踞，或腾挪，或旋转，舞姿刚劲有力，粗犷洒脱。跳舞的形式灵活多样，有单人舞、双人舞、群舞。多则数十数百人一起跳，场面异常壮观。

观赏排瑶的长鼓舞你会发现，内容上多模拟山上的生产生活，动作也相当粗犷。但是，相较于安塞腰鼓这种大开大合、刚猛威烈的舞蹈而言，排瑶长鼓舞显得节奏缓慢，大开合的动作少，鼓音低沉。低沉的鼓音要表达的是一种背负沉重，艰难跋涉，饱受压抑无可宣泄的情感。结合排瑶的生存史来看，就不难理解排瑶的先人们为何要创造、选择长鼓这种低音乐器作为抒发情感的载体了。

◆ 唐桥辛二公

据载，连南瑶族自治县的排瑶从唐宋时期就由洞庭湖跋涉而来，繁衍生息。在历代统治者"犁其巢穴，种类无遗"的民族灭绝政策下，压迫与反压迫战争此起彼伏。如今，境内的"火烧排""平猺岭""大军扫荡京观处"等历史遗址历历可见。清代大学者、连山知县李来章著的《连阳八排风土记》一书的"剿抚"章明确记载着：十多篇奏章中，奏请朝廷清剿瑶民的占十之八九，奏请朝廷宣抚瑶民的占十之一二。由此看来，排瑶生存环境有多凶险、其苦难有多深重就可想而知了。观众要是能够从原汁原味的长鼓舞中听出这个民族的不幸、不平与抗争，才算走进了这个民族的灵魂深处。

排瑶长鼓舞的传承与发展，绕不开"鼓王"唐桥辛二公。

读者乍一看这名字或许觉得怪异，其实，排瑶人起名字也是有讲究的："唐"是祖先姓，"桥辛"是唐姓中的某一支系，"二"是本人的排行，"公"则指年龄辈分。更奇怪的是，排瑶同胞的姓名一生中要有好几次变更呢。比如"唐桥辛二公"，青少年时期就叫"唐桥辛二贵"，其中的"贵"指的是小伙子；等他结婚有孩子了，他的姓名就变成"唐桥辛二bia"，"bia"就是指父亲；等他有了孙子，就自然成了"唐桥辛二公"了。要是女子，相应的年龄段就分别以"××妹""××妮""××婆"相称。排瑶每30年左右要做一次"打道箓"的大法事，届时由做法事的"先生公"给参见了这项活动的每个人起一个"法名"，作为以后在阴间使用的专名。

唐桥辛二公1941年出生于油岭排（村）。出于对长鼓舞的痴迷，他6岁就开始学习长鼓舞。1964年，他与另外3名选手应邀到北京人民大会堂演出，并受到国家领导人的接见。此后，在他的带领下，排瑶长鼓舞队经常外出演出，获得了骄人的荣誉：《长鼓舞》曾获得广东省首届少数民族运动会表演一等奖、全国第五届民运会表演项目二等奖、广东省首届民间艺术表演大赛二等奖；《大长鼓舞》编入了《中国民族民间舞蹈集成·广东卷》。1996年，长鼓舞应邀在新加坡表演；2013年，长鼓舞远赴澳大利亚参加春节巡回演出活动。2014年，美国肚皮舞大师莫瑞拉·香波不远万里来到连南瑶乡，向鼓王唐桥辛二公讨教长鼓舞的独特技巧。

2008年，经国务院批准公布，将排瑶长鼓舞列为"国家级非物质文化遗产"，而唐桥辛二公也成了"国家级非物质文化遗产"瑶族长鼓舞的传承人。

随着国内经济的长足发展，政府扶贫力度的不断加大，瑶族同胞已经由高寒的半山腰搬迁到山脚下的坪地居住。鼓王的家好找，门楼就是两个钢筋水泥浇筑的巨型"长鼓"，可见鼓王对长鼓舞那份感情有多么执着了。鼓王不经意告诉我们，数十年来，他免费培训了长鼓舞爱好者近千人。为了便于学员们学习、掌握，他将繁复的36套动作精编为8套动作。当谈到如今的年轻人迫于生计，远离故土外出谋生，或遭网络媒体的冲击，愿意学习长鼓舞的人越来越少时，年迈的鼓王挂不住一脸的落寞与焦虑。

我特地将瑶族诗人赵翔辉的诗歌《乡愁》念给他听，当他听到诗歌的末节时，眼角都不禁湿润了：

……

那些做法事的师公死了

曾经吵醒你的唢呐没了

锣鼓铜铃和那些神器

都成了路边的垃圾

百年之后，你将我的骨灰随意扬弃

孩子，我告诉你

我回不了家

你也一定是

诗中流露出的那种在强大的现代文明的碾压下，古文化日渐消亡的无奈与焦虑，无疑教人怃然动容。

鼓王缓缓走出门外，手抚门楼的"长鼓"，呆呆地望着半山腰的油岭排，喃喃道：不晓得曾经激荡在山梁的那一声声"汪嘟"，还能不能像血脉一样在后辈的心中流淌，百年不变……

瑶绣能手房伟艳

盘 芸

连南瑶族自治县位于粤北南岭山脉南麓，境内峰峦叠嶂，风光绮丽，是全国乃至全世界排瑶唯一的聚居地，是广东省少数民族聚居最多的一个瑶族自治县。大坪镇大坪村是连南的一个纯瑶族村寨。村庄古老美丽、鸟语花香，随处可见穿着瑶族服饰、背着绣花袋的瑶族人。村里的瑶族女子个个都是刺绣能手，房伟艳就是其中一员。

耳濡目染，从小便是刺绣能手

房伟艳6岁就跟着祖母和母亲学习瑶绣，在母亲的言传身教下，一步一步认真地学。凭借着心灵手巧、勤奋刻苦、好学多问的精神，9岁便成了刺绣能手，至今已绣了34年了。"刺绣是奶奶和妈妈几乎每天都要做的事情，小时候觉得瑶绣特别漂亮，特别喜欢看奶奶和妈妈刺绣，6岁就跟着她们学习绣一些简单的图案，大概9岁的时候，就能自己独立完成绣花袋、荷包等绣品了。"房伟艳说道。绣品是瑶族人的生活必需品，因此瑶绣自然而然地融入了房伟艳的生活。

在连南瑶族地区，流传着"莎瑶妹（姑娘）爱绣花，不会绣花找不到好婆家"这样一句脍炙人口的俗语。如绣锦袋、香囊、荷包、腰带等绣品，是莎瑶妹送给心上人的定情信物，绣嫁衣更是瑶族女子从闺阁少女到入门媳妇必修的女红课。14岁的时候，房伟艳就开始着手绣制自己的嫁衣，一年、两年、三年，经过四年的时间，她亲手把绣花帽、绣花衣、绣花裙、绣花脚

◆ 房伟艳教绣娘刺绣

绑、绣花袋等盛装嫁衣一件一件地完成。嫁衣承载着每一个莎瑶妹内心深处对幸福美好生活的追求和向往。看着精美的嫁衣，梦想着穿上自己绣制的嫁衣出嫁，房伟艳心情格外欢喜，内心对爱情的期盼也油然而生。

绣出爱情，绣出幸福

瑶族是一个尊崇传统的民族，房伟艳自小受瑶族传统文化的影响，到了谈婚论嫁的年龄，她早已将送给心上人的定情信物绣好了，等待着心上人的到来。年轻时的房伟艳长得美丽，又绣得一手好的刺绣作品。她勤奋、聪慧和美丽的名声传到了大小瑶寨，成了众多阿贵（瑶族未婚青年）心仪的"莎瑶"。每当夜幕降临，她的窗口便围满了慕名而来"讴莎瑶"的阿贵。经过长期隔窗的了解和考察，房伟艳终于被邻村一名阿贵的诚恳感动了，她接受了阿贵送出的银手镯，也送出了准备已久的定情信物——绣花袋。

经过媒婆的牵线、定亲和双方父母的商议后，23岁的房伟艳终于迎来了期盼已久的时刻，穿上了自己绣制的嫁衣。戴上厚重又高贵的绣花银头冠，穿上喜庆又艳丽的刺绣盛装，在阳光的映照下她是那么超群脱俗、光彩照人，从此她转身成了他人的阿莎（莎是老婆的意思，阿莎是已婚瑶族妇女的称呼）。新郎及婆家人，还有参加婚宴的亲友都对她赞誉不绝。根据瑶族传统婚俗，婚宴摆了3天3夜。这3天，新娘不用干任何家务活，婆家也是小心翼翼又不失热情地照顾她，生怕把盛装弄脏。排瑶的男女盛装每人一生只有一套，根据瑶族的

传统风俗，一生只穿3次。第一次是结婚时穿；第二次是参加20年左右举办一次的瑶族传统宗教盛会"香歌堂"时穿；第三次则是百年归老后穿着入殓。因此，盛装既神秘又神圣，排瑶人民也十分重视和珍惜自己的盛装，小心翼翼地保管着，从不会外借给他人。

绣出梦想，绣出精彩

2009年10月，连南瑶族服饰刺绣被广东省人民政府列为"省级非物质文化遗产"。连南瑶族自治县委、县政府十分重视保护和传承瑶族刺绣，多次拨出专项经费，开展瑶族刺绣的保护和传承工作。2010年，在广东瑶族博物馆成立了瑶绣研发中心，设立了"瑶绣工坊"，重点打造瑶绣保护、传承、展示和研发基地，挖掘和培养瑶族刺绣人才。房伟艳便是首批瑶族刺绣培养人才。作为上千名培训学员之一，房伟艳乘上这股新时代惠民政策的"春风"，怀着保护和弘扬瑶绣的理想，到广绣、苏绣等生产工厂跟着各地刺绣大师学习苏绣、粤绣等中国四大名绣的针法技艺，到广东技术师范学院、广州美术学院等高校系统学习色彩搭配、美术设计、服装设计等理论知识，多次参加各类文化交流研讨会和博览会，走进广东国际时装周现场，领略时尚前沿、国际潮流。

"让非物质文化遗产（以下简称非遗）活起来，变成生产力，融入人们的美好生活，非遗才有生命力，才能永续传下去。"一个大胆的想法在房伟艳心中萌发了。2015年，在多方支持下，她组织一批热爱刺绣的姐妹们创办了"伟艳瑶族刺绣工艺坊"，开始创业，以"作坊+绣娘"模式发展瑶绣产业。县有关部门在广东瑶族博物馆城南市场为她提供了一个上百平方米的店面，给予租金免费的优惠政策，还帮助瑶绣坊对接省内外的商家和企业，拓宽销路。创业之前，丈夫极力反对，对她说，创业"九苦一甜"，你有没有想过失败的后果？房伟艳犹豫了几天，最后还是坚定信心地开始了尝试。

创办瑶绣坊后，资金不足，房伟艳便四处想办法；人手不足，她便招募了一批又一批的绣娘，组织了一批又一批的农村妇女学习、传承瑶绣文化。从传统的瑶族刺绣图案开始，到学习苏绣、广绣、潮绣，从最简单的香囊到绣花袋和墙挂绣品，她都手把手地教导学员们，再组织绣娘们不断发挥自己的想象力，大胆地研究和设计出一些新颖的、符合时代需求、符合群众消费观的瑶绣产品。现在，她的瑶绣坊研发和展示了旗袍、披肩、领带、围巾、T恤、帽子、手提袋、背包、手机包、抱枕、香包、耳环、手镯等融实用与生活情趣于一体的刺绣工艺品。这些工艺品精美鲜艳，富有浓郁而独特的民族特色，成为精美的艺术品，得到越来越多游客和年轻人的喜爱。

6年来，她累计培训学员2000多人次，绣坊吸纳了固定就业妇女30多人，还在邻村发展了800位兼职绣娘，人年均收入达到2万至3万元。她带领着绣娘们在家就业，解决了众多留守老人和留守儿童的社会问题，也让部分贫困绣娘们脱贫奔康。2018年，她的瑶绣坊刺绣手工艺作品制作达5000余件，远销广西、云南、贵州、四川、香港、台湾……各类文化产业博览会、文艺展演、公益讲座，都常常能看到她那身着瑶族盛装的亮丽身影。工艺坊2019年的销售额达到了150万元，而这个数字在2015年仅有20多万元。

2017年，连南举行了首届瑶族刺绣职工技能大赛，房伟艳报名参加了比赛。初赛分7个分赛区，共有354名绣娘报名参加。经过各初赛区的层层筛选，最终有94名绣娘脱颖而出进入决赛，房伟艳便是其中之一。总决赛分为个人作品展示、统一规定图案和个人创新图案。通过作品展示、规定图案绣制、创新刺绣作品三个环节的比拼后，房伟艳以巧妙的针技、精美的绣片"力压群娘"，得到赛事评委的青睐，巧夺冠军。2019年，在广东省首届民间刺绣精品展中，房伟艳的刺绣作品瑶族布包，别具一格，小巧可爱，荣获了银奖。2018年，凭着突出的瑶绣技艺和业绩，房伟艳被评为瑶族服饰刺绣市级非物质文化遗产传承人。

2019年，连南瑶族自治县人民政府和广东省服装服饰行业协会、广东省服装设计师协会联合举办了"连南瑶族自治县瑶族文化采风汇报会暨连南瑶族文化推广大使评选活动"，开启了"非遗+时尚"的新旅程。房伟艳作为瑶绣非遗传承人，被邀请参加了此次活动。她与专业服装设计师合作，设计出了多组多款融合瑶绣元素的时装、西装、礼服、运动装、童装、学生装等作品。这些作品在广州举办的2019中国流花国际服装节暨广东时装周上一一展示。房伟艳看到设计团队通过改良设计，将自己绣制的传统瑶族刺绣图案和现代时尚相结合创作的服装作品，既震撼又激动不已，她也终于实现了让瑶族服饰刺绣这朵烂漫的山花走上国际舞台的梦想。

2020年春节，全国上下都在进行新冠肺炎的疫情防控工作，看到全国抗疫战线的工作者心连心，不畏艰险日夜奋战在抗疫前线，房伟艳深受感动。她怀着炽热的情怀，亲手绣制了《众志成城 战胜疫情》的瑶绣作品，以传统手工艺等形式，绣制了四位医护人员穿着防护服在认真工作的身影，还绣上了"众志成城 战胜疫情""坚持到底"等文字，用她独特的方式，向全国上下抗疫英雄致敬，表达自己对抗疫英雄的关切、支持与鼓励。后来，这幅刺绣作品献给了连南瑶族自治县支援武汉抗疫的英雄。2021年，房伟艳被广东省妇联评为"广东省三八红旗手"。

新时代的传承与坚守

瑶族人没有自己的文字，只有本民族独特的服饰和语言。千百年来，在长期的迁徙和生产劳动过程中，勤劳智慧的瑶族妇女用精湛的瑶族刺绣工艺和独特的刺绣风格，以布为纸，以线为墨，以针为笔，将自己的所见所闻所想绣在了自己的服饰上，生生不息，传承至今，创造了绚丽多彩的瑶绣图案和服饰，同时也记载着瑶族悠久的历史文化。房伟艳十分看重瑶绣的传承，一手创业，一手传承，克服各种困难，一直顽强地坚守和弘扬瑶族服饰刺绣这项非物质文化遗产。

被评为瑶绣市级非物质文化遗产传承人后，房伟艳除了在自己的绣坊每年培训热爱瑶绣的新人外，还带着瑶绣走进连南瑶族自治县各中学、小学、幼儿园的第二课堂，当起了艺术课导师。几年来，她走进校园第二课堂，每周一到周五上两节瑶族刺绣艺术课。她先后被邀请赴台湾云林科技大学、广州医科大学、广东轻工业职业学院等十余所学校和清远市非遗中心教学瑶绣。作为"非遗见生活，清远非遗周"系列活动之一，她用通俗易懂的方式为各地学生传授刺绣针法、设计理念和瑶绣文化，累计教授学生逾千人。房伟艳说："我作为一个瑶族的绣娘，有义务把瑶绣传承给小学生、中学生和幼儿园的小孩子，我每周都会到小学、初中上两节瑶绣课，大概教会500多名中小学生，如果不去给孩子们上这些瑶绣课的话，很多小孩子都不肯学，长大了出去打工就会忘记我们传统的手工艺。"

◆ 房伟艳为学生上非遗课

随着社会的发展，瑶族人与汉族人杂居生活和学习，相互影响，也相互融合，现代的瑶族青少年日常都穿汉族服装和时尚的服装，极少年轻人愿意学习瑶绣服饰刺绣。这也正是房伟艳焦急和担忧的问题。房伟艳说："无论是男是女，哪里的朋友，只要喜爱我们的瑶绣文化，我都愿意教她。"房伟艳正手把手地将瑶族刺绣技艺传给自己的儿女。她女儿今年18岁，儿子10岁，在她的言传身教下，从小学习刺绣，现在已成为刺绣能手，能自己创作出一些瑶绣工艺品。过去，刺绣只是女儿家的手工活，在她的影响和教导下，现在有不少男生跟着她学习刺绣，她儿子就是其中一个优秀的小小刺绣家了。

"家意爱丢亮夏对，针西栾苏家努物，家意爱对对诺，噶家咪报斗咯，家意爱佐佐边，阿物开……"（瑶语意为：我绣一条花腰袋，针线绣出我的爱，爱绣那相思鸟，为我去传情，爱绣那并蒂莲，表露我心怀……），连南的瑶家女子，在新时代，一边唱着这首新编的瑶歌《绣花袋》，一边飞针走线，绣出了新的期盼，绣出了美好生活。如今，伟艳瑶绣坊的瑶绣因独特的风格和精细的工艺，越来越受到众人喜爱。古老的瑶绣走出大山，走向世界，走上了各网络平台，出现在时代最前沿。相信在未来，它会以一种更鲜活更灿烂的姿态，在全国各地遍地开花，繁花似锦。

市级瑶绣传承人房春花

房丽珍

百里瑶山，春暖花开，林木青翠。在连南瑶族自治县境内的马头冲村，一位身着瑶族服饰的绣娘，坐在古朴幽静的院子里，右手拿着针，一针一线来回穿梭。她，就是清远市瑶族刺绣传承人房春花。

在连南瑶族民间流传着"莎瑶妹（姑娘）爱绣花，不会绣花找不到好婆家"的俗语。瑶族刺绣历史悠久，颇负盛名，在宋元之际已在瑶族地区广泛流行。

瑶绣用色讲究，针法独特。反面挑花是瑶绣区别于其他刺绣针法最为显著的特征。绣娘们精心选线、穿针、刺绣，以大红或深红的丝线为主调色，再辅以黄、白、绿丝线，用手工在靛蓝色的布上挑制图案。随着绣花针在绣布上下翻飞，精美图案活灵活现地展现在绣布上。刺绣之前，绣娘们无须拘谨地打版打图，也没有繁琐严格的布局，而是凭借熟记于心的技巧，一气呵成。她们的自信，自然包容着奇思妙想的灵感和丰富的想象力。

一针一线总关情，一幅幅色彩绚丽的瑶绣作品，从这些绣娘灵巧的双手中绣出来。在瑶族的村村寨寨，每当农闲或劳动空隙，瑶家姑娘们常常三五成群，聚集在厅堂里、吊脚楼上，甚至是田头地尾、严冬的火塘边，一边唱着优美的瑶族山歌，一边飞针走线地刺绣，绣衣服、绣花裙、绣腰带、绣绑脚……她们还互相比赛，看谁绣得快，绣得好。瑶绣是瑶族人民智慧的结晶，是中华民族文化艺术宝库中一颗璀璨的明珠。2009年10月，瑶族刺绣被广东省人民政府列为"省级非物质文化遗产"。

房春花从5岁开始跟着奶奶、妈妈学瑶绣，不管是在家里，还是在放牛的山坡上，闲暇之余都在学瑶绣，与瑶绣结缘至今已有30多年。凭着对瑶绣的挚爱和坚持，秀美的瑶山源源不断地赋予她广阔的创作灵感。她熟练地掌握着八排瑶绣每一种图案的精湛技艺，参赛作品曾在县市多次获奖。

房春花年轻的时候，因为刺绣绣得好看，来提亲的人络绎不绝。夜

◆ 房春花在刺绣

色朦胧的时候，阿贵哥（未婚的男青年）都会在阁楼窗外唱着动听的瑶歌，竞相夸她是瑶山里最美丽的绣花姑娘，到她窗外唱歌和送花的人越来越多。有一天，有位阿贵哥送给她一对银手镯和一束玫瑰花。玫瑰花清香扑鼻，打开了少女的心扉。房春花给这位阿贵哥送上亲手绣的精致绣花袋。这是她用心、用爱，精心制作的爱情信物——她将最深的爱寄托在这绣花袋上，每一根线都是一丝情意，交付于自己最心爱的男人。这种情透过绣品传递出来，最深也最含蓄，这也是连南排瑶最传统的定情信物。在盘古王节的前两天，房春花穿上了自己亲手绣的华丽的新娘盛装，上身穿着庄重大方的红色绣花衣，下身穿着龙裙，龙裙上绣有森林纹、小鸟纹、小草纹、牛角纹、树木纹、桥梁纹和原野纹，各种瑶绣图案组合在一起构成了一幅小鸟在树林里鸣叫、牛羊在吃草、树木依傍桥梁的山野风景图，塑造了一个极富生活情趣的画面。精美的龙裙下衬以精致的脚绑，头戴银光熠熠的花冠，叮当作响，新娘充满青春气息，妩媚动人，恍若云端仙子。

2009年，县文化馆让房春花参加全县手工刺绣比赛。比赛那天，她带着绣了一个多月的作品参赛。在车上，她反复问镇干部："我的作品真的可以参赛

◆ 房春花在上瑶绣辅导课

吗？"当镇干部肯定地说可以时，她的内心激动万分，这可是她绞尽脑汁花了许多时间和精力绣出来的作品。

在众人焦急的等待中，比赛结果终于公布了！房春花的作品在来自各镇的上百幅参赛作品中脱颖而出，获得连南瑶族服饰"远古刺绣图案"手工刺绣排瑶组一等奖。首绣告捷的她，喜上眉梢、手舞足蹈，那一刻，她掐痛了手臂，眼里噙满着幸福的泪花。寂寞的古老的瑶绣，从此在房春花灵巧的双手里像孕育待放的花朵一样，等来了春天。

岁月流逝，流出一泓清泉，流出一阵芳香，房春花与瑶绣结缘走过了40多年。她的情感在这里舒展，她的年华在这里绽放。她既是瑶绣的受益者、见证者，也是传承人。40多年来的亲闻、亲见、亲历，不断加深她对瑶绣传承认识、认知、认同。她不忘初心，与瑶绣为伴，一针一线总关情，在瑶山里"绣"出幸福。

记九龙寨"豆腐公"房飞龙

房春桥

草长莺飞二月天，拂堤杨柳醉春烟。

儿童散学归来早，忙趁东风放纸鸢。

春天来了，很自然地想到清代高鼎的《村居》，它描写出了一幅春意盎然、人与自然相融合的图画，全诗字里行间透出诗人对春天来临的喜悦和赞美。读着这首诗，真想自己是那些尽享放风筝欢乐的孩子，享受着春天美景的融融暖意。

连南有一个叫"九龙寨"的地方，九龙寨有一个人，他趁着春风，放飞梦想，收获秋实，闯出一条农村创业之路，算得上一个"忙趁东风放纸鸢"的人。

他，是九龙寨的房飞龙。

借　米

房飞龙的父亲是独苗，谁料想，独苗竟然变得枝繁叶茂。房飞龙原来叫房三贵（"房飞龙"是他上初中后自己改的名），兄弟中排行第三，前面是大姐和大哥二哥，后面有1个妹妹和4个弟弟，加上爷爷奶奶一家13口人，是个大家庭。

"多子多福"的愿望很美好，但是它常常被残酷的现实碾碎。连南地处山区，"九山半水半田"是对连南地形的概括，尤其是三排这片石灰岩山区，几乎全是石头山，山地水田都非常少。20多年前，《南方日报》有报道说："连南这片石灰岩山区没有具备人生活的基本条件。"20世纪80年代初期分产到户，房飞龙一家人共分得水田2亩7分，旱田1亩2分，山地不足2亩。那时产量很低，如果老天眷顾，来个风调雨顺，收获的粮食还可以勉强填饱一家人的肚子，如果来了洪涝旱灾什么的，那只有挨饿的份了。

　　劳动力少，吃饭的人多，房飞龙的父母要养活一家人实在不易。为了生活，房飞龙的大姐、大哥二哥没有读完小学就辍学回家参加劳动。

　　上初中后，房飞龙家庭状况也没有多大的改变，生活还是很贫苦。我和他打小就玩得来，读初中我比他高一届，但我们常常一起去学校，一起回家。

　　我们是在学校住宿的。有一个星期天下午，我约房飞龙回校，他说明天早上才回校，家里没有存米了，要等父母晚上回家去借点米。我说，妈妈不在家，可以瞒着她借点米给他。他认为这样不好，要问问大人才行。我答应他下个星期回来一起向我妈说清楚，他要了5筒米（5斤），不肯多要，他平时每个星期也就带这么多米。此后，我趁妈妈不在家的时候，又好几次"借"米给他，不知道他还了几次，我不想让记忆过于清晰。

　　在农村里，向邻居们借点米那是常有的事情。有趣的是，我们村有一户人家快要成为"借米专业户"了。他们一家八口人，也不够粮食吃，在青黄不接的时期更是常常向村里人借米，并且都在晚上借米，借到米之后，以"煮粥要太长时间"为由，一家人就可以吃上香喷喷的大米饭了。

　　有存粮的人家实施"计划经济"，计划着食用全年的粮食，也只能喝粥度日；借米的人家执行"市场经济"，粮食不够吃根本用不上"计划"，没有米时借米，借到米时吃饭。

　　妈妈似乎不太喜欢那些"借米专业户"，她说"晚上借米给别人不吉利"，叮嘱我们不要借米给那些人，只是我借米给房飞龙的事情她却缄口不言。直到我参加工作后，妈妈才提起房飞龙借米的事。原来，当时妈妈不说此事，是因为怕伤害了房飞龙，影响了我们的友情，加上房飞龙家庭也是挺困难的。最后妈妈高兴地说："总算过去了！"

在学校住宿生活实在是苦。房飞龙每周只带5斤米到校，上课5天半，平均一餐只有3两米，至于菜呢，几乎没有什么油星，对于正在长身体的青少年来说，真的吃不饱。为了填饱肚子，房飞龙只好在饭盒下面放一层米，上面放几个番薯，几乎每天都吃着这些"番薯饭"。

就这样，3年后他成为家里唯一读完初中的人。

借　钱

房飞龙初中毕业后，没有考上高中，他就去报读连南农业技术学校（我们称它为"农校"）。农校在县城附近，倒是一个依山傍水的地方。那年8月，我用自行车载他去农校报名，但他的身上只有20元，家里拿不出更多的钱给他了。因为学费没有交齐，老师不予报名注册，房飞龙感到很尴尬。

记得当时有一个上了年纪的老师，讲话很温和，开导他说："家里穷不是你的错，你要改变这种状况就要读书，到农校来，可以学到很多实用的技术。至于报名费，就要向亲戚朋友借，一人借一点也可以凑够的，你回去试试。"

离开农校回家时，已接近黄昏，晚霞染红了天，很美。路上，房飞龙一言不发。我安慰他说，会想办法借到报名费的。他看了看我，没有说话。他知道我家也没有钱借给他，那时我家也穷，我过几天要去连州师范读书，母亲已经为我倾尽所有。

我真为他担心。我去读书的时候，他还没有借到钱。就在我去到学校的第二个星期，收到房飞龙的来信说，他已经进农校读

◆ 房飞龙经营综合商店

书了，我很高兴。可惜的是，因为家庭经济困难，他在农校只读了两年，没有毕业。

房飞龙回到家里，总想找些事做，他想开个小卖部。说做就做，他的爷爷在学校附近有一块菜地，于是他说服爷爷借这块地给他，在家人的帮助下，一个简易的棚屋搭建好了，他又向亲戚借了一点钱进货。说是小卖部，最初的时候只是卖汽水、西瓜和饼干几样东西而已。

我回家乡实习，他找到我，向我借钱要"扩大业务"。我在妈妈给的生活费中节省下来150元，打算毕业后参加工作时用来做"安家费"的，过年的时候跟他说过，哈哈，谁知道他却惦记着。看他急得像热锅上的蚂蚁，我只好给了他。他的小卖部位置本来就好，商品种类多了，收入也多了，半年后，他笑嘻嘻地把钱还给了我。

"豆腐公"

"民以食为天"，豆腐改变了房飞龙的人生轨迹。

从艰难困苦中成长起来的房飞龙，对乡亲们的疾苦有较深的体会。物资不太丰富的20世纪90年代初，农村还是比较贫穷，大部分人只是解决了温饱。过去，贫苦的农村人对豆腐这种"非荤非素"的食品情有独钟。请师傅做工，或者有亲戚来访，主人买不起肉类，只能买一些油豆腐、粉丝之类的食品招待，比起煮青菜招待客人，已经算得上体面了。

房飞龙果断地选择经营豆腐。于是，房飞龙"失踪"了。两个月之后，房飞龙终于露面了，办起了豆腐坊。村里人才知道这两个月他去学艺了。

房飞龙做的豆腐豆味十足，口感极佳，成数又高，加上价格合理，因此得到了乡亲们的青睐。

为了打开销路和方便群众，房飞龙挑起豆腐走村串巷。每天上午一次，下午一次，有时还要送到比较远的花山背、吴利水等村寨。他每天迎着朝阳，送走晚霞，有时还挑着风雨，挑着冷月。和以前相比，这点苦对他来说算不了什么。

房飞龙卖豆腐卖出了一些名堂。不知从什么时候起，尽管他不到不惑之年，村里人却给他起了一个绰号"豆腐公"。只要房飞龙到村里一吆喝，村里的老人小孩都知道"豆腐公"来了。有一次回到乡下，已是夕阳西下。这时，路上传来三轮摩托车声和吆喝声，正在上小学一年级的侄子跑来告诉我："伯伯，豆腐公来了！"

卖豆腐也有一些小插曲。有时村里人没钱，要赊一些豆腐。房飞龙都乐意赊给他们，他没有把它记在本子上，也没有在心里刻意记住这些账目，因为他对"借"这个字深有体会，对于村里人的一时"窘境"感同身受。

村里有一个李阿婆，80多岁，无儿无女。平时生活只能由族人接济，生活十分困难。房飞龙到村里卖豆腐时，隔三岔五地给李阿婆送去一些豆腐，李阿婆总是对他说："阿贵，阿婆不要了，阿婆已经吃了你的太多！"这时，房飞龙总是说着那句不知道重复了多少次的话："阿婆，你收下吧，大家乡里乡亲的，晚辈孝顺老人应该的。"李阿婆只好收下豆腐，只见她一脸的慈祥，眼里闪着泪花。

我每次回家都给母亲一些零用钱，可是母亲过惯了清贫的生活，不舍得花钱。于是，我叫房飞龙时常带一些肉菜给我家。有一次外出学习两个月，我感觉太久了，一回来就马上回去看母亲。母亲见了我，却埋怨起来："一次不要买那么多菜，又是猪肉又是豆腐的，吃不完浪费。"我说："每次只有一斤左右肉，不多的，没有叫飞龙买豆腐啊！"母亲说："这几年来，每次房飞龙送来的猪肉都不止两斤，并且每次都搭上一斤油豆腐。"我顿时明白了，肯定是房飞龙这个老伙计动"歪心思"了。我找到房飞龙跟他"算账"，他却跟我急了："老伙计，当时你家也十分困难，但我遇到困难时你家借米给我，现在用豆腐去还债合情合理，谁叫我是'豆腐公'呢！"看他那得意样，涨红的脸上泛起了调皮的笑容。

现在房飞龙已是拥有两栋小洋房的"财主"，他的店铺也成为村里的"综合商场"。富起来的房飞龙对教育非常重视。他把三个孩子都送进了大学校门，平时村里的小学搞活动，他都捐献一些活动经费，或者买些文具送给学生。房飞龙用自己的实际行动在乡亲们的心上树起一块沉甸甸的好碑。

九龙寨是瑶山生活变迁的一个缩影，它见证了瑶族人民历经百年风雨终见阳光的历史。而"豆腐公"是那些敢于奋斗的人得到的绰号。房飞龙的店铺现在已经不是以卖豆腐为主了，村里的男女老少却仍然叫他"豆腐公"。

香菇大王唐志生

房瑶玥

———

一

"唉。"唐志生叹了口气。

身旁的妻子沈怡莲问道："怎么了？又是因为担心今年的杉木？"

"对啊！"唐志生点点头，"现在有好几家连肉都买不到了。"

唐志生是大龙村的村主任。近年来，随着市场木材需求量的下降，砍伐成本的增加，种树的收益不断下降，不少村民不得不选择外出打工谋生。

"爸爸，吃饭了！"一个稚嫩的嗓音从唐志生耳边传来，是女儿小琳的声音。

"爸爸等一下过去。小琳，你先去吃吧！"唐志生脸上挂着慈祥的笑容，对小琳说。

这个10岁的小女孩看见父亲正在忙，懂事地关上门，屁颠屁颠地跑去吃饭。

随后，唐志生走出房门，在餐桌前坐下，心不在焉地吃着。沈怡莲看见，说："别想了，好好吃饭吧。来，吃点我今天在山上采的香菇。"

"欸，我们可以种香菇啊！"唐志生突然两眼放光，激动地对妻子说，"你想想啊，我听说种香菇产量多，利润大，种植应该也简单。要不我们试试吧？"

沈怡莲差点被丈夫的突然激动吓到，但还是点点头："试试……就试试吧，反正迟早要迈出第一步。"

唐志生转身进了房间找资料，并说准备去县城学习种植技术。

"先把饭吃了吧！"沈怡莲喊了声。

"不吃了。"他说。

沈怡莲知道丈夫的脾气，也不打算再劝了。

二

晚饭时间过了。

"开会了！开会了！大家到村委会门口集合。开会了……"一个男人拿着扩音器喊。很快，村委会门口站满了人。

那个男人是唐志生。在村里，他算是个能人。电焊、装修、泥水，他都干过。之前他在城里开个店，赚了一些钱。可是，有一年，他关了店门，带着家小转回村里。30岁的他，被大家选为村主任。

村民到得差不多了。唐志生站在村民前，笑逐颜开地说："各位父老乡亲，今天把大家聚在一起，就是为了给大家推荐种植新的农产品——香菇。我已经查过了，种香菇产量大，利润空间大。大家觉得怎么样啊？"

一位古稀老人站了起来，说："种蘑菇投资大，有钱的都在外打工，哪有时间种香菇啊？"

"对啊！对啊……"众人议论纷纷。

唐志生见状，确实是自己疏忽了，没有考虑到资金的问题。他只好提前结束会议。

唐志生回到家，就和沈怡莲聊了起来。

"怎么了，那么快散会？"妻子问道。

他没有说实话，只是拐弯抹角说："我们村最近不是比较困难吗？我想尝试一下种香菇，所以想向你说说，能不能把北边那块地分出三分之二来。"

他怕妻子不同意，又补充一句："我一定不会让你失望的。而且我认为要有人带头，他们见不到结果，肯定没人敢相信的。"

"我知道，拿去吧！反正种什么东西，还不是一样种。"沈怡莲说。

几日后，唐志生骑着摩托车到县城。他见到了先前联系好的房师傅。通过了解，他觉得香菇种植技术也没那么难。

三

种香菇每亩需要投资6万余元的资金。"怎么办啊！"唐志生犯难了。

睡前，唐志生心不在焉的。沈怡莲一看唐志生这样子，就知道有愁事，毕竟他俩在一起生活了十多年，就瞥了一眼，说："什么事啊？闷闷不乐的。"

"额，就是种植香菇投入的资金有点多。我想着拿点银行卡的存款。"唐志生开口说道。

沈怡莲也猜到了这件事，说："拿去吧，孩子的学费我这里还有，不用担心。"

次日一早，唐志生拿了把卷尺就往地里跑。因为之前学过电焊，所以大棚可以自己和雇的两个人一起做。那块地足足有两百平方米，刚好可以做两个棚。

一周后，两个大棚大功告成。在这期间，唐志生把灭菌箱、接种箱、锅炉等设备都已买好。

沈怡莲发现他才花了卡里的三分之二钱，好奇地问："那些设备我听说都不便宜，怎么才花了这么点钱？"

唐志生自信地说："嘿嘿，你就不懂了吧！我买的是二手的。我知道你担心二手的不好，但是我都试过了，可好了。"

沈怡莲心存顾虑，但不好反驳丈夫。

次日一早，唐志生开始制作菌棒。首先需要木屑或玉米芯等农副产品，再与下脚料配比，然后经过灭菌箱灭菌，在锅炉里培养菌种，之后接种菌种，最后就可以生产香菇了。

虽然看着简单，但是怎么培养菌种呢？唐志生决定请人来吧！他又去了一趟县城，联系到了一位培养菌种的资深专家——李师傅。

到了接种步骤，唐志生请李师傅帮忙。两周后，茶树菇那小小的脑袋从菌棒里探了出来。唐志生喜笑颜开，决定增大规模，以后再叫村里的人一起干。

第二天，房师傅打开锅炉，竟然启动不了。他俩研究了半天，却什么问题也没发现。唐志生心想："咦？怎么用不了了呢？"之后他联系了卖锅炉的师傅，不料，对方电话却始终打不通。他这才发现自己被别人坑了。

唐志生沮丧地回到家，对沈怡莲说："有个设备是坏的，那个我花了3万块买的啊！"

"我就说嘛，二手的不好，你非不听。"沈怡莲说道，"现在好了，白白花了3万元！"

小琳看见唐志生不开心的样子，也不知发生了什么，只是好奇地问："妈妈，爸爸怎么了？爸爸是不是不开心啊？"

沈怡莲俯下身子，摸了摸小女孩的头，温柔地说："小琳不用担心，爸爸只是在工作上遇到了困难了，会解决的。你现在自己去玩吧！"

小琳点点头，独自跑了出去。沈怡莲打开了房门，坐在唐志生旁边，说："唉，这个钱花都花了，没必要想怎么多。大不了再买一个，我那边的小卖部可以支撑。这张卡里还有钱，你再凑凑，应该能够的。"

唐志生抬起头，愣了一下，突然抱起沈怡莲。沈怡莲轻声地笑了笑："够了够了，别闹了。快去吧！"

几天后，新买的锅炉到了。唐志生再次联系菌种专家李师傅。可是，电话打了很多遍，依然没人接。但唐志生没有放弃，连续打了过去。这次接通了，电话那头传来男人的声音，但是这一次却没有了以往的和气："别打了！我不想干了，要不是别人的介绍，我才不会干！你以为培养菌种很容易吗？你给的那点钱都不够我在这里干的三分之一。以后不要联系了！"

另一边的唐志生听完，愣住了，手机也掉在地上。

四

唐志生在家闲着，什么也不想干不愿干。

一天，他依旧在家闲着。

"阿叔，您在家吗？"家外有人叫喊着。

"哪位啊？"打开门，他看见了眼前的人，一位20岁出头的小伙子，"哟，是白枫啊！你怎么回来了？快进来坐坐。"说完，他让唐白枫进了屋，倒了杯水。

"白枫啊，回来多久了？不是在外面找了工作吗？怎么回来了？"唐志生关心地问道。

唐白枫稍稍抿了一口水："刚回来，在那边工作不太顺利，就想着回家创业。"

唐志生不解地问道："大城市不是挺好的吗？怎么就想着回来了呢？"

"阿叔，大城市是挺好的，但是我还是想回村里发展。"

唐志生好像想到什么，问："你大学有没有学过种植菌种的啊？比方说，种植香菇。"

唐白枫笑了笑："我读的专业有这方面的知识。阿叔，你是想种蘑菇吗？"

唐志生点点头："是的，准确来说是香菇。现在我家里的钱都花在这个上面了，而且不瞒你说，现在你婶跟我吵架呢。这次你回来，可不可以来帮帮忙吗？"

"没问题。"唐白枫信心满满。

唐志生到岳父家，向赌气回娘家的妻子道歉，接她回家，说重新种植香菇。妻子心软，跟他回家了。

唐志生和唐白枫开始合作种植香菇。在唐志生的动员下，部分人家加入进来。有了唐白枫技术指导，香菇种植进程很顺利。一般的香菇栽培一年只种一次。他们采用后熟期比较短的品种且在气候适宜的情况下，可以种两茬。

几个月过后，香菇收成持续上升。越来越多人加入了队伍。

五

不久，新型冠状病毒爆发，香菇销售受到影响。

作为村主任的唐志生，一边做好防控工作，一边管理着香菇种植与销售。为了打开销量，他开了直播带货平台。通过直播，把滞留的香菇销售到连南及其以外的地区。

大龙香菇出名了，唐志生也出名了，成为"香菇大王"。

悠悠十载情　爱心洒瑶山

——记连南政协委员何杰常

刘庆辉

　　有一位顺德企业家，连续11年、无数次为远在数百里之外的连南瑶族自治县开展助教助学、扶贫敬老等活动，累计捐款捐物500万元以上，实属不易。他就是连南瑶族自治县政协委员、广东恒佳建筑工程有限公司董事长何杰常。

　　大古坳是连南瑶族自治县大坪镇的一个贫困村，海拔800米。11年前一个偶然的机会，何杰常在省扶贫办有关人员的带领下来到大古坳村。没想到这一番走动，这个名不见经传的偏僻小村庄，走进了他的视野，让他将深情种下。他说，初到大古坳村时，上山的那条山路很危险，当时没有护栏和石磴，旁边就是陡峭的山坡，坐在车上十分惊险。好不容易到达村子，村里到处都是低矮的土坯房和木板房，破旧不堪，甚至有些摇摇欲坠，仿佛随时都有坍塌的危险。很多村民黯淡黑瘦，满面沧桑，生活很拮据，不少家庭炒菜连油都没有，豆角就那么直接下锅干炒。校舍低矮残旧，校园有点杂乱无章，不少学生的

◆ 后排居中者为何杰常

"午餐"是他们早上上学时从家里自带的。学生们或许因为营养不良，都显得很瘦弱。他真是看在眼里，痛在心里。

"知识改变命运，要让大古坳真正脱贫，还是得靠教育。"何杰常深有感触。于是，他从奖教奖学、捐赠教学设备、改善教学环境做起——通过捐款设立"大古坳奖教奖学基金"，进一步调动教师们教书和学生们读书的积极性；通过捐赠教师办公电脑、高档体育器材、图书、净化饮水机，不断改进学校教学条件；通过修缮校园环境、修建挡土墙、建设校园文化，学校焕然一新，学生们读书氛围日浓。

最值得一提的是筹建大古坳小学爱心饭堂。2009年6月，何杰常又亲临学校看望师生，目睹不少学生冒着风雨回家吃午饭，很危险，特别是恶劣天气，学生回去吃午饭后就很难准时赶到学校学习。他记在心头，急在心中，找到时任校长房志德说："房校长，为了孩子的健康，为了孩子有充足的时间学习，为了孩子将来更好走出大山，我决定在学校办个爱心饭堂。"于是，他带着他的家人到大古坳小学参与爱心饭堂筹建，有些项目让儿子进行管理和监督，吃住在工地上。他甚至把公司的工人带到大古坳"劳动"，带着工人跑市场，在顺德买来电脑、桌椅等学习用品以及冰箱、电饭煲、电视机等生活设备，派人开车送到学校，叫公司的电工去安装。"我们公司60%的电工都去过连南。"何杰常非常自豪地说。爱心饭堂建成后，他通过远程视频，看见全校140多名师生每天都能吃上热腾腾、卫生健康的免费午餐，甚感欣慰。笔者从县扶贫办获悉，何杰常及其公司将捐款汇入县扶贫办账户，用于筹建爱心饭堂及餐费开支，累计200多万元。

为了提升大古坳小学教学质量，何杰常还主动协调顺德区教育局，请求派出2名教师来大古坳小学支教。为了学习外地的先进教学经验，激励师生上进，他多次捐资，分批邀请师生代表到广州、珠海、佛山、顺德以及他本人创办的恒佳公司参观学习。读高一开始就受到何杰常资助、如今已考取连山大保镇公务员的大古坳人唐土生，当年考取西南大学本科时，为解决他的后顾之忧，何杰常还特别为他购买广州至重庆往返的飞机票，并送上新运动鞋、学习用品等。何杰常还积极引导顺德区的热心人士赞助大古坳籍优秀学生读书费用，帮助他们圆了读书梦。如2011年联系孙志恒、杨敏仪、姚文毅、胡洁清等热心人士每年赞助3000元给16位优秀学生。何杰常的善心义举在周围人中引起强烈的反响，在他的带动下，他的家人、朋友都纷纷加入扶贫助困的行列中来。善良年迈的母亲为儿子的善举感到高兴，在其鼓励下，何杰常以母亲的名义向顺德一个镇的学校捐资100万元建设图书馆，此外还捐赠价值7万多元的图书。而他的朋友也被他的善举所感染，在扶持大古坳小学中，他的澳门朋友就捐资8万元。何杰常还努力让这种大爱代代相传。如他的儿子、媳妇资助顺德容桂周边的残困人群，帮助他们的孩子读书就业；他的孙子用过年的利是钱为大古坳小学同学各买了2套夏装校服；他的两个孙女不甘示弱，利用平时省吃省用的零钱各为该校同学买了80套秋装。

何杰常非常牵挂大古坳小学的孩子们。2011年9月，他到欧洲考察学习，未及时将中秋节的礼物送到孩子们手中，于是委派儿子何永佳夫妇将月饼、苹果送来。2012年5月底，他因出差在外，公司又很忙，实在抽不出人员将六一礼物送来，于是他用快递将20箱苹果、4箱饼干、香肠和罐头鱼等节日礼物寄给孩子们。2012年6月，他资助该校12名教职工、8名家长和20名学生代表到清远盛兴中英文学校、广州大学城参观学习，让他们体会良好的学习氛围和卫生环境，激励山里娃"走出大山，走进幸福"。当晚，何杰常身体不舒服，但仍

◆ 何杰常邀请大古坳小学师生代表到恒佳公司参观学习

冒着大雨带着儿子儿媳专程从顺德赶到广州大学城华南理工大学与他们共进晚餐，并送上精美礼品给孩子们，令大家感动不已！

何杰常创建的广东恒佳建筑工程有限公司以"开拓、拼搏、务实、创新"的经营方针，全面倡导"和谐科学管理"的管理理念，以"新技术、新材料、新设备、新工艺"科学研发项目，达到建筑节能降耗、开启节能增效性，不断提升企业的发展质量。数年前，他还做出另外一个决定：在他作为公司法定代表人的每一年，将拿出公司资产总值的千分之一点二作为连南大古坳的扶助款，一直到该村富裕起来。何杰常说，作为一个负责任的企业家，要对社会负责，积极回报社会。

何杰常还积极为顺德区与连南瑶族自治县牵线搭桥，协助区、县领导进行扶贫工作联系沟通；组织顺德企业家到连南交流，协调召开两地企业家座谈会，共议连南企业发展之计，把珠三角发达地区企业发展先进理念和经验传递给连南企业家。何杰常不仅进行教育扶贫，还与顺德有关部门及"双到"扶贫工作组一同在大古坳村建设牛栏、猪舍，发展畜牧业，以作改善生活的出路；

重新整修了灌溉水渠，改善了大古坳田地的引水条件，修建山坡、护堤。大古坳村一天天都在发生变化，上山的路好走了，水渠发挥了应有的作用，不少村民修了新房，生活慢慢好转，村里干净了，学校变样了，孩子们整洁了，懂礼貌了，学习成绩上升了……何杰常说，看到这一切，他作为扶贫助困中的一员，由衷感到欣慰和自豪。

除了大古坳村，何杰常还年复一年对连南其他学校开展助教助学活动。如对大坪镇中心小学开展一年一度的奖教奖学活动，在2015年的奖教奖学活动中，共奖励20名优秀家长、20个优秀班级、155名各类优秀学生，并对51名教职工进行奖励，加上捐赠给该校的体育用品、组合音响等物资，共计资金6.8万元。2017年，对大麦山镇中心岗小学捐献价值6万多元的校服、学习书籍一批。2018年，为涡水镇中心学校信息化建设捐献4万元。每年春节前夕，率企业或家人到连南开展慰问孤寡老人、特困户活动，送上慰问品及慰问金；积极参加连南"6·30"扶贫济困日捐资活动等。他的善举受到莅临大古坳视察工作的各级领导及社会热心人士的高度赞赏。

悠悠十载情，爱心洒瑶山。十多年来，何杰常心里始终牵挂着连南，他助人为乐，不图回报，用爱心和实际行动在百里瑶山谱写出一曲曲动人乐章！

连南农业税的征收与免除

萧维国

连南是瑶族聚居的山区贫困县，境内耕地面积不足，地方财政入不敷出，远不足以维持政府机关的运作和地方建设。中华人民共和国成立初期，百业待兴，税源稀少，古老的农业税就显得弥足珍贵。

1950年成立连南县人民政府时，有3个瑶族区公所、24个行政村、159个自然村，5589户21876人。以林业和种植山地作物为主，不征农业税。1953年，将原属连县的产粮区三江和原属阳山县的寨岗（含寨南）两个地区划入连南，种粮的水田面积才多一点。据当年的统计，全县共有耕地面积111288亩，其中水田61344亩、旱地49944亩。

这两个地区在划入连南前就征收农业税。1952年三江农业人口7677人，计税土地面积10623亩，总产稻谷319.9138万公斤，实征农业税为61.3172万公斤，平均税率19.17%，人均负担80公斤，每亩负担58公斤。1953年三江和寨岗区并入连南后，通过查田定产，核实农业人口8018人，计征土地面积11681亩，评定常年产量稻谷331.1818万公斤，全年实征农业税为57.9432万公斤，平均税率16.14%，人均负担74.5公斤，每亩负担50公斤。而寨岗（含寨南）原是半经济作物半产粮的山区，1952年有农业人口19346人，计税土地面积24728亩，总产稻谷（含杂粮折谷）393.4391万公斤，实征农业税为63.8266万公斤，平均税率16.22%，人均负担33公斤，每亩负担26公斤。1953年三江和寨岗区并入连南后，通过查田定产，核定农业人口20247人，计征面积25300亩，评定常年产量稻谷（含杂粮折谷）378.5342万公斤，全年实征农业税稻谷为43.7986万公斤，平均税率11.6%，人均负担21.5公斤，每亩负担17.5公斤。

随着全国三大改造的完成和农业生产的发展，1958年，除了两个地区和县示范农场继续按过去规定征收农业税外，连南开始在三排、南岗、大坪、香坪、九寨、白芒、金坑、山联八个地区征收。是年八个地区计税土地面积为30435亩，评定常年产量稻谷（含杂粮折谷）488.195万公斤，计征税额64.2072万公斤，平均税率13.2%，每亩负担21公斤，按当时人口平均负担21.5公斤。然而执行结果实征税额稻谷39.6102万公斤，实际平均税率8%，每亩负担13公斤，人均负担13.5公斤。

1962—1988年，连南农业税收逐年减少，税率在6.5%—6.9%，平均每亩负担多数年份为14.5公斤左右。1979—1982年，连南根据省、市的指示精神，对石灰岩地区的南岗、三排、白芒、九寨四个公社减免农业税，四年共减征稻谷50.3425万公斤。1985—1988年继续减免，共减稻谷59.9340万公斤。

1987—1988年，连南还开征农林特产税和耕地占用税，1991年，又开征契税。此三税加上原有的公粮，合称为"农业四税"。农林特产税主要征收的产品是原木、原竹和松香，按生产环节7.7%、收购环节7%的税率征收。1994年税制改革后，农林特产税改称农业特产税，按生产环节8.8%、收购环节8%的税率征收。

改革开放后百业兴旺，国力逐渐增强，亟需进行国土开发，公路交通、公共设施建设和私人建房都呈现出蓬勃发展的势头，占用了大量的耕地。耕地占用税，对一般建设用地按每平方米5元征收，农民住房用地减半，经国家批准的公路建设用地，则按每平方米2元征收。契税，由财政部门委托国土、房产部门代征。征收范围：国有土地使用权出让、转让，包括出售、赠与和交换，以及房屋买卖、赠与、交换，均按3%的税率计征。2000年后，对个人购买自用的普通住宅则减半征收。

据县志"1979—1988年连南农业税计征统计表"的数字叠加，1979—1988年这10年的农业税收（公粮）共有130.31万元，另有13.53万元的农业税附加（其中县收入6.91万元、乡自筹6.62万元）。而"1989—2004年连南农业'四税'计征统计表"里，从1989—2002年，这14年"四税"叠加共2701.5万元。

中华人民共和国成立之初，国家一穷二白，百分之九十几的农业人口，工业基础薄弱，正处于起步阶段。当时的农业税，对巩固政权和支援工业发展曾起过无法取代的作用。20世纪60—70年代，中国对社会主义建设的探索屡遭挫折，农业税对维持国家机关的运转和继续发展起到了重要作用。自改革开放以来，工业的发展突飞猛进，综合国力大大增强，但广大农村和乡镇因国土开发和公共建设耕地面积日渐减少，而大量精壮劳力的外出务工，也使中国农业受到巨大的冲击。

如今作为世界第二大经济体的中国，已有足够的能力反哺农业。2000年，国家提出了粮食直补的政策构想，先后经历了改革方案的酝酿、试点和全面推广三个阶段，整整用了5年。从2004年开始，对种粮农户实行直接补贴、对粮食生产区的农户实行良种补贴和对购买大型农机的农户给予补贴。粤府〔2004〕76号文《关于深化农业税改革的决定》规定："从2004年1月1日起，珠三角地区自费进行免征农业税改革试点；全省其他地区对种粮农户农业税税率降低3个百分点，由此减少的税收，由省财政通过转移支付加以解决。"次年，广东省委粤发〔2005〕1号文更明确提出："按照中央关于深化农村税费改革、五年内取消农业税的总体部署，结合我省实际，省委、省政府决定，从2005年1月1日起，全省免征农业税。"是年12月29日，第十届全国人大常委会第十九次会议高票通过决定，自2006年1月1日起，废止《农业税条例》，取消了除烟叶以外的农业特产税，全部免征农业税。从此，中国延续了2600多年的"皇粮国税"终于走进了历史博物馆。

农业税的取消，对减轻农民负担、增加农民收入、调动农民积极性有重大作用，对推动农村经济的快速发展和农村社会的和谐进步、解放农村生产力、巩固农业的基础地位、促进城乡统筹发展具有重要意义。

连南顺德文化广场和顺德大道建设

萧维国

1979年以前，连南县城三江镇的城区面积很小，只有几条老街道，总长不足2千米。由于财力有限，县城区建设规划十分简单。改革开放后，随着全国工作重点转移和地方经济的迅猛发展，人口增加了数倍，新设立了许多行政管理机构，城区面积也急剧扩大。至2000年，经过二十多年的励精图治，连南县城已是街道纵横、高楼林立、车辆穿梭，一派生机勃勃、繁荣兴旺的景象，城区面积也从1.5平方公里扩展到3.8平方公里。

虽然县城居民的收入逐年增多，生活水平大大提高，大家都充分地享受到了太平盛世的安定和富足，但令人遗憾的是精神文化生活的层面却未能跟上。旧城区原有的中山公园在"文化大革命"期间被毁后已不复存在，原公共集会及节庆活动表演歌舞戏剧的司令台和小广场也随着三江小学的改建而消失，县城几万人节假日的休闲娱乐、早晚散步和健身活动场所都没有着落。1993年，县政府在三江河南岸从五星、东和、六联管理区征地589亩兴建商业城后，也同样没有这类基础设施，人们深感无奈。

1998年8月20日，县文化局向县计委送交了《关于要求兴建县顺德文化广场的立项请示》，称："根据县府复〔1998〕08号关于同意《连南瑶族自治县文化建设工程实施方案》的批复，规划在五年内兴建县文化广场。经县多方努力和顺德市的支持下，目前已筹集到资金500多万元，并将文化广场命名为顺德文化广场。广场占地面积征90亩，主要建园林式公园，预计投资1300多万元，征地由县政府负责。文化广场建成后，将会为县城居民提供一个休闲娱乐的场所，对连南瑶族自治县的精神文明建设起到推动作用。为进一步加快连南瑶族自治县完善文化设施建设的步伐，丰富群众文化生活，初步改善自治县人民群众文化生活贫乏落后的状况，为此，恳请县计委给予立项为盼。"申请很快得到了批复。

2001年，连南瑶族自治县又在县城北部向五星管理区征地356亩，兴建新城区，文化广场的位置和地盘才得到落实。1月，县成立了市政工程指挥部（后更名重点工程指挥部），整个新城区便开始了场地平整等前期工作。该广场工程于当年12月10日动工，2002年10月竣工。顺德文化广场位于县政府新办公大楼前，坐北向南，占地面积62855平方米，由顺德规划设计院设计，顺德区捐资500万元（不包括后期建设的捐资）、本县投资660万元建成。广场呈扇形，边长1000米。西面紧靠团结大道，南面是顺德大道，东面与北面与府前路相接。广场主轴线与县政府大楼同一线上，第一层是位于广场正中央的圆形表演台，面积3000平方米，中央舞台上方两旁分别树立4个长鼓，为连南八排瑶的文化象征。广场第二层为4个表演小区，并各由1条宽约1米的水渠环绕，代表连南迎接四面八方来宾，是民族大团结的象征。广场第三层为绿化带，代表连南山清水秀。第四层为水泥路行人道，在行人道北边用长5米的石块刻着"连南顺德文化广场"八个金色大字。广场第五层为音乐喷池，总面积800平方米，左右各一个，中间水泥拱桥连接；喷池用瓷砖铺底，汉白玉大理石护栏，喷池周边为大理石铺砌；每个喷池有7组喷水设备，最高一组喷水高达7米。广场第六层为绿化草坪。广场共装有16个音箱，播放音乐时可覆盖整个广场。广场正中央左右两边还设置了休息间，每间长20米，中间设置有靠背的木板凳。广场中央的东面铺有环形的石子路2条，各长300米，供人们锻炼身体时行走。广场第五层的左右两边还各设立一块10米长、3米高的石雕，南面石雕为《前进的连南》，东面的石雕是《欢乐的瑶山》。绿化是连南顺德文化广场的一大特色，绿化面积占了广场的三分之一，种上了油棕、山樟、红豆杉、石榴、桂花、紫荆树等10多个品种。广场安装伞形高灯4座、路灯18座、霓虹灯10座、小福灯20座、树灯100余座。

　　连南顺德文化广场南接顺德大道。这条大道是贯通新城区东西方向的主干道，全长1000米，宽40米，水泥路面，投资712.8万元筑成，西起原看守所与曙光路相接，可直达民族中学门口，东抵猫公山脚与三金公路相通。顺德大道南向和老城区连接的街道主要有三条：1. 从西端原看守所往南，经供电局、公安局至三江河的南门桥，全长664.9米，由北到南分别称为盘王路、北楼街、南门街（黄埔路），中间跨越民族路和朝阳街两条老街。2. 顺德大道中段往南通向民族路的繁华商业街，称瑶山路，也叫牛头街、牛角街，长477米，宽26米，水泥路面，两旁建筑均6层以上。3. 瑶山路以东，即顺德大道往南至107国道连南联络线新村桥头这一段，是景观路（团结大道），全长（包括北至新水厂）2050米，宽50米，双向四车道，是连南最长、最宽敞的街道。

　　连南顺德文化广场和顺德大道的建成，是佛山市顺德区对口帮扶的巨大成果，对连南瑶族自治县市政建设和精神文明建设影响深远。

连南瑶族自治县的普及九年义务教育

萧维国　收集　罗穆良　整理

百年大计，教育为本，发展经济，教育先行。世界各国，人民受教育程度愈高，应用科学研究成果愈多，其经济就愈发达。

20世纪80年代中期，在改革大潮的影响下，连南把教育摆在优先发展的战略地位。党政一把手亲自过问，并采取切实有效的办法来组织实施"普九"。自1985年连南"普小"验收完成之后，教育部门就先后多次制订了"普九"的实施方案，多次向上级汇报。然而由于各种具体条件尚不成熟，所定方案未能得到明确的批复，因此只能扎扎实实地打好基础，做前期的准备工作。

1993年3月25日，清远市委、市政府下发《关于加快教育发展步伐，确保1997年基本实现"普九"的决定》后，连南瑶族自治县才于同年8月30日制订出切实可行的《关于实施九年义务教育的决定》，成立普及九年义务教育领导小组。组长由邵德林担任，邹锡恒、郭娟任副组长；县委办主任、政府办主任以及教育、计委、财政、建委、物价、审计等部门的主要领导为成员。各乡镇也相应成立"普九"工作领导小组，层层建立"普九"目标责任制，把"普九"工作作为考核乡镇领导政绩的一项重要内容。县领导小组根据连南各乡镇的经济基础和现有教育条件，决定分期分批地实现"普九"目标，具体的安排是：1993年，三江镇、寨岗镇；1994年，寨南乡、山联乡、金坑乡、三排乡；1995年，盘石乡、涡水乡、香坪乡、南岗乡；1996年，大坪乡、大麦山镇；

1997年，复查、完善各项设施和设备。

对于这样一项提高全民族文化素质，培养社会主义一代新人，直接关系国家繁荣富强和民族发展进步的大事，为何非要到1993年才颁布推行？它需要怎样的基础和条件？此前我们都做了哪些准备？这是要首先弄清楚的。如果不量力而行、循序渐进，一哄而上就容易产生虎头蛇尾、半途而废的恶果。

瑶族是一个有本民族语言、无本民族文字的少数民族，20世纪连南县成立时，境内没有一间学校（民国时虽试办过一些，但都因时局动荡、财力不逮无果而终）。所谓"文化知识"，也仅仅是各瑶排的"先生公"传授的请神送鬼、却病祛邪之类的具有巫医性质的瑶经。1953年，政府将原属连县的三江和原属阳山县的寨岗两个地区划入，才有几间像样的中小学，然而适龄儿童的入学率极低，其后随着形势的发展，在党和政府的关怀下，自治县的教育事业才慢慢发展起来。1979年，为贯彻省在清远召开的教育工作会议精神，县教育局于金坑公社召开普及小学教育现场会，部署全县的普小教育工作。翌年，教育局组织各公社中心小学校长和部分大队学校领导对全县普小工作进行检查评比时，发现全县适龄儿童入学率、巩固率、普及率不高，瑶族地区学生流动性大、留级生多、教学质量低（入学率90.33%，巩固率66.73%，流动率1.58%，留级率25.2%），读完小学毕业的只有30%左右。由于经费不足、办学条件差、校舍残破短缺，台凳缺1221套，危房面积达12702平方米。除县城三江镇外，都不能通过验收。

事后各区乡（大队）均采取措施，制订乡规民约，敦促儿童上学。尤其每学期开学，教育局干部、各学校教师与当地农村干部都对适龄儿童定人定点、分片包干，全力动员。三排、南岗、九寨、白芒4个石灰岩瑶族地区，每学期每生补贴作业本和书费从1元增加到2元。对于人口过于分散（如金坑乡的金坑行政村，1925人分散居住在13个山头，最远的狮颈村离村委要走4个多小时，最近的桥头尾村也要走40多分钟。我们只得设11个教学点、办复式班）的瑶族地区，县又采取寄宿制、补贴制和奖学金的办法，把高年级学生集中到当地中心小学或乡小学就读，使之能完成学业。经过几年不懈的努力，到1985年，全县适龄儿童25395人，已入学25219人，入学率达99.3%；开学初在校生20756人，学年末一个未少，年巩固率达100%；开学初期，五年级学生2761人，毕业2637人，毕业率占95.5%；12—15周岁13075人，仍在小学的4791人，小学毕业以上的6484人，认识2500个常用汉字和会四则运算的1664人，普及率占98.3%；非正常流动151人，流动率0.7%；留级生1436人，留级率6.9%。是年11月，经市政府普小工作验收组验收，连南各区（镇）的"六率"已达上级规定的标准，基本完成小学五年教育。

从普小到普九，全县的小学生要多接受四年（小学从过去的五年制过渡到六年制，加上初中三年）的教育，就必须大量增加校舍、各种教育教学设施和师资，软硬件缺一不可。对于经济发展严重滞后的连南来说，财政压力非常大，办起事来也往往捉襟见肘、力不从心。为了创造条件去贯彻落实"普九"工作，我们一步一个脚印地整整走了10年！

按照"一无两有"（无危房、有课室、有台凳）的规定，"普小"后连南瑶族自治县尚有危房（校舍）12800平方米，其中一级危房8300平方米（包括45间课室），短缺校舍15600平方米，其中课室93间，面积6520平方米；需要拆建校舍23900平方米，按每平方米120元计，需款286.8万元；需添置课桌凳1560套，按每套20元计，需款3.12万元。此外，需粉刷原有校舍、平整室内和走廊地面等，亦需5.95万元。以上三项，共需款295.87万元。在设备方面，全县缺教学仪器室80间、实验室41间、仪器柜900个、电教台凳360套，各中小学图书馆的充实、体育场所的扩建和54个寄宿制班（1986年有36个班，到实现"普九"需增加18个班）的床架、木板、被子、蚊帐、铁桶及学生的补贴等，如果按现有投入的规模，亦需10年以上才能达标。

师资方面，连南瑶族自治县教师学历较低，难以满足"普九"需要。据1980年统计，初中教师达标率（具有大专毕业以上文化程度的）仅占26.4%，小学专任教师达标率也只有32.2%，师资水平低对提高教学质量的影响是不言而喻的。至1986年，小学专任教师999人，达标的（1966年前和1981年后高中毕业的小学教师算作文化合格的教师）有639人，达标率63.96%，其中公办教师达标率58.7%，民办、代课教师达标率76.4%；初中教师327人，达标的165人，达标率占50.5%；高中教师（含职业中学）67人，达标的19人，达标率占28.4%。鉴于以上情况，要实现"普九"，不但要着力提高现有师资水平，而且要增加初中班75个，4558人，初中教师198人。除了上级每年分配给连南

9人，还欠100多人。不足部分的准备工作，是通过每年选送高考学生到华师大、韶关师专、韶关教育学院去代培（代培费60万元），并鼓励在职教师参加大专函授学习和成人自学考试等渠道来解决。

至于拆建危房、扩建和新建校舍以及购置教学仪器、实验器材、体育器材、图书资料等所需数目庞大的资金，除上级拨款外，连南还采取下列办法进行筹措：一是开征3%的教育费附加；二是从1993年9月1日起，城镇每吨水、每度电各加收一分钱；三是中小学生每学期须交"普九"专项经费，城镇中学生20元，小学生10元，农村学生减半，瑶族地区学生又再减半；四是广泛开展社会集资，全县各机关团体、厂矿、企业事业单位干部、职工共同参与，要求处级干部200元、科级干部150元、一般干部（含党政机关事业单位的职工）100元、企业职工50元，分别由各单位统一交县集资办学办公室，统筹用于"普九"事业。在连南实施"普九"的过程中，香港同胞出于对祖国的热爱和对山区贫困学生的关怀，亦纷纷解囊相助。如香港智行教育促进会、明爱社、川彦社、萤聚社、新界社团联会、谭伯羽中学以及黄球先生、廖英池女士、钱雪家夫妇、曾富铭夫妇、李昌时夫妇等，都为连南教育做出了很大的贡献。

经过这些努力，当增建校舍、购买各种设备的资金有了保障，增添的教师有了来源之后，"普九"才能从"决定"变成真正的现实。

为了达到"普九"的"三率"要求，各乡镇领导干部、教育局各股室负责人和各学校教职员工艰苦奋斗，分期分批分片，反复下乡动员学生返校学习。对于家庭极其困难的学生，采取多种措施劝其返校学习：有的学校采取以物代钱的方式，有的学校采取暂缓缴费的措施，有个别极其难以做通思想工作的家长，则由镇政府出面做工作。各校教师这时期也被频繁派往各村寨，劝导辍学学生返校就读。有些瑶寨山高路陡、路途遥远，有时春雨潇潇、泥泞难行，有时北风呼啸、天寒地冻，有时三更半夜还得奔波在漆黑的瑶山村寨里，教师们克服重重困难，无怨无悔。

1996年9月，省市"普九"评估验收组到连南考评验收，连南的基本情况是：

1. 全县适龄儿童入学率99.7%，升初中的97.8%，7—15周岁"三残"儿童入学率80.7%；在校学生辍学率，小学控制在0.38%以下，初中控制在2.1%以下；毕业率，小学99.1%，初中99.7%；15周岁人口初等教育完成率99.4%；17周岁人口初级中学完成率93.6%；青壮年非文盲率99.62%；15周岁文盲率0；6周岁幼儿入学率达85%，基本普及了学龄前儿童一年教育。

2. 全县小学、初中教师任职要求，小学达标率96%，初中达标率88.2%。

3. 硬件建设。1986—1996年，新建校舍88幢，面积53360平方米，维修校舍面积5462平方米，中小学校舍基本实现钢筋混凝土结构楼房化，40%的学校建有校门和围墙，初中生人均占校舍5.9平方米，小学生人均占校舍3.7平方米。中小学仪器室从原来的73间1815平方米发展到94间2884平方米；实验室从原来41间发展到72间4995平方米，常规教学仪器、电教设备价值250多万元；添置教仪柜600多个、实验台凳1100多套。全县15所中学共有仪器室39间、实验室37间，教学仪器配备率按省达标93%以上，实验开出率85%以上。体育器材配备率为89.3%。图书配备，小学生人均10.1册，中学生人均20.6册。除金坑、涡水两所中学因地形所限无法扩大运动场外，其余各中学均有200米以上环形跑道和100米直跑道的田径运动场，民族中学建有400米环形跑道的标准运动场。

经省、市普及九年义务教育评估组检查验收，连南"普及九年义务教育"达标。

连南职业技术教育概况

萧维国

计划经济时代，各地的中等职业技术学校点多规模小，各部门、各行业、各地方分别开办，形成"条块分割"的布局结构。在当时的历史条件下，对调动各方面的办学积极性，促进中等职业教育的发展曾起过积极的作用。但随着改革开放，中国的经济体制由计划经济转变为社会主义市场经济，原有的学校布局结构已不能适应经济建设、经济体制改革及教育体制改革的需要。连南的职业技术教育由于主观和客观条件所限，虽经20多年的努力，走过一段漫长曲折的整合之路，但未能尽如人意，现简介如下：

农机培训学校：校址设在韶南机械厂，1965年筹建，次年停办。其后随着农村手扶拖拉机逐渐增多，1976年复办，校址迁往寨岗亚田，3年后又迁回县城今民族小学一带，占地1000平方米。1982年，为支持民族小学复办，将校址转让。1986年，于城西桥头墩重新建设，面积3206平方米。教学设备有中型拖拉机、手扶拖拉机、农用运输车、汽车等。从1979年以来，共举办培训班18期，培训学员516人次。2001年机构改革，取消农机培训学校，转制为私营培训机构。

连南县职业技术学校：1975年，由县农、林、水系统筹措经费于城西乡沿陂村以西的涡水河南岸，创办了"连南瑶族自治县五·七农业大学"，提出"面向农村、面向基层、面向山区"的办学宗旨。由当时的县委书记、县长唐辉任校长，莫自连（原寨岗公社副书记）、翟兆泰（原林业局副局长）调任副校长。1981年1月，经省高教局验收、省政府审批、国家教委备案，认为符合办学要求，改为"连南农林技术学校"（属中专成人教育系统），是当时全省同类学校被验收承认的8所之一。此后每年由高教局拨款5万元教育补助费。学校有教职工35人，有山林300亩、石灰岩荒地200亩、水田8.5亩、鱼塘3.7亩、果园10亩、校舍3400平方米。实验室有天平、显微镜、解剖镜、培育箱、比色计、离心机、干燥炉、经纬仪、水准仪、土壤测量仪、电影机等设备，先后开设了农学、林业、水电、经济作物、畜牧养殖等专业，另有育秧、杂交育种、林果育苗、经济管理、农村会计等短期培训班。常规学制3年，从初中毕业学生中招收，瑶族学生占50%以上。至1990年，已招收776名，毕业519名，举办培训班13期，1073人受训。1992年，经省政府同意改名为"连南县成人中等专业技术学校"。

连南职业中学：1983年，寨岗中学高中部改为农业高中。1985年4月，县成立了中等教育结构改革领导小组，对连南县职业技术教育担负指导和宏观管理工作。该机构由分管教育的副县长任组长，教育局和文教组领导任副组长，成员由经委、人事局、劳动局、财政局、农委等部门领导组成。1986年，为适应职业教育发展，加强职业教育管理以提高办学效益，县委、县政府用20万元接收了原国防工业办公室设在寨岗镇内的201医院房舍，让寨岗农业高中搬到此地，接着又用6万元征收了26亩土地作为运动场和实习基地，创立新的"连南职业中学"。当年在校学生256人（高一100人、高二78人、高三78人），开设畜牧兽医、家电维修、农作、民用建筑4个专业，教职员工34人。学校占地面积70多亩，运动场12亩，生产实习基地（旱地）12亩，果园3亩，鱼塘4亩，建筑面积10500平方米，理化实验室教学仪器累近3万元。职中自迁新校址后，就一直注重招收瑶族学生，但瑶族地区的生活水平无法按常规支付学习及生活费用，学生往往中途辍学。1989年，在省民委的关怀下，拨款招收了一个补贴性的民族班（36人）。

1988年，在县城的三江中学高中部高一级招收了一个职业教育班，开设电子计算机、电器维修两个专业，此后每年沿例招收。1994年，设在寨岗的连南职业中学并入三江中学，原三江中学从此改称"连南民族职业中学"。2002年以后，因师资、设备、生员缺乏而停止招生。三江中学的初中部与淳溪中学一起并入连南民族中学，而民族中学的高中部则与三江中学的高中部重新组建为高级中学。从此，三江中学不复存在，原校址成了新高级中学的一部分。

2005年，连南瑶族自治县委、县政府实施教育强县，优化资源配置，做大做强职业教育，将成人中等专业技术学校、教师进修学校、县广播电视大学合并组建为"连南职业技术学校"，2010年统一搬迁到淳溪中学原址。学校现有中职部、进修学校和电大3个校区，校园占地349664平方米，校舍建筑面积9760平方米，有实验室、功能室17个，图书馆纸质藏书15000多册，电子图书21000多册。

连南实施职业教育的初衷，是要想把职业教育办好、办活，关键是解决毕业生的出路。随着中国各项事业的发展和城乡的巨变，对各种专门技术人才有广泛的需求。一个人只要有一技之长，是足可以自谋生计的。而本地人深受传统观念的影响，认为只有接受高等教育才有出息，对于职业教育，往往不够重视。报考的学生大都是成绩较差出于无奈，所以从一开始就显得底气不足，信心受挫。再加上劳动招工部门没有践行"先培训后就业"的方针，造成学校培训与就业完全脱节，职中毕业生常被拒之门外。

此外，没能针对连南特需的技术而适时调整开设专业，办出自己的特色，这也是值得反思的地方。连南的三高农业、特色农业发展起来之后，如香粉加工、各种药材加工、果脯加工以及养蛇养蛙、养果狸芒狸等，各农户都需到外地取经甚至雇请专家来指导，职校倘能培养这方面的专才，或根据各农户需求进行经常性的短期培训，实地解决问题，为连南的经济发展保驾护航，是可以互惠双赢、同舟共济的。

连南：用电同价暖人心

萧维国

1993年，连南全县12个镇（乡）84个村委会，总人口15万人，其中农村人口11.8万人，全县实现了农村电气化达标。到1998年底，全县水电站总数达168座，装机容量115817千瓦，其中已投产电站159座，装机容量105657千瓦，年发电量3.7亿千瓦时，人均拥有电量24667千瓦时。目前，连南100%的村委会通了电，通电人口达92.46%，通电农户达94.18%。全县拥有高压电网872千米，低压电网986千米。1998年，全县用电台变综合线损率25.4%。

连南对农村的供电，因有两个趸售镇和10个直供镇，所以管理体制有四种方式：①县城中心及寨岗镇政府所在地，由县供电部门直接抄表到农户；②由供电部门以台变为单位装总表，抄表到台变，再由村委会或经济社的管电员抄表到农户，并统一与供电局或供电所结算；③趸售到镇的由供电局抄到关口表，由镇供电所或企业办抄表到台变，自然村管电员抄表到户；④建有小水电站的镇、村委会、经济社执行自发、自用、多余上送电网。对农村用电电价的管理方式：一是由镇供电所或企业办统一管理全镇的用电、抄表、收费工作，以台变装总表，各农户装分表，执行全镇统一到台变用电价格，以台变统一到户用电价格；二是由村委会统一管理全村用户的电、抄表、收费工作，同时对村民用电执行兑费优惠用电量，用超的按送网峰期电价收费，节余的按送网峰期电价计款补偿给村民；三是由小水电站直接抄表收费到户。

连南地处山区，拥有众多的小水电站，素有"粤北明珠"的美誉，然而城乡电价长期悬殊：县城住宅每度为0.65元，农村平均电价每度为0.86元，最高为1.8元，相差近3倍，大大加重了贫困农民的负担，引起群众不满。是什么原因造成这样大的差距？又应该从哪些地方入手去寻找原因，从而进行改革？靠谁来改？应采取什么措施？

1998年，连南就尝试去解决这个问题，并取得了初步成效。自省、市"两改一同价"会议后，连南便迅速行动起来，积极抓会议精神的贯彻落实：一是成立了以主管农村工作的副县长房介二为组长，县政府办、物价局、计委、农委、经委、水利局、供电局主管领导为成员的整顿农村电价工作领导小组。领导小组下设办公室（设在物价局），由物价局局长兼办公室主任，具体负责处理日常工作，而各镇（乡）也相应成立领导机构。二是抓好宣传动员。县政府在8月（1999年）中旬召开的三级干部会议上，专门部署全县"两改一同价"工作；各镇（乡）也相应召开镇（乡）、村、经济社三级会议，把政策、精神贯彻到农户，并利用广播、电视、标语、板报、报刊等媒体进行宣传，使"两改一同价"工作深入人心，家喻户晓。三是注重调查研究。8月的3级干部会后即派出3个工作组，对全县农村的用电管理、电价情况进行调查摸底，提出意见和建议供县委、县政府作决策参考。

调查的结果表明，造成农村高电价的主要原因，是各乡镇多级用电管理体制的混乱。用电管理承包给私人，承包者只顾收费赚取利润，而对于用电设施的更新改造则漠不关心，加上农村"电老鼠""电老虎"和"人情电""关系电""霸王电"（其耗电量超过全村其他农户用电量的总和，如大麦山后洞村一位管电员本身用电不交费，且用几个千瓦以上的电炉蒸酒）的大量存在，这些损失最后全摊在普通用户头上，直接抬高了农村电价，于是乱加价、乱收费的现象层出不穷。虽然1998年县有关部门制定和下发了《连南县农村用电电价实行最高限价标准的通知》，由物价局和供电部门根据全县各地情况核实最高限价，力争各镇（乡）80%以上的农户用电电价控制在每千瓦时1元以内，但如果不正本清源，不从根本上改变多级管电的体制，即使强压下来也会很快反弹。所以必须坚决地把过去农村的多级管电改革为三级或二级管电体制，有条件的地方则改为一级管电，把用电管理权收归镇（乡）供电所或企业办管理。目前，连南已有三排、金坑、寨南、大坪、香坪、大麦山、南岗7个镇实现二级管电，三江、寨岗两镇实现了一级管电。三排镇率先成立了供电所，该所行政上受当地政府领导，业务上则接受县供电局指导和监督，运行以来效果良好。

造成农村高电价的另一个原因，则是农村电网及其配套设施的残旧（多为20世纪七八十年代兴建）。连南农村人口居住分散，电网线长面广，线损很大。如三排镇光明村的电网严重老化，变压器又是私人安装，耗能极大，造成该村到户电价高达2.5元/度，农民对用电望而生畏。三排供电所成立后，将该村的用电管理权全部收回，同时通过县、镇、村、农户四个一点的办法筹集资金，对该村电网进行改造，使该村电价迅速下降到每度1元以内。

农村电网改造工程启动后，县组织专业技术队伍对全县农网改造10千伏及以下工程项目进行测量设计，并于11月30日前采取作价回收、无条件淘汰等措施，全部取缔了私人安装和承包变压器，全部取缔了私人管电和镇级以下的集体管电。为了确保农网改造（建设）质量和有效地节约成本，县委、县政府还决定，对农网改造和建设所需主要材料设备的购买实行招标制度，由县"两改一同价"领导小组负责在县供电局提供技术质量、规格、数量及推荐承购单位等要件的基础上，按照"公开、公正、公平"的原则进行招标。12月5日，全县除由县供电局直供直管，抄表到户的三江镇、寨岗镇外，其余10个乡镇均挂牌成立了供电所，由供电所抄表到户，落实了多级或三级改为二级管电制度，有效地降低了全县农村的电价，每度电1元以下的农户由8月底的36%上升到60%以上。

对全县性的农网改造，其所需的巨额资金除自筹部分外，还应拓宽筹资渠道，积极争取国家和省市农网改造的专项资金或专项贷款，业务管理部门更要认真做好规划，更新线路和设备，降低能耗，以期达到降低农村电价的目的。按照省上要求，1999年12月20日前，应全面实现农村用电到户价格0.99元/度以下。县委、县政府也做出了郑重承诺，并实行"两改一同价"工作进展定期报告制度，要求全县在12月15日抄表，统一使用国税局发票结算到户，各乡镇须在次日向县委、县政府书面报告执行情况，18日前组织检查组对各乡镇进行抽查，从而做到加强监督、防止反弹，决不能搞"一阵风"，降后又升。今后电价只能不断降低，直至2001年达到省定每度0.79元以下。

全县城乡居民生活用电实现同价，为老百姓减轻了负担，促进了社会的稳定，大大温暖了老百姓的心。

一条坑的荒芜与律动

赵翔辉

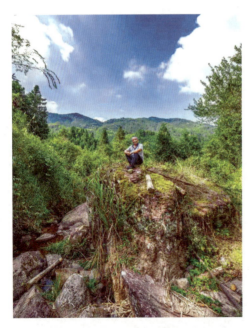

◆ 逝去的菜坑老寨

"坑"之于我，或许是一种宿命。我的出生地就叫"白水坑"，是粤北瑶族地区的一个小山村。而"坑"又通常与"山"联系在一起，形成了"山坑"一词。都说"南岭无山不有瑶"，这"坑"又与山居的瑶族有了密切的关联。不用翻阅辞典，我们就能感受这"坑"的深度和温度。可我如今要说的这条"坑"，名叫"菜坑"，置身于当下网络语境中，是不是很有想象的空间和魅力呢？

菜坑也是粤北瑶族地区的一个小村庄，与我的出生地毗邻。我们这里居住有八排瑶人和过山瑶人两个瑶族分支，我的出生地和菜坑的人，均属过山瑶人。菜坑在我们过山瑶人的社会活动中曾经名噪一时，家喻户晓。但时下已是"人去村空"，这条"坑"也就消失和荒芜了，且成了老一辈人的忆念。偏是这种忆念，又与瑶族文化纠缠在一起，让人感觉有一种特别的意韵在流动。

菜坑的荒芜，源于过山瑶人的历史和习俗，除了"山居"之外，还有种"耕尽一山过一山"的酸痛。在古老的历史里，过山瑶人的伤痛太多。而眼下菜坑的荒芜，却是在奔赴幸福的过程中造就的。据说，菜坑鼎盛时期是20世纪50年代末，全村共有老莫寨、老盘寨、老祝寨、岩下寨和坑尾5个自然村，人口达400多人。后来，为方便生产和生活管理，又划分为一、二、三、四四个小队。可菜坑人以耕山为主，仅有的水田都"插花"到别的村子里去了。为了更好地生活，搬迁就成了首选的措施。

据查，菜坑这个村子的过山瑶人经历了3次大搬迁：第一次是1958年冬，在人民公社时期。因菜坑村没有设"大饭堂"，为响应"政社合一"和"三化四集中"，菜坑人和其他村的过山瑶人被统一集中搬迁到"板洞村"里生产和生活。资料显示，当年搬到"板洞村"的过山瑶人共有210户1250多人，其中菜坑人就有400多人。于是，菜坑村第一次成了无人村。可三年后，因无法再吃"大锅饭"，在1961年冬，搬迁的全体人员各自"下放"，菜坑人又搬回了原住地生产和生活，这条坑又恢复了原有的模样。

第二次搬迁是1977年冬。因当时板洞村通了公路，生产生活条件极大改善，于是"人随田地走"（村子里的水田大都在邻近的板洞村），绝大部分人都自发地搬到了板洞村生产和生活，小部分人家也随田地搬到邻近的塘凼村去了。当年，县里下文撤销了"菜坑大队"，菜坑人成了新的板洞人，这条坑也从建制上消失了，菜坑村再次成了无人村。本以为两次搬迁后，生活就可以稳定了，但菜坑人第三次搬迁的命运还是来到了。这一次是新老板洞人"舍小家顾大家"的异地搬迁。搬迁的起因是，县里为了解决三排、南岗和大麦山镇石灰岩地区3万多名瑶族群众食水难的问题，决定在板洞村地面上建板洞水库。板洞水库项目一经提出，就成了广东省重点扶贫项目；它于1988年立项，1990年获批，理由是在解决3万多人食用水困难的同时，进而改善2.7万亩农田的灌溉，还可以兴建装机6400千瓦的水电站，加快自治县经济发展。但前提是板洞村的过山瑶人需要移民搬迁。随后的几年，经多方面调查研究和深入细致的宣传发动，过山瑶人发扬深明大义、感恩顾念的传统精神，欣然听从党和政府的

◆ 过山瑶长鼓舞

号召，一致同意异地搬迁。1993年冬，板洞全村127户642人，由农村户口转为居民户口，全部搬迁到板洞居委会（现在的板洞林场）生产和生活。菜坑人的身份又再次发生了变化，唯有那如泉的坑水还在日夜流淌。

菜坑与我还是蛮有缘分的，打儿童年代起，就一直听着它的名字和故事，但直到2019年冬，临近退休了，与采风的文友一起，我才踏上了那块土地，感受那里风的舞动和流水的欢畅。坐在观音庙前休息的那一刻，我脑海里迅速飘过过山瑶民歌独特悠扬的"呐华"调子，师公们施展的"上刀山，摸油锅"的景象，还有那些让人意乱情迷的过山瑶姑娘的身影……

村子的男人们都说，找老婆就得找菜坑的，她们有白里透红的肌肤和水嫩水嫩的脸庞。菜坑妹子除了勤劳，还有满肚子的歌……所以，刚上学不久，年节的时候，我就紧跟长辈们看他们读唱瑶族歌书。

我们过山瑶的瑶歌歌词是用汉字记录的，且大都是"七绝体"，每首歌都是四句，每一句七个字（也有首句为三个字的）。如赞美对方烟草味香的歌词是这样的：仙烟香/吃落苗单肚里香/口喷青烟云遮月/盖过青天万里凉。再如试探对方的歌，歌词可以是这样：未曾开田先瞄水/瞄过水源深不深/水源有水开田圳/田中无水枉纠心。这样的歌词，会让其他民族的同胞云里雾里，因为在歌唱时，是用瑶语来表达情意的。当然了，真正演唱方式会更复杂，有读唱式、歌唱式以及短调、长调和师公调等等，没有十年八年的跟班，估计是学不全的。我也就学了些皮毛。只是，现在想学就更难了。我们村没人懂唱了，要学就得到有菜坑人居住的村子里去，他们还有人在传唱《盘王大歌》。

　　或许，做男人也得像菜坑的男人，得有点血性。据党史资料记录，在临近解放的前几年，中国共产党领导的连江支队猛虎队就在菜坑一带活动，许多的瑶族群众冒着生命危险，参加了农会和民兵组织。在1948年冬的某一天，在菜坑村，中国共产党领导的游击队和民兵与国民党的反动武装展开了枪战。那天，国民党反动派从邻近的黎埠镇抽调700多人，进剿驻扎在菜坑的游击队和民兵。他们兵分两路：一路经白芒的龙塘耕古坳爬上菜坑山顶，企图居高临下向菜坑攻击；另一路则到邻近的中心岗村后，安排正面进攻和从东翼袭击。下午3时许，游击队在摸清敌人的战术和兵力部署后，根据敌我双方力量悬殊的实际，决定不与敌人正面硬拼，只留下少数队员和民兵，在观音庙阻击正面来敌，以掩护主力部队往老莫寨和板洞方向转移。那场战斗，游击队队员和民兵没有人员伤亡，而敌方被打伤和自己跌下悬崖摔伤20多人；游击队队员和民兵转移后，国民党反动武装进入寨子，将瑶胞家中的5头猪、4头牛和几十只鸡全部宰杀吃掉，并将群众的100多担粮食作为战利品搬走。虽然那场战斗并不是十分激烈，但从此以后，我们的民族文化，在坚守"斩魔与向善，敬畏与遵

◆ 过山瑶"众人堂"活动

循"传统理念的同时，还渲染了革命的红色基因！

中国共产党第十九大报告指出："文化是一个国家、一个民族的灵魂。"我深信不疑，且感同身受，文化确实是民族的归依，民族认同的根源。在这不得不提及一件事：2019年11月10日，在连南瑶族自治县委、县政府的关心支持下，板洞林场成功举办了过山瑶原生态"众人堂"活动。活动当天，连南瑶族自治县5个过山瑶村分别从几十公里，甚至近百公里外安排人员参加演出；上级和县内有关领导、受邀嘉宾以及云南昆明和广东乳源等地的瑶族文化爱好者，与附近3000多名群众分享了这一文化盛宴。

"众人堂"是过山瑶人祭祀始祖盘王的宗教活动，是过山瑶民族文化集大成。这项活动，我连续跟踪了好多年！它的流传集中地就在菜坑，但在"文化大革命"时期被禁止，直至改革开放后的1989年11月，因美国瑶人协会到访，县政府将其列为接待嘉宾表演项目，才得以恢复。可恢复之后，它又一度消失在民族文化舞台上，直到2013年，由广东瑶族博物馆与中南民族大学联手，共同抢救和研究瑶族文化，它才再次亮相。2019年，连南瑶族自治县将其列入第十一届"瑶族文化艺术节"的表演项目，这是它在连南民族文化舞台上第三次高调展示。这项活动的"复活"和成功展演，真要感谢过山瑶各村寨群众的积极参与，特别要感谢主要由菜坑后裔组成的师公团队，没有他们执着的坚守，我们连祭祖的活动都没有了。

在观音庙前休息过后，我们在塘函村村委主任邵土明的陪同下，继续往山里去，试图近距离地触摸菜坑村的每一处肌体，但展现在我们面前的只有满山的翠绿以及风过竹林的声响。我将双脚伸入微凉坑水里，希望能感受一种跳动的韵律。

一级公路接通途

——清连一级公路连南段建设侧记

萧维国

公路是促进国民经济建设的重要基础。地方经济的发展，与该地的交通状况关系甚大。凡是能做到人尽其才、地尽其力、物尽其用而又交通畅通的地方，经济建设必定风生水起，兴旺发达。

连南是个民族居多的山区贫困县，向来交通闭塞。近年来广东省虽加大扶贫力度，在政策、物力、财力上倾斜照顾，使连南经济有了很大的起色，但终因工农业基础薄弱、物流不畅等而未能从根本上解决问题。

中华人民共和国成立之初，连南仅有6公里国道323线穿县城而过。县城三江，北与湖南的江华、宁远、道县为邻，东西则凭323线与连州和连山吉田相接。20世纪50年代末至60年代初，开通了县城至白芒59.8公里的1955线，连接境内南部的五乡三镇（当时连南共辖三镇九乡）。随后，因开发林业和农田基本建设的需要，开通了一些县道和简易乡村公路（均属等外路）。至1993年，全县共有公路363.2公里，公路密度为28公里每百平方公里，明显低于全省32公里每百平方公里的平均数。

改革开放后，随着全国各地经济的腾飞，物流骤增，从四川、云南、广西、湖南等地经连南三江驶入国道的各种车辆与日俱增，据交通部门调查统计：323线和1955线在1980年以前交通量分别是200次/日、156次/日；1985年分别为2808次/日、1735次/日；1990年分别是3861次/日、2572次/日；1991年增至4624次/日、2763次/日；1992年暴涨至7162次/日、2956次/日。县城三江出口路少且狭窄，倘沿1955线经三排、连水、东芒、水足塘进入国道南下，则弯多路窄坡度大，路况不佳，速度慢，事故多，所以外来车辆只好绕道连州转入国道往返。然而各地经三江的车流量仍在猛增，常常出现人让车、车让人现象，人车混道造成事故频发。连南公路这种发展速度慢、运输能力差、利用率低的状况如果不改变，就会严重制约本地经济的发展，脱贫致富变得遥遥无期。

要想富，先开路，路通财通才能带动百业兴旺。

20世纪90年代初，省市公路部门筹划开通107国道的清连一级公路，从清新县迳口至连州市凤头岭（与湖南省交界处）。连南瑶族自治县面对这样的机遇，积极争取国道经连南境内而过。如能实现，外来车辆便可不必绕道连县，直接由三江驶入国道南下，既缓解了行车难的矛盾，又可缩短行车里程15公里，为国家节约大量能源。对连南而言，既可优化全县的交通环境，又将长期广泛地提供社会效益和直接的经济效益，为连南拓宽山门，筑巢引凤，大力发展横向、纵向经济和外向型企业提供了便利。同时，在国道线上两个贫困的石灰岩乡镇南岗、三排，如果把山上的瑶胞统一迁移到国道两旁，大片的石灰岩低洼地将得到全面开发，届时4万名瑶胞将可率先脱贫，步入小康。

基于这样的认识，1993年12月8日，连南组织交通、国土等部门领导和工程技术人员沿途徒步勘测，确定从县城三江至水足塘与国道的交界处共有19.2公里。其中，水足塘至连水5.8公里，连水至三排中学背后7.4公里，三排至三江回龙湾3.4公里，三江至连县龙口即与新国道交界处的引线2.5公里，比从1955线进入国道缩短里程5公里，比绕道连州更是缩短15公里。12月1日，县委召集五套班子领导开会，专题研究新开107国道清连一级公路进入连南瑶族自治县境内的有关事宜，表示要以抓连南板洞食水工程的精神和干劲抓好国道建设，决定成立以邵德林县长为组长，副县长赵洋、政协常务副主席黄海胜为副组长，政府办调研科科长杨智锋为出纳的国道建设工作组。会后当即写成可行性报告送交上级公路部门，建议被采用。

按实地勘测，连南境内国道沿线地形，海拔在142—378米，相对高差240米左右，线形平顺，坡度自然，避开了狭谷地段，比1955线预计可降低25—30

米，弯道少，能达到山岭微丘地形一级路的设计标准。沿途林木稀少，没有成片的林区。其次就是荒山多、耕地少，需拆迁的房屋更少。经计算，计有荒山677亩，旱地215亩，水田95亩，5间房屋共约200平方米，没有高压线路。由此可见，所开建的107国道（清连一级公路）连南段工作量不大，土石方填挖数低。最大的地段是三排牛头岭坳顶段，预计需降低15—20米，但里程不大，不会超过200米。这些要素可节约投资成本，是修建此路最为合理的选择。

此外，所开建的这段国道还可减轻1955线的扩建投资。根据省市公路的计划，连南的1955线列入扩建为超二级公路。如果国道先行动工，1955线从三江至水足塘段23.8公里被列为国道一并施工，不必另行投资扩建，从中可为工程节约资金5830万元，这是一举两得的事。

为使这项科学可行的工程早日顺利动工，连南国道建设工作组还决定：①无偿提供国道经县境内需占用的荒山用地，不收任何费用；②国道占用的林木，由县出具砍伐证，户主砍回变通或由林木部门购买，不向建设单位取费；③无偿提供公路施工所需材料的石场、土砂场；④水田、旱地征用和房屋拆迁及青苗补偿，由县与工程指挥部签约按连南最低价包干办理；⑤由县组织强有力的民事工作组，负责处理施工中所遇到的民事问题。

经过筑路工人的艰苦努力和连南多部门的积极配合，清连一级公路连南段从1994年8月动工，1997年10月建成通车，大大提高了连南的交通能力和投资环境，有效地促进了连南的经济发展。

板洞省级自然保护区

许文清

　　位于连南瑶族自治县南部的省级板洞自然保护区，面积达11420公顷，原始森林和次生植被10632公顷。这里像一片海，峰峦起伏连绵的绿色的"海"，更是一座天然的奇妙公园，而且比任何人工造的公园更朴实自然，更美，更有吸引力，令人流连忘返。

　　板洞自然保护区始建于1990年，以牛塘林场为核心，建立了县级自然保护区；2000年经清远市人民政府批准，建立市级自然保护区；2004年1月经广东省人民政府批准，升格为"省级森林和陆生野生动植物类型自然保护区"。

　　板洞自然保护区沟谷纵横，奇峰耸立，气象万千。保护区内海拔超过1300米的山峰有14座，主峰大磅山海拔1418米。保护区内有8座库容大小不等的中小型水库，宛若8块明镜镶嵌在群山环抱的茫茫林海之中。其中投资超亿元修建的板洞水库居海拔860多米的高山盆地上，库区面积达242万平方米，是连南有史以来投资最多、面积最大的人工水库，又是广东省海拔最高的水库，故被称为"广东天湖"。

　　"广东天湖"不仅以规模巨大、工程宏伟而闻名，更以其秀丽的景色为人们所称赞。这里山岭雄奇，峰峦俊秀。在高山峡谷间，一条石砌大坝巍然屹立，数条奔腾不息的山溪河水被拦住，汇聚成浩瀚的"天湖"。"天湖"似一颗镶嵌在万山丛中的明珠，景色天成。湖边树木葱茏，花香鸟语；湖中碧波荡漾，游鱼成群。

板洞自然保护区内保留着较大面积的典型东亚特有植被——亚热带常绿阔叶林和亚热带中山落叶、常绿阔叶混交林，还有数量可观的热带林和温带林以及泛北极寒带植物区系的典型科，如杨柳科、桦木科、壳斗科、十字花科等19个科。它们分布在不同海拔的气候带。在同一纬度上，有各种气候带的植物，真够稀奇。现已发现，组成这个绿色世界的木本、草本植物大军共有193科615属1182种。在保护区内的天堂山，仅杜鹃就有数十种。这支家族在各气候带和每个角落都有亲属。春夏之交，那火红的、粉红的、胭脂色的、雪白的和紫色的杜鹃花，漫山遍野，争芳斗艳，种类之多，居全省之冠。

板洞不但因为蕴藏的植物种类极其丰富而引起人们的瞩目，还由于保留了30多种国家重点保护的珍稀濒危植物而闻名于世。其中有国家一级保护植物伯乐树、南方红豆杉、桫椤等；有国家二级保护植物广东五针松、福建柏、楸木、红椿、野茶树、香果树等10多种；有珍稀濒危植物油杉、粘木等20多种。这片古老的原始森林和多种多样的次生植被，不仅在中国其他亚热带地区不易找到，而且作为东亚特有的植物——常绿阔叶林来说，也是保存得较为完整的。将它保护起来，开展科研，对中国生物学、地理学、生态学和旅游业的发展具有十分重要的意义。

当你深入腹地，那些树干上长满"胡须"的"老爷爷树"，像秦始皇陵的地下兵马俑，千军万马摆开，气势恢宏。地面上的树叶腐殖层，似厚厚的海绵地毯。它们告诉你，这里是人迹罕见的原始森林。无数飞禽走兽栖息在这个天然公园里，其中国家重点保护的珍稀濒危动物达40多种，有红腹角雉、红腹锦鸡、白鹇、太阳鸟、红嘴相思鸟；有老虎、云豹（这两种动物在20世纪70年代前时有出现）、野牛、羚羊、猕猴、乌鹿、小灵猫、穿山甲；有金钱龟、虎纹蛙、娃娃鱼、蟒蛇……偶尔你会发现名贵药草马尾千斤草、吊兰、血藤从"老爷爷树"上和悬崖边倒垂下来，那"石耳"紧贴悬崖。地面上你会碰上党参、黄连、黄精、七叶一枝花、香草、灵芝和安息香等名贵草药。这里真是一个药物宝库。

漫步在这个奇妙的天然公园里，近看春笋般林立的碧峰，远眺幽深峡谷的迷雾，聆听翠竹花枝上的鸟歌……仿佛进入了神话中的迷宫。

这里有数十条溪流，有看不尽数不完的大小瀑布。每到雨季，当你驻足于"大磅瀑布"之下，只见巨大的水柱从天而降，气势若虹，水珠伴随着强劲的冷风迎面扑来，呼啸着的瀑布将潭中的绿水搅成"千堆雪"。数米高的水柱像一柄巨大的鼓槌，擂响万面牛皮战鼓，震撼着山岳。

　　扶着峭壁攀登到"苦竹瀑布"前，抬头仰望，瀑布像雪练从悬崖飘下来，变成丝丝轻纱、片片落霞，宛如仙女的霓裳羽衣。山上吹来的风是清凉纯洁的，带着香甜空气中的温柔。置身在这童话般的境地，人心静得如潭水，忘记了人间的烦恼、世事的险恶，一切美好的憧憬涌到脑海心田！

　　板洞是一片神奇的土地，她像养在深闺千百年的睡美人，直到20世纪80年代初，随着中国改革开放，才蓦然惊醒，她揭去神秘的面纱，展露出美妙的姿容，吸引无数的游客。许多科学工作者、文学艺术工作者、新闻工作者和旅游观光者不辞辛劳，纷纷来这里寻芳览胜，去领略她的神姿，赞叹她是"奇妙的画廊""诗的天地""音乐的殿堂""梦幻似的仙境"。画不完的画，摄不完的美景，写不完的诗歌，谱不完的美妙旋律，永远吸引你对她生发奇思遐想！

天湖酿琼浆

——板洞水库食水工程建设

萧维国

　　三排、南岗、大麦山是连南3个石灰岩瑶族镇。石灰岩地区之所以生活条件恶劣，是因为其地表极难蓄水，地下又溶洞密布，十天半月不下雨则旱象毕露。村民赖以生存的农作物全靠老天下雨，而人们的生活用水则必须到远处的小溪或地下溶洞去挑。自古以来，相邻村落群众因用水引起的争执每年都有，甚至还有因放水灌田酿成大规模骚乱的恶性事件。连南历届领导都非常重视这个民生问题，也相继采取过不少措施，试图缓解这3个乡镇用水的供求矛盾。

　　板洞村北距县城78公里，与肇庆市怀集县相毗邻，海拔850米，是四面环山的花岗岩地带，只有一个口子导入板洞河，漫山遍野俱为原始森林覆盖，水源涵养丰富，平均年降雨量2200多毫米，总集雨面积28.8平方公里，实在是修建巨型水库的最佳之地。且板洞地区的海拔比三排、南岗、大麦山都高，水库建成后利用自然落差引水到上述3个石灰岩乡镇，39961人的饮用水问题将因此得到解决。此外，还可利用尾水、余水改善下游27000多亩的农田灌溉和建造小水电站，提升连南的经济实力，可谓一举三得，意义重大。连南历届县委、县政府殚精竭虑，曾多次向上级反映情况，表达了连南人民对修建水库的强烈愿望，到1985年，终于得到时任省委书记林若、省长叶选平的支持。1986年11月，在坪石召开的省第一次山区工作会议上，省政府确定兴建板洞水库，以解决连南瑶族自治县山区饮用水困难问题。接着，省水电厅发出《关于连南瑶族自治县板洞水库食水工程设计任务书的批复》，批准兴建。

要建设板洞水库，必须把原先居住在库区内的村民进行搬迁，安置好他们今后的生产生活问题。县委、县政府对移民搬迁安置的措施，一是对水库正常水位线以下的青苗林木等进行清点，计算补偿；二是把库区内的全部村民办理"农转非"成为居民，对17—40岁身体健康的劳动力，多数安排到县城企事业单位就业，到1995年9月止，已安排工作的有208人，并照顾办理转为合同制工人；三是县委、县政府做出《关于板洞水库移民搬迁有关问题的决定》，撤销板洞林场成立的板洞居民委员会（1995年7月变更为牛塘林场），把板洞居民集中定居在牛塘，把县经营了30多年的县属板洞林场、林木面积7.4万亩的林权划给定居在牛塘的移民管理；四是规定板洞水库一级、二级电站，每销售一度电补给板洞居民二厘钱；五是建设一个移民新村，新建钢筋水泥住宅25套，维修原林场旧屋26套，再建三层办事处办公楼一座、小学校舍一间以及安装水电设施；六是用土地补偿费帮助移民建一座有水库调节的小水电站，装机容量为2×125千瓦。通过这一系列的优惠政策，移民搬迁工作按时完成。

板洞水库属中型调节水库，水库工程分三大部分。一是水库枢纽工程，总库容3640万立方米；二是水电工程，可装机12400千瓦（包括下游径口二级电站6000千瓦），利用电站收益，实施以水发电，以电养水，永续利用；三是引水工程，将库水通过渠道、管道引到千家万户。按照上级指示，工程分两期进行，首期完成水库和电站工程，然后再进行二期饮水工程建设。1989年，工程设计通过了省计委、省水电厅的审定，于1990年5月9日正式动工。

连南集老、少、山、边、穷于一体，经济基础薄弱，技术力量不足，要完成如此浩大的工程，靠自身力量根本无法解决。为筹措工程建设资金，自治县一方面举全县之力，于1990年发出《关于动员全县干部群众投放义务工支援板洞水库工程建设的通知》，要求全县干部职工每人每年投放义务工10天（用钱顶替，每人交20元），受益的3个石灰岩乡镇，每个劳动力投放义务工10天，组织民工上工地劳动；面上乡镇每个劳动力投放义务工5天（用钱顶替，每人交10元）。另一方面，县党政领导亦四处奔走，多方求助，终于获得上级的大力支持，省政府无偿投资3000万元，银行低息贷款1700万元。

对于连南板洞水库的工程建设，省、市各级领导非常关心，省委书记林若、谢非，省长叶选平、朱森林，副省长凌伯棠、欧广源、李兰芳，省人大常委会副主任罗天，省民委主任唐辉、副主任邵良础，省水电厅厅长关宗枝，市委、市政府领导蔡森林、骆雁秋、陈权、丘诗忠等多次亲临工地视察，为工程建设解决实际问题。在上级领导的关心支持下，通过全县人民的一致努力，水库于1994年3月15日正式蓄水，一级电站亦于8月3日正式并网。

板洞水库二期饮水（供水）工程是在一期水库、电站工程竣工验收完成后的续建工程，是解决连南瑶族自治县石灰岩地区少数民族长期未能解决的人畜饮用水困难的省人大议案工程，是板洞水库工程最重要的组成部分。该工程分为集中供水工程和分散供水工程两大板块。

集中供水工程经省水利厅发出粤水基〔1998〕168号文同意兴建，总投资概算7501.66万元，其中省补助5251.16万元、地方自筹2250.50万元。设计供水水平年采用：2014年，水库供水（集中供水）保证率不低于97%。主要包括连通隧道洞、闸门井、水厂、供水管线、调蓄池等；工程主管线DV400-0V250全长31.5千米（其中焊接钢管7.7千米、球墨铸铁管23.8千米），沿线12个调蓄池，入户管网300多千米（1250多吨）热镀锌管，村头水池49个，村陂头、滤池各25个。工程主要解决集中供水管线附近村寨39961人的人、畜饮水困难问题，包括大麦山镇的新寨、望佳岭，三排镇的百斤洞、横坑、吴公田、南岗、牛栏洞、油岭、王东坪、连水、东芒、三排、牛头岭、山溪等14个村委57个自然村。该工程于2000年2月16日进入全面实施阶段，2004年底主体工程基本完成，进入试供水运行。

分散供水工程经省发改委发出粤发改农〔2004〕467号文件、省水利厅发出粤水基〔2005〕18号文件同意兴建，总投资概算1800万元，其中省补助1260万元、地方自筹540万元。工程利用当地水资源截引山溪水，兴建拦水陂头，过滤池供水到户，共18个取水点，村池28个，入户管网100多千米（约400吨）热镀锌管。工程主要解决板洞水库集中供水范围之外居住分散村寨11149人的人、畜饮用水困难问题，包括大麦山镇的黄莲、上洞、白芒、塘梨坑、后洞、中心岗、塘凼7个村委26个自然村，三排镇横坑村委的两个自然村。

2004年底，筹划工程招投标。主要工程计划在2008年完成。自治县还利用板洞水库建造水电站5座，装机容量17880千瓦，年收入约3700万元，大大提升了连南的经济实力，2万多亩的农田灌溉随着水库工程的全面完成而得到有效改善。

大鲵省级自然保护区

萧维国　收集　罗穆良　整理

连南香坪镇排肚村三家冲地带及周边地区，是广东省唯一的大鲵自然分布区。其地理坐标东经112°08'26.8"—112°11'36.2"，北纬24°23'15.5"—24°25'22.9"。区内群峰矗立，山势陡峭，其中500—900米的山峰占30.6%，900米以上的山峰占69.4%，最高处五海顶海拔1564.8米。河谷的切割很深，多呈U型谷或V型谷，地势起伏较大，在地质史上属华夏古陆的华南台地。年平均降雨量1932.2毫米左右，年平均气温为19.1℃，属亚热带季风气候，是大鲵生长的理想环境。

该区域大鲵于20世纪90年代经历了一个无序捕捉的高峰期后，其种群面临人类捕杀的巨大危险，进入21世纪大鲵已显著减少。依据《中华人民共和国自然保护条例》和《中华人民共和国水生动植物自然保护区管理办法》，2000年，连南瑶族自治县于香坪镇排肚村三家冲地带建立了大鲵自然保护区（3年后成为市级大鲵自然保护区、5年后成为省级大鲵自然保护区）。

大鲵别名娃娃鱼，属两栖纲、有尾目、隐鳃鲵科，是世界范围内濒危的一类水生生物，国家二级保护动物。物以稀为贵，大鲵之所以稀少濒危，是因为其种群的生存条件极其苛刻，其所处的自然生态也要与之高度协调。例如必须在中样细粒斑状花岗岩、砂岩类的深山、国家一级水质源头、水势较深、水流缓慢和河床为卵石的上游河段，白天则栖息在有树根和水草的天然洞穴中。

◆ 大鲵保护区——排肚（梁志刚/摄）

大鲵省级自然保护区以中国特有的珍稀濒危物种大鲵及其栖息地生态系统为主要的保护对象，根据《自然保护区类型与级别划分原则》（GB/T14529-93），确定该保护区为"自然生态系统类野生生物类型"的省级自然保护区。目前除保护大鲵及其栖息地的生态系统，也包含其群落多样性、生物物种多样性、生物遗传多样性三个层次的保护内容，是集资源保护、科学研究、宣传教育和多种经营于一体全民事业型的自然保护区。

保护区植被为丘陵低山典型常绿阔叶林，调查记录有75科209属432种，属国家重点保护的珍稀濒危野生植物有7科7属7种，其中南方红豆杉为一级保护野生植物，金毛狗、福建柏、凹叶厚朴、山樟、花榈木、半枫荷等为二级保护野生植物。此外，同样栖息于此区内的鱼类、两栖爬行类、鸟类、兽类也有5纲20目44科110种，其中不少物种亦是珍稀濒危的。

大鲵省级自然保护区总面积1493.4公顷，其中核心区585公顷，占该区总面积的39.2%；缓冲区672.6公顷，占45%；实验区235.8公顷，占15.8%。无论核心区、缓冲区、实验区，全部为森林覆盖，天然林和人工林分别占七成和三成，树龄平均在40年以上。核心区位于保护区中部，是调查到的大鲵主要分布区，具有典型性和代表性。在经营管理方面要实行绝对保护，除对小区域的人工林进行改造，加速其向天然林发育外，不得进行其他任何影响和干扰生态环境的活动，以保证其自然演替条件。缓冲区在核心区周围，根据实际需要划定。本区内可进行必要的监测工作，通过保护工程，缓解生态环境逐渐恶化的势头，规划在本区的局部人工林外围种植生物防火带，尽量杜绝森林火灾的隐患。实验区设在保护区的西北部，是保护管理设施配置、进行科学实验活动的集中区域。在保证生态环境不受破坏的情况下，根据可利用资源和地域特点，按照有关规程规定，在本区内进行保护、科研、教学及多种经营活动。保护区管理处安排在外围山脚的排肚村，初建时归连南农业局主管，农业局和林业局共同管理，业务上则接受广东省海洋与水产自然保护区管理总站的指导。

如今中国经济改革成效显著，综合国力大大增强，保护自然生态、保护珍稀濒危物种，给娃娃鱼一个安全的家，我们责无旁贷，也完全有能力将这项工作做好。

民族旅游的兴起与发展

萧维国　收集　罗穆良　整理

　　连南山清水秀，是全国唯一的排瑶聚居地。旖旎的瑶山天然风光，古老的瑶族山寨，传统的"三月三起愿节""六月六尝新节""七月七开唱节""十月十六盘古王节"，绚丽多彩的瑶族服饰，独特的排瑶语言，吸引着众多的国内外游客从各地来连南旅游观光。

　　1986年，美国、法国、英国、瑞典、澳大利亚、日本等国和中国香港地区的专家学者在香港举行首届国际瑶族研讨会后，专程到连南考察，连南在海内外的知名度得到显著提高。

　　1990年农历十月十六日，连南举办纪念瑶族祖先的"盘王节"，前来连南观光的游客有1万多人。著名作家陈残云观光连南后，感慨之余作诗，"觅景无须到桂林"赞美了连南瑶山的亮丽风景。为此，省旅游局把连南瑶族风情定为广东省旅游热线之一，连南瑶族自治县委、县政府也将民族旅游作为发展自治县经济、文化的重要举措来抓。

开发旅游景点

　　1990年底，经清远市编委批准，同意成立连南瑶族自治县旅游事业管理局。面临一片空白的旅游景点和旅游设施，在县委、县政府大力支持下，局领导带领全体工作人员一道艰苦创业。他们钻山洞、爬瑶排、探遗址，着力开展旅游资源调查，开发旅游景点，选择近县城距107国道十几公里，交通比较方便、保持着完整的排瑶传统特征，具有观赏价值的三排古寨作为重点景点建设。1991年，县旅游局利用时任副省长张高丽视察三排村时拨给的7万元和省旅游局拨给的5万元，连同自筹的3万元，共投入15万元建造了三排停车场、门坊、小卖部、讴歌台、长生庙、歌舞棚、卫生间、供参观展览的两座民居，同时维修和新铺设了近600米长的三排道路，使三排成为第一个对外开放具备接待条件的旅游景点。为增加三排景点相应的观赏项目，县旅游局就地挑选、培训，成立了一支由18名当地瑶族男女青年组成的三排歌舞队，为旅游团举行欢迎仪式，表演唱迎宾歌、敬酒歌、对情歌，跳长鼓舞等有特色、有代表性的节目，使游客大开眼界，流连忘返，真正领略百里瑶山风情。三排景点成为清远市旅游的一个热点，也成为港澳游客必到之处。国内有关单位的人员前来连南出差办事，都慕名前往参观。

三排脚下的"万山朝王"虽无桂林之水，却有桂林山之称，被港澳摄影界称为"摄影沙龙圣地"。为便于游客观赏山景和摄影留念，县旅游局投资在11公里处修建了"姐妹亭"和停车场。

在建设三排景点的同时，县旅游局利用广东中国国际旅行社拨给的5.5万元，自筹资金1.5万元，重建了涡水盘王庙，使之作为宗教旅游景点，也成为海外瑶人组织和连南瑶族人民凭吊祖先的圣地。

1993年，在三排道路旁建造了两座凉亭，沿路两旁种上荫香树，建起了"三排瑶山风情展览馆""姐妹亭铁索桥"。景点公路两旁竖立宣传广告牌，协助县邮电局开通了三排景点至县城的电话，使景点逐步得到完善。

1995年又在三排景点建造了大牛雕塑、葫芦雕塑、2米直径的"瑶山第一锣"和跨公路牌坊，使三排景点除人文景观和瑶族歌舞外，又增添了一些观赏内容。为增加游客的夜间娱乐项目，是年7月，在万山山庄增设了"瑶山篝火晚会"节目。由于晚会风情浓郁，游客参与性强，气氛浓郁，上级有关领导和广大游客普遍反映好，这也成为连南瑶族风情的重要项目。

1996年，把"瑶山篝火晚会"表演点从万山山庄迁移到瑶族村宾馆，减少游客晚上来回奔波的麻烦，方便各界人士参与，又有助于管理。

1997年，针对老三排"脏、乱、差"问题难以解决，索要钱物的民风不易清除和交通不便等原因，经县长办公会议研究，做出把三排景点迁移到万山山庄的决定。新三排瑶寨内设立瑶族风情歌舞表演、瑶族风情展览馆、瑶族风情餐厅、酒坊、豆腐坊、瑶族民居参观、瑶族体育娱乐活动、瑶族旅游工艺品摆卖等项目，使瑶寨成为既充满瑶族风情，又文明整洁的旅游景点。

1998年，将姐妹亭的铁索桥改建为钢筋混合结构桥，提高旅游安全系数，在三排景点增加"师爷舞"和"歌堂路上"节目。

2000年，扩大瑶寨规模，新建了4座民居，增加一户大坪瑶族人家，使瑶寨更有观赏性。在瑶寨增设秋千、荡板、竹竿等文体设施供游客娱乐，还兴建了射箭场，引进气炮射击，满足部分游客的娱乐需要。开辟姐妹亭至瑶寨的林间道，融入生态游特色。是年8月，经过多次磋商，湖南人童修竹先生投资1300多万元，兴建盘古王文化园，2004年竣工对外开放。

2002年，引进广州中意公司到连南投资1800多万元，兴建寨南石洋坑温泉度假村。同年，在省旅游扶贫会上，争取到450万元旅游扶贫资金，开发南岗千年瑶寨。

完善旅游设施

自1991年省旅游局将连南瑶族风情的开发和建设列入全省旅游"八五"期间重点发展后，省国旅积极向外宣传，香港旅游团陆续进入连南。1991年县旅游公司接待港澳游客1万多人次。1992年接待港澳游客2万多人次，国内游客1万多人次。1995年达5万多人次。1991年初，中国国际旅行社广东分社在连南兴建了瑶族村宾馆，从而带动了"林都""鸿运""商城""度假村""银城""万山山庄""鹿鸣山庄""金利来""瑶松别院""连顺"等宾馆相继兴建和装修投入使用，缓解了节假日客房紧张状况，促进了第三产业的发展。

省内各部门各行业人士也因民族旅游业的发展，纷纷到连南旅游投资洽谈业务。仅1994年，通过旅游部门引进项目有瑞士人吕城德先生购买商业城两幢房和1500平方米地皮；香港顺德联谊会谭伯羽中学和县民族小学结成姐妹学校；暨南大学基金会委托在三排景点兴建铮容希望小学。

1996年，瑶族风情度假村转让给省交警总队后，节假日宾馆不足，加上一些宾馆设施逐年残旧，无法满足游客的需求，县旅游局提出承包瑶族村宾馆。经多次协商，省旅游局以450万元扶贫优惠价转让给连南。7月开始装修和完善设施，9月投入使用，使连南拥有第一家较高档次宾馆。游客团队在连南玩得好、住得好、吃得好，来连南旅游的回头客都说："连南旅游设施大变样，食住玩比以前好了，方便多了。"

抓好宣传促销，提高连南知名度

为提高连南知名度，开拓客源市场，大力宣传连南独特的旅游资源。1992年，在主要公路交叉点竖立宣传广告牌、标语，印发"连南之旅"导游画册及瑶族风情三排景点的参观门票。按省旅游局的要求，选派瑶族青年上北京参加"'92'中国旅游交易会"，宣传连南的旅游资源，通过各种渠道宣传县委、县政府鼓励外商投资的优惠政策，吸收国内外资金开发连南的旅游资源。

1993年，派出人员参加在广州召开的"全国国内旅游交易会"。在会议期间，加强与省内外旅行社的联系，发放1000多份"连南之旅"画册与名片。

1994年，又派出代表参加"广州旅游博览会""省扶贫成果展览会"，密切与各旅行社的接触。还邀请《南方日报》《羊城晚报》《广州青年报》《粤港信息报》《中国旅游报》《粤港企业报》多家报社记者来连南采访，在各报刊刊登文章，介绍连南瑶族风情和旅游景点。

1995年，连南把旅游业扩大到顺德、番禺和佛山等地，县旅游局办公室把近千份有关连南旅游的资料寄往广州及珠江三角洲一些部门单位，并趁10月18日三排"耍歌堂"活动邀请佛山、顺德、番禺、香港、澳门等地300多名摄影学会成员来连南采风，拍摄瑶族风情和连南风光的图片，在报刊上发行或在广州等大城市展览。

1998年，省旅游局提出"广东人游广东"，第一次提出适应普通民众消费层次的旅游口号，是发展国内游、省内游、短线游的一次重要实践，也是推动粤东、粤西和粤北去发达地区旅游的重要举措。连南到深圳、东莞、佛山的游客逐渐增多。通过不同地区游客的多向交流，富裕地区的游客更多地了解贫困地区的发展，贫困地区的旅游者更多吸取发达地区的经验。旅游意识的转变，外出旅游成为人们追求知识，获取身心健康，亲朋好友交谈的重要途径。尤其进入每年夏季以后，在旅行社及有关部门组织下，人们纷纷组团前往北京、西安、广州等地旅游。许多未出过远门的农民，坐火车、乘飞机，游览祖国的大好河山、名胜古迹。一些经济条件好的游客，把旅游目标转向国外，报名参加泰国游、韩国游等，让昔日梦想成为现实。

1996—2002年，连南先后邀请中央电视台、南方电视台、佛山电视台、珠江电视台、广州电视台来连南拍摄，使更多国内外人认识连南，了解连南，提高连南知名度，到连南旅游。

此后，连南的民族特色旅游驶入快车道，县域特色旅游景点如雨后春笋，品牌旅游纷纷亮相。板洞天湖风光无限，月亮湾、潘家大院、睦野花园餐厅文艺气息扑面而来，石泉公园历史厚重，越秀廊桥清新大气，盘古王文化园的《瑶颂·瑶族舞曲》让你置身千年的历史长河，金坑的云上瑶居宛如仙境，大古坳的梯田金光闪闪，马头冲的枫叶红如火……

旅游业发展带动饮食服务加工业的发展，增加连南的经济收入。每逢节假日，外地游客组团或自发到连南旅游，吃、住、玩一系列消费。连南的黄心番薯、无花果、猴头菇、有机稻米、糯米、冬菇、木耳、竹笋、茶叶、溪黄草、青梅、山楂、灵芝等土特产成为游客青睐的物品。而经过加工的番薯干、无花果干、溪黄八珍茶、瑶香红茶、单贵茶、猴头菇干、螺旋藻、甜米酒、黄精酒、灵芝酒更是成为游客赠送亲朋好友的美味佳品。

◆ 霞光万道的油岭瑶寨（盘鹃/摄）

大麦山瑶寨的独特年俗

房丽珍

牛角嘟嘟，圆鼓咚咚，又到过年时。现在提起过年，不少人感叹年味宛若游子的脚步，渐行渐远。唯独连南瑶族自治县大麦山镇上洞、望佳岭瑶寨的独特年俗，仍然让我对过年充满向往和期盼。

除夕日，家家户户杀鸡、磨豆腐、炸三角糍粑，祭祀祖先、贴春联或红纸、放鞭炮、全家吃团圆饭。除夕夜晚饭后，寨子广场集合了凑热闹的人们，"拜年队"开始走街串巷、挨家挨户去拜年，被拜的人家大多会热情地开门迎接"拜年队"进屋，端茶递烟送糍粑。有的人家为了喜庆，在屋顶挂红包，要"拜年队"叠罗汉方能取到。除夕夜，全寨皆以吃喝和唱歌作庆，圆鼓、铜锣响彻山寨，直至天蒙蒙亮。"拜年队"如遇当年生小孩或有亲人去世的人家，则会自觉地安静走过，避免打扰。

除夕夜跨新年时，家家户户放鞭炮、烧香烛，摆上熟鸡、猪肉、糍粑、水果、茶水等供品，祭祀祖先和各路神灵（要打开厅门祭祀），俗称"点（典）

◆ "出寨"仪式

茶",祈求新年吉祥平安。

　　大年初一早上,吹响牛角,敲起铜锣,击打圆鼓,寨子里举行"出寨"(瑶话称"出养",即祭祀寨神后才出寨)活动。这一天,全寨男女老少盛装打扮,每家每户都带上香烛酒肉,聚集到寨前或寨边空旷的"龙位"之处,由德高望重的瑶老主持祭祀仪式。首先在村寨"龙头"处敬酒,烧香纸,念瑶经,祭祀寨神,驱邪祈福,祈求寨神保佑山寨平安、人丁兴旺、风调雨顺、国泰民安。接着,瑶老宣讲生活生产注意事项,劝导农耕,大家商定当年的寨规民约。最后,在寨中设立赛鼓场,击圆鼓,敲铜锣,放土铳炮、鞭炮欢庆新春。顷刻间,响起一阵阵震耳欲聋的响声,每一个人脸上都洋溢着幸福的喜悦。

　　20世纪五六十年代,当天还有弓箭射击、火药枪射击等比赛活动,击中目标者,奖励一块猪肉以示鼓励。"出寨"仪式完成后,老歌手向年轻人传唱瑶歌(主要唱历史歌、生产知识歌),未婚年轻人去一个山坡玩耍,唱情歌,谈情说爱,俗称"玩坡"(瑶语称"温东"或"温沾"),即瑶族"情人节"。

　　圆鼓、铜锣为瑶族人民所钟爱。勤劳智慧的瑶族人民能歌善舞,在每一个瑶寨里,至今都有几面铜锣,被视为尊贵而神圣的乐器。在瑶族民间,祈祷风调雨顺、万事吉祥的一些"祭祀"仪式中都离不开铜锣,瑶胞们总是将敲打铜锣贯穿始终,展现了其质朴的信仰。

　　一群群身着瑶服的男青年在山坡击鼓,一声声浑厚的鼓声在瑶山回荡,一朵朵五彩斑斓的山花在阿妮（瑶族妇女）、莎瑶妹（瑶族女青年）的鬓上绽放。"出寨"活动开始，寨子的男人分别组成圆鼓队、铜锣队，然后在众人的围观下击鼓、敲锣、跳圆圈舞。只见敲锣舞者左手持铜锣，右手拿着用布包着的木棍敲铜锣，舞时身体重心时而向后倾斜，时而向下移，腿部不断屈伸，身姿上下起伏变化。而击鼓的舞者时而将圆鼓高举过肩，双脚踩着鼓声转圈，时而单脚跳跃，动作粗犷雄浑，反映出瑶族人生活以及劳动习惯。敲锣打鼓场面十分热烈震撼，是一项赛体力、比技术、显团结的文娱民俗活动，体现了瑶族人民的智慧以及豪放的审美情趣。

这一天，瑶族姑娘们穿上流光溢彩的绣花衣和百褶裙，插上银光闪闪的头饰，戴上缤纷摇曳的银圈、银链、银牌，形成一道亮丽的风景线。姑娘们把敲铜锣、击圆鼓的舞者围成一圈，给他们呐喊助威，把瑶家人的日子点缀得如诗如画。

每年"出寨"这一天，也是新婚夫妻浪漫爱情的延续。瑶寨里所有这一年内结婚的新婚夫妻盛装打扮，兴高采烈地随队伍聚集到绿草如茵的"龙位"上，嬉闹、对歌、纵情玩乐，表现心中的爱恋之情。

记得20岁那年，我应好友邀请去上洞观看"出寨"仪式。清晨，好友和新郎盛装打扮，穿绣裙，佩耳饰，戴项圈。那时，寨子上很多对新婚夫妻同样是盛装打扮，但是村民都夸好友是上洞瑶寨最漂亮的新娘。新娘们前往"出寨"仪式地方，步伐纤纤，流苏摇摆，环佩叮当，回响在瑶山绿水间。阳光明媚，像绚烂绽放的花儿般金灿灿洒满大地。田间散发着幽幽的草香，好友笑容满面地用手指挑过裙摆，纤细手指抚摸上面流苏，看它们在指尖慢慢滑下，新郎牵着她的手，那个世界，春夏花开，秋日炽烈，冬三九围炉日月长。我曾想着，好友和她的新郎繁花似锦觅安宁，淡云流水度此生。

新时代人民的生活日新月异，上洞瑶寨欢度新春的节目也丰富多彩，新增了篮球赛、拔河赛、广场舞等，唯独不变的是"出寨"，敲铜锣、击圆鼓、唱山歌，体现出人们对传统文化的热爱以及对美好生活的祝愿与追求。

"铜锣敲起来，瑶民齐欢畅。自由幸福的太阳，高呀么高空照……"嘹亮的歌声在瑶寨上空回旋着，浓浓的年味弥漫在古老瑶寨的青砖黛瓦上，弥漫在百里瑶山的碧水红花中。

呐华悠扬

罗穆良

◆ 黄莲茶园

久旱后的一场夜雨，将洞冠河最南端的过山瑶小村庄黄莲村滋润得更加清晰。晨曦微露，缠绕天堂山峰峦的晨雾宛如玉龙飞舞。刚收割后的田野里，早起的几只花萝鸡叽叽觅食。路边的小菜畦翠绿喜人，环绕村旁的片片茶林似乎在重新吐绿。

茶农赵龙金大哥家，接过一杯泡好的野山茶，醇醇的香气扑鼻而来，汤色亮丽宛如琥珀。呷一口，沁人心脾，历久弥香。寒暄叙旧后，一杯好茶就快见了底，凉了的杯底茶，带着一丝淡淡的苦味。

我从没有品尝过如此上乘的好茶!

记忆中,所品过的任何一款茶都无法和黄莲茶相媲美,或汤色过于老浊,或茶香平淡无奇,或入口生涩,或添加明显……

黄莲茶的名气由来已久。清道光年间刊印的《连山绥瑶厅志》记载,黄莲茶是境内的四大名茶之一。《连南瑶族自治县志》也明确记载:"1959年,黄莲茶在广州出口产品展览会展出,为中外人士盛赞,获中国茶叶进出口公司奖励。英国商人购去在伦敦博览会展出后,认为可与国际有名的锡兰茶相媲美。"

我忽然冒出个奇怪的念头:一杯黄莲茶,就是过山瑶人的历史,就是过山瑶人的精神。那浓浓的醇香,就像过山瑶人的待人接物之道——真诚又热情。清亮的茶色,不也是过山瑶人坦坦荡荡的襟怀吗?那抹淡淡的苦味,正是过山瑶人远去的原色。

过山瑶人对生活的热爱,体现在对民族歌谣的传唱。他们对本民族歌谣情有独钟,不论是节庆还是祭祀,也不论是生产劳动还是居家歇息,总有歌声在回荡。过山瑶人在漫长的历史岁月中,积累了大量独具特色的歌谣。过山瑶歌

◆ 左至右:赵水妹、赵青妹、盘了妹

谣内容丰富，咏物、咏人、咏事，无不可入歌。过山瑶歌谣曲调优美，据翔辉大哥介绍，主要有呐华调、师公调、七任曲等，日常吟唱多用呐华调，师公调则是曲调变化的精华。其歌谣既有诗情，又有哲理，实属上乘，值得反复吟唱，细细咀嚼。那种过于直白的"口水"歌谣，则不会获得他们的垂青。

闲谈间，三位七八十岁的过山瑶妇女拢了过来，用常见的呐华调大大方方地为我们演唱起来。唱得兴起，盘了妹大婶子索性搬出三大本抄录的歌书，任我们"点歌"，赵青妹大娘偶尔帮帮腔。最令人惊叹的是赵水妹老奶奶，居然不用看歌书也能轻轻松松和唱十多首。翔辉大哥提示道："呐，这位就是我们过山瑶歌王赵龙州的妈妈。"

哦，难怪！

◆ 赵龙州参赛

黄莲村的赵龙州是早有耳闻的，一首《盘王出世》震动粤湘桂三省区，外出参赛演唱屡获大奖。辉哥悄悄向我讲述了赵龙州从小学习瑶歌的经历以及他运用瑶医瑶药为人治疗疑难杂症，为许许多多感情破裂的夫妇调解成功的光辉事迹。席间，赵龙州的一席话让我久久不忘："我们学了这些技艺，别人遇上麻烦找到你，不管何时何地都必须要去的，有时走山路三四个小时也是常有的……"

估计赵龙州没有看过孙真人的《大医精诚》，但他身上又确确实实体现出大医情怀。

在经济大潮的裹挟下，年轻一代都外出谋生去了，村里的歌声自然稀薄起来。赵龙金大哥微微叹了口气："只有春节短暂的时间，年轻的游子回家，方才有人跟老歌手学习瑶歌，氛围是淡淡的。"

"曾经吵醒你的唢呐没了/锣鼓铜铃和那些神器/都成了路边的垃圾/百年之后/你将我的骨灰随意扬弃/孩子/我告诉你/我回不了家/你也一定是"，这些过山瑶诗人的诗句，一下子就穿透我的心，无边无际的忧虑漫上心头。

哦，过山瑶，但愿优美的呐华曲调，百年千年，依旧悠然回响，绵绵不绝。

◆ 赵龙金吹唢呐

秋登大雾山

许文清

在一个风清气爽的秋日，我们去登大雾山。

大雾山位于连南瑶族自治县金坑西部，与连山交界，海拔1659米，雄踞于群山之上，是县境的第一高峰。

我们一行人清早出发，沿着金坑河岸的山路走了2个多小时，终于到达了大雾山脚下的狮颈瑶寨。这是一个只有几十户百余人的瑶族山寨，青山环抱，翠木掩映，风景十分美丽。在山寨边，有一条山溪流过，跌入寨脚下的悬崖，形成高达80多米、宽10多米的瀑布，远看只见急流飞湍而下，响声如雷，势如奔马，飞瀑撞击于岩石，激起串串水珠，扬起堆堆白雪，在阳光的照射下，呈现出美丽的彩虹，艳丽夺目，十分壮观。

走进山寨，只见瑶屋依山而建，密密排排，层叠山上。瑶寨的年轻人多数已迁移到河边公路旁建起新楼房居住，山寨十分寂静，只有几位老人坐在吊脚楼的阳台上晒太阳聊天，看见我们到来，热情地问候，招呼我们进屋喝茶。

我们在瑶寨休息了一会儿，便沿着蜿蜒崎岖的小道登大雾山。走了一段路，来到一片杉树林，向导房亚二告诉我们，这是20世纪70年代"农业学大寨"留下的产物。当时，上级派了工作组到金坑，在冬天不顾冰雪严寒，组织了几百名瑶民上大雾山安营扎寨，毁掉原始阔叶森林，开荒种杉树。由于大雾山海拔高，冰雪多，种下的杉树多数被冰雪压断树尾，永远也长不高，而连片的杉树长得枯黄瘦弱，永远也长不大。"这叫吃苦不讨好，劳民又伤财，是违背自然规律做蠢事的结果呀！"房亚二感叹道。他当年也参加了开荒造林劳动，回想当时冰雪封山，天寒地冻，瑶民冒着风雪严寒开荒造林的情景，房亚二说，现来到这个地方心有余悸，当时真是太冷太苦了！

走出杉树林，进入原始森林。几条山溪从森林深处流出，溪水晶莹透亮。山岭和溪边净是茂密的古树木，浓荫蔽日，林间藤葛纠缠，参差披拂，透出无限凉意，空气十分清润。大雾山是一座绿色的宝库，据有关部门调查，在山间森林里，栖息着几百种飞禽走兽，其中国家重点保护的珍稀濒危动物达30多种，有红（黄）腹角鸡、长尾锦鸡、白鹇、太阳鸟、猴面鹰、红嘴相思鸟，还有云豹、野牛、羚羊、猕猴、大灵猫、山猪、穿山甲、乌鹿、娃娃鱼、金钱龟、虎纹蛙等等，还有伯乐树、楸木、红榉、野茶树、粘木、桫椤等40多种珍稀植物及300多种药材。我们在森林中穿行时，许多不知名的鸟儿在树上跳跃着、鸣叫着，白鹇、斑鸠、长尾锦鸡不时在林中飞起，远处传来猕猴和黄猄的惊叫声，让人感觉走进了迷人的动植物世界。

走了3个多小时，穿出原始森林，我们终于登上顶峰。我做了一个深呼吸，仰望长空，大声喊道："大雾山，我来到你峰顶了！"我伸开双臂，想拥抱蓝天，想把远处的山川、近处的白云以及脚下的绿树翠竹揽入胸怀！登上连南的最高峰，我真的是太兴奋了。

山顶是一小片平展的场地，四周有野花和矮小的翠竹、灌木，它横空出世，是理想的瞭望台。站在这里，举目苍天万里，白云飘浮；俯首群山叠翠，连绵起伏，宛如碧绿的大海。眺望远方，粤桂湘边境的山川、河流、村庄、田园，历历在目。登山者无不被这美丽的景色所陶醉，流连忘返。

下到山脚，已近傍晚。此时，瑶寨炊烟袅袅，电灯明亮，立体音响的流行歌曲声和电视机的声音不断从房屋里传出。这里的瑶寨虽然处在深山，瑶民过的绝非"不知有汉，无论魏晋"的生活。国家在发展，瑶山也在变化，瑶民不再愚昧无知，仅是狮颈瑶寨就已出了几十位高中（中专）生和数位大学生，还出了两位处级领导和数位科级干部。据不完全统计，金坑地区至今已有近千名高中（中专）生和两百多名大学生，培养了十多位副处级以上领导和三十多位科级领导，还有数十名国家干部和科技工作者，他们在县内外不同的工作岗位发挥自己的聪明才智，为建设祖国和连南家乡做出了可喜的贡献。我回望高耸云霄的大雾山，不禁感慨万千：大雾山像一位威严的历史老人，见证着瑶山的变化，见证着瑶民的喜怒哀乐。古老的瑶山，一代又一代的新人在成长，刀耕火种的时代已远去矣！蛮荒愚昧的时代已远去矣！居住在这绿色群山中的瑶族同胞，崇尚科学，勤奋耕作，怡然自乐，他们如同生活在陶渊明笔下的世外桃源里，生生不息，演绎出一曲又一曲田园牧歌。

世内桃源梅村

房丽珍

你也许喜欢油岭瑶寨，也许喜欢云海花谷，也许喜欢三江河畔，但你领略过三江梅村的美之后，一定会为她那超凡脱俗的韵味所倾倒，啧叹再三，流连忘返。

如果我不是极其热爱旅行或是摄影的话，我不会那么留意梅村。这是一个桃源一样的地方，一个被上帝宠爱的色彩天堂，一个如名字般诗意的美丽乡村。

梅村，一个坐落于县城三江镇西南边的自然村，风景秀丽，就像一幅中国传统的山水画，远处青山耸翠，近处阡陌田园。如果你有留心，一年四季都有不一样的美，它总能带给你无限惊喜。因此，我既想将它公之于众，又想独自保留心底。

春天，梅村的油菜花、桃花、李花竞相开放、争妍斗艳，像是在开一场时装秀。一阵微风掠过，花儿点着头，像是在赞美春天。农民在田地间劳作，构建了一幅农耕美丽图画。这里的生活才是农村文明的直接表现。还没走到田野，就有一股清新的泥土气息扑鼻而来，那是春风送来的啊！站在田野上，一眼望去，那是一片茫茫的绿，如果站在鹿鸣关远望，这片田野仿佛成了绿地毯。即将插水稻的水田里，水色与天光交相辉映，就像一面面镜子，满目亮白。那绿色的小草在微风中摆弄着纤细的腰肢，似在向你致敬呢。

夏天，清晨的小雨给梅村笼罩上一层层薄薄的雾气，如同出自画家的水墨，在这里大力挥洒，将梅村的远山渲染得淋漓尽致。层层峦叠的高山就像喝醉酒的老翁，一个靠着一个，不知沉睡几千年了，从来没有人去惊扰它们的梦。我是摄影冒险者，但也只能在远处追逐那些水里的影子，从来不去攀登它的峰顶。

"接天莲叶无穷碧，映日荷花别样红。"最美不过六月荷。碧绿的荷叶挨挨挤挤连成一片，经过清晨雨水的洗礼，分外清新。那绿叶丛中，一枝枝花苞，就像娇羞的少女，亭亭玉立，千姿百态。有的犹抱琵琶半遮面地隐藏于几片荷叶之下，娇羞可人，别有一番韵味；有的挺直"腰杆"静静伫立在荷叶旁，明媚动人，一个个正蓄势待发，等待着绽放属于自己的美丽；有的一朵朵盛开，娇艳欲滴、婀娜多姿，微风吹来，荷花翩翩起舞；有的花蕾上立着蜻

◆ 梅村全景图

◆ 梅村远处的峰峦和村边的稻田

蜓，好一幅"小荷才露尖尖角，早有蜻蜓立上头"的美景。每到这个时候，当地众多游客和摄影爱好者竞相来拍照。

秋天，梅村光影交错，你所能想象的彩色田园风景在这里都能观赏到。站在鹿鸣关山顶，俯瞰梅村，金灿灿的稻谷变成金色的海洋，风一吹，稻田荡漾着金色的波浪。农民伯伯获得了丰收，欢声笑语在蔚蓝的天空中回荡着，人们在绘声绘色地描绘着美好的生活。你若来了，以梅村为背景随手拍，每一幅画都清新脱俗。

冬天，遇见晴朗的天气，在田间，找一个安静的地方，仰头躺卧，细心聆听大自然的语言，认真欣赏大自然的原始容貌，凡事不管不问，那偷得浮生半日闲的心情一定很爽快。或者在某个慵懒的午后，趁着淡然的时光，骑着自行车，伴着阳光、清风，带上那个他（她）在梅村绕一圈，看着青山绿水，心中自然多了一份平静。梅村生机盎然、奇花斗艳的春色惹人喜爱，荷花飘香的夏季迷人，稻谷丰收的秋天值得赞美，宁静的冬天适合闲逛。然而，我却独爱村

◆ 绿美梅村（赖文锋/摄）

◆ 梅村（赖文锋/摄）

的黄昏，她有醉人的风姿，充满浓郁的生活气息。梅村的乡间小路，别有一番情趣。孩子们正沐浴着夕阳的余晖，驱赶着一群群鸭在归家的路上，一只只可爱的小鸭和一只只活泼的小鸡跟在它们母亲的后面尽情地撒着欢。几个淘气的孩子在小溪玩着水，和着泥巴，哼着刚学会的不着调儿歌，也有的孩子带着小黄狗溜达在路上。歌声与鸭子的叫声组成了一首动听的"牧曲"，伴着夕阳、晚霞一起洒在这弥漫着乡土味的小路上。

走进梅村的农家，不经意间一条黄狗迎上来，在你面前摇头摆尾并不断发出亲切友好的轻吠声。天真无邪的小孩在院子嬉戏打闹，他们的时光，在这美丽的桃源中无忧无虑地度过。在房前，主人还会搭建一个瓜架，或种南瓜或种丝瓜，瓜架边缘还有葡萄藤在攀缘。这里的居民以客家人为主，朴实的生活没有过多的修饰，只有炊烟诉说着他们的平淡。

也许你看过许多美景，也许你经历过连南的风和日丽，但连南依旧有你未知的风景。同样的田园，不同的光影；同样的劳作，不一样的心情。

梅村如诗，耐人寻味；梅村如画，绚丽多彩；梅村如歌，优美动听。

梅村是你休闲时光的好去处，清幽、安静，特别适合发呆、放空。如果你想过几天慢悠悠的日子，不妨来这里。

美丽的三江河畔

盘 芸

　　三江是连南县城，顾名思义，因连山河、涡水河、沿陂河三河汇聚而得名。三江河畔，四季景色各异、绮丽多彩。

　　三江河畔长约5公里，共有5座大桥，而我最喜欢的是从南门桥到五拱桥那段充满绿意的河畔小径。

　　站在南门桥上，放眼望去，一幅如诗如画的美景映入眼帘，一棵棵枝繁叶茂的银桦树矗立在三江河堤，郁郁葱葱，生机勃勃。树影与淡蓝色的天空倒映在河水中，有如一幅明净又绚丽的油画，令人心旷神怡。

　　经过高级中学，往五拱桥方向漫步，一条平坦整洁的沥青路，树影婆娑。沿路净是温柔的阳光，鸟儿在树上放声歌唱，夕阳光影斑驳，从柳树中投影身上，让人感受到一丝丝的温暖。三五成群的游人情不自禁放慢脚步，细细观赏眼前美景。

　　三江河畔充满清新、自然、恬静的韵味，让人感觉生活处处晴好。

　　你可以把目光投向波光粼粼的河水，细数游鱼；或

◆ 美丽三江源（赖文锋/摄）

掬水扬洒，感受河水的轻盈与温柔。

你也可以把目光投向金光灿灿的稻田。彼时正逢秋收，辛勤的农民正挥动着手中的镰刀，割下一株株饱满的稻谷穗，脸上洋溢着丰收的喜悦。抬头向天边望去，一轮通红通红的夕阳，把天空的云彩映射得五彩斑斓。夕阳照映在大地下，像给大地披上了一层金黄色的雾纱。晚霞投映在河面，金红色的光彩随河水荡漾，如梦似幻。山上晚霞片片，山下炊烟袅袅。虽无牧童短笛，也无寺院晚钟，细细谛听，那霞光深处，又仿佛有梵音飘来，慰人心境。

沿着河畔直走500米左右，有一家充满文艺气息的"睦野花园餐厅"。餐厅内宽敞舒适，摆放着实木桌椅、鲜花绿植。还有一处阅览区，四周均是玻璃窗，可透过玻璃窗看到窗外的花园。花园内绿树成荫、锦花绣草，有桌椅可供休憩，是一个休闲聚餐、浪漫约会的好地方。若是散步累了，可以到餐厅的花园，点一杯咖啡，看看书，品品茗，或看云卷云舒，享受片刻静谧惬意的时光，也是人生一大难得的享受。记得第一次去这家餐厅，是一个周末的下午，跟家人在河堤散步，刚好经过餐厅。餐厅刚开业不久，带着好奇进去看看，热情的老板见我们到来，便邀我们到餐厅的露天花园喝茶，我们点了一份水果沙拉，坐在花园内，边喝茶边吃水果边聊天边欣赏着周边的花花草草，心情格外舒适和喜悦。

◆ 美丽的三江河

走一座桥，看一处风景。沿着河畔继续行走，就能看到一座五拱桥。五拱桥建于1978年，因桥下有五个桥拱而得名，至今已守护连南人民42年。每次漫步到五拱桥，我都会在桥上停留许久，站在五拱桥的中央往南门桥方向望去，淡蓝的天空，碧柔的河水，仿佛整个岁月行走得特别慢，显得特别温柔，让人流连忘返，心情也被感染得格外静穆与淡然。

桥是历史变迁的见证者，见证了一座城市的荣辱与兴衰、悲欢与离合，每一座城市都离不开桥梁静静的守护。《连南县志》记载，此前连南还有一座五拱桥，始建时间不详，位于三江老桥和大榕树之间，是连山通往连州的要道。1912年，曾有劫匪围攻三江，当时一位叫莫辉勋的三江人带领群众在五拱桥与劫匪战斗，守护着三江的平安。1938年，广州沦陷，广东省政府迁三江，省政府主席吴铁城捐资修缮了三江五拱桥，因此当时的五拱桥后来又被群众称为"吴公桥"。由此可见，五拱桥历史悠久。遗憾的是这座"吴公桥"已随历史而去，不见踪迹，渐渐被人们遗忘。

三江河畔朝暮四时，景色各异。每到华灯初放，南门桥上灯光璀璨，两岸霓虹闪烁，河水波光潋滟，五彩斑斓，美得让人陶醉。看着眼前美景，感觉岁月静好。

从南门桥漫步到五拱桥，再从五拱桥绕回南门桥，全程约3公里，一年四季都有绿树繁花相随，不管是早晨、下午还是晚上，已成了三江人民休闲、健身的好去处。在如此充实的季节，不管是农民还是当下的我们，每天被忙碌的工作、闲杂的生活和家庭的责任紧紧缠绕着，难免有疲惫茫然的时候，但生活是可以选择的，偶尔邀上三五知己，到身边触手可及的美景走走看看，闲庭信步，畅聊人生，享受大自然的怀抱。抑或一个人也罢！让自己的心灵驻足于宁静的一角，释放身上的压力，静静地思考人生，明确人生理想，再扬帆起航。

"自古逢秋悲寂寥，我言秋日胜春朝。"此时的三江河畔天高云淡，山明水秀，绿肥红瘦，分外旖旎。寻一时间，放下烦杂琐屑的事物，到三江河畔漫步，寻找片刻淡然恬静的时光，到三江河畔，与最美的秋天相遇吧！

寻找三江老街的历史踪迹

房丽珍

三江古城历史悠久，它是粤北的山区小镇，历经战火，依旧山清水秀、兰桂飘香。

连山河、涡水河、沿陂河在此交汇，形成三江河，古称淳江。淳江如玉带穿城而过，把三江一分为二，两岸的风景秀美。

千百年以前，从梅县等地迁移而来的客家人和湖南等地来的商人工匠在这里生产生活，与瑶壮各族人民友好往来，发展成现在的三江城。

三江老街，韵致如歌，至今依旧留有一些古迹，城西的老城古井、四方井、龙王庙、福德祠（俗称土主庙），梅村的古炮楼，石泉山的民国石刻，东塘村的梅峒亭、古驿道，还有联红村祠堂，擦肩而过的一段街景都可能是一段遥远的历史。

我沿着城西街道寻找历史的踪迹。虽然街道里已是现代人的面孔和生活，但仍掩饰不了这条古街历经岁月洗礼的气息。石街老路，由城西盛平火铺尾至梅村，全长2公里，约建于20世纪初，均用青石板铺成。南门街（青石板街）位于南钟村（红旗街五巷），始建于清朝时期。由三江老城南门至福德祠（炮楼脚），全长200多米，平均宽4.5米，全部采用青石板拼制。街面石缝精细，1996年重修。城西北面，有一口三江老城古井，始建于清初。用四块大石竖立为井唇，井体用石砖砌成。四方井位于三江镇西南面龙王庙门口，四方形，始建于清乾隆二十八年（1763年）。这两处井水清澈，终年不竭，曾是附近乡民饮用水水源。四方井远近闻名，从前，梅村村民、油岭瑶民到三江赶集，路过四方井都停留休息，喝一口四方井的水。若是留心，还能发现三江近代名人杨芝泉故居，此屋特色是推笼门，如今虽然日渐陈旧，但依稀可见当年风采。

◆ 城西四方井

　　家园的场景和生活的景象渐渐淡出人们的印记，岁月能够牵扯和留住的记忆所剩无几。城西村土生土长的钟伯伯，曾任三江镇镇长。当我问他对三江老街印象的时候，他很自然地首先想到自己那几十年未变却温馨如故的老屋，老屋周边的钟屋巷、钟屋祠堂。不知小时候穿着开裆裤光着脚丫的他，是不是在暮色降临后，端着一个饭碗，从街头逛到巷尾，和小朋友猜着哪家做了好吃的饭菜，身边还跟着几只等吃的小猫小狗。这样的日子，想必也是很满足的。因为心安之处，即是芳华。

　　行一程，悟一程，当我闻着桂花香寻至山脚的香花村，发现几口年代久远的古井，一些老屋错落有致。古老的祠堂被现代人装饰了金色琉璃瓦。那青砖想必是清朝道光后的东西。还有民国时期才出现的厚砖房，一些黄泥土砖建筑则是近代的标志。

　　老街边的一棵古榕树像一位历尽沧桑而坚定无悔的老人，日复一日、年复一年地守护在那儿，见证着历史，憧憬着未来。

　　沿着三江老街走走停停，不知不觉中，总有一丝古韵能绕进魂里，总有一些东西能落在心上。老街是每一座城市过去的影子，它们在风雨飘摇的历史中屹立，不仅记录着这个小镇的前世，还延续着这个小镇的今生。如今全国各地兴起美丽乡村建设，那么我们应该要遵循乡村自身发展规律，追求人与自然的和谐，切忌随意改造老街景观，否则南辕北辙，本末倒置。但愿老街灯火一切如旧，且等我来，把酒言欢话当年。

每当早晨阳光洒在窗口，街市从沉睡中醒来，顿时人声鼎沸、车水马龙，让你惊叹于古城的活力和灵气。我启动数码相机按钮，用一张张照片留住往事，记录今天，让更多的人知晓三江、向往三江，因为三江是一个望得见山、看得见水、记得住乡愁的地方。

小巷深处

潘伟丽

在我家附近100米远的转角处有一条小巷子，春日的阳光照射不到小巷深处，空旷无人，空气里弥漫着青苔的气味，浓浓地笼罩着低矮的不知名野草，厚厚的黄土墙外边有几户人家，院子里的青枣树茂盛得探出稀疏几枝。几缕春风吹过，儿时的记忆也被吹到了小巷深处。

记得在我很小很小的时候，每天下午5点整，小巷深处总会传来这样悠长的声音："卖豆腐……卖豆腐……"近了，再近了，随着沙哑的声音一点一点靠近，便看见挑着箩担子的卖豆腐阿婶。身材矮小的她喜欢穿一件花衬衫，挽着高高的袖子，脚上是一双土黄色的布鞋，总爱往头上裹一条毛巾，偶尔风吹过不经意掀起她的毛巾时，可以清楚地看见头上有些许的白发。阿婶挑着箩担子一晃一晃有节奏地从小巷深处走出来，两边的箩担子上放着几层豆腐板，豆腐板上用乳黄色的纱布盖着白嫩白嫩的豆腐。我最喜欢豆腐阿婶叫卖豆腐的声音，忽高忽低，在小巷里悠长、悠长地回荡。只要听到这声音，村里的那些小屁孩一窝蜂而上，傻傻地跟在豆腐阿婶的身后，眼睛滴溜溜地盯着豆腐板转呀转，因为豆腐阿婶总会把卖剩的豆腐递给我们这些小馋猫吃。

记得有一次，大概在我8岁的时候，妈妈拿了一斤黄豆和一个小篮子叫我去小巷口等豆腐阿婶，然后换一斤豆腐。那时我坐在巷口的石板上张望了许久，豆腐阿婶还是没有来，我一边等一边玩，手里提着装黄豆的尼龙袋，隔着袋子把黄豆捏来捏去。忽然间，袋子被我捏穿了，那些金黄金黄的豆子从缝隙里哗啦啦地掉出来，洒了一地。我手忙脚乱怎么接也接不住，直到袋子空空，再看看一地的黄豆。我顿时号啕大哭，心想：这回惨了，妈妈准会打烂我的屁股。

小巷深处传来了豆腐阿婶的声音："卖豆腐……卖豆腐……"我擦了擦鼻涕眼泪，抬起头来朦胧中看见小巷深处豆腐阿婶的身影，一晃一晃地渐渐明亮。看到地上的黄豆换不成豆腐，我又大哭起来。"阿妹，怎么了？"是豆腐阿婶的声音。她放下担子拉起蹲在地上的我，用兜里的手帕给我擦了擦鼻涕眼泪。那时，我清楚地闻到手帕里有豆腐的味道，很清新。我指着地上的黄豆，抽泣着说："袋子……破了。换豆腐的黄豆……掉地……上了。"豆腐阿婶笑呵呵地说："哭啥？阿婶帮你捡起来一样可以换豆腐的。"说着，豆腐阿婶在箩担子旁边扯了一个袋子，蹲下来帮我捡。我清楚地记得她俯下去的瘦小的背脊，裹着头发的毛巾，那双五指短小而粗的手，因常年干农活而粗糙黝黑。最后，她把捡起来的黄豆放进箩担子里，接过我手里的小篮子，麻利地掀开豆腐板上的纱布，满脸笑容地说："阿婶给你换一斤的豆腐，让你回家好好吃。"看着豆腐板上白嫩白嫩的豆腐，我破涕而笑。

也许因为这样，我更喜欢豆腐阿婶了，平时就算不换豆腐吃，我也像其他小伙伴一样跟着她后面跑，有时还帮着喊："卖豆腐……卖豆腐……"豆腐阿婶还回头对我们笑笑，那种感觉特别奇妙！有时就算没有卖剩的豆腐，她的家里还有香甜的豆腐花舀给我们，香甜的豆腐花气息占满了我童年的记忆。

有一次，我因为淋雨而发烧了，接近傍晚的时候，奶奶陪着我躺在院子里铺好的凉席上，我稀里糊涂地站起来往外走，奶奶连忙拉住我问："阿妹，你要去哪里啊？烧还没退呢！"我揉了揉眼睛带着哭腔说："我要找豆腐阿婶，我想吃豆腐花。"奶奶一把搂住我说："乖，阿妹，现在豆腐阿婶都卖完豆腐回家了，明天奶奶再去豆腐阿婶家买给你啊。"于是，我又乖乖地躺回凉席上。天已经接近黑了，远处的星光隐隐约约、闪闪烁烁，小月牙不知何时冒出来了，好像化成了豆腐阿婶的样子。最后，我又迷迷糊糊地睡着了。第二天下午，我趴在窗口上看着院子里盛开的野花。忽然间，院子门打开了，我一眼就看到豆腐阿婶，手里还提着一个大大的瓶子。我跑过去拉住她的手欢喜地说："阿婶，你来找我奶奶吗？"阿婶摸了摸我的额头，她粗糙的手没有妈妈的温柔，可是却很温暖，她笑呵呵地说："阿婶是来看你的，听你奶奶说你发烧了，还惦记着阿婶的豆腐花，阿婶给你带来了，让你的病快点好。"顿时，我的注意力全部集中到那大大的瓶子了，抱着阿婶的大腿，咯咯地笑起来！阿婶也笑了，她的笑声像家里挂着的风铃一样，清亮，穿过院子，甚至天上的白云都被这笑声染上了绚丽的色彩。

渐渐地，我长大了，深处的小巷像一位垂暮的老人，苍老而孤独，我时常想起那些关于豆腐阿婶与卖豆腐的日子，还有小巷深处忽高忽低、悠长悠长的声音："卖豆腐……卖豆腐……"就像一首不老且不褪色的童谣，成为我成年后的记忆。

◆ 小巷

大坪天堂山

黄歧赞

天堂山，第一次听这名字就浮想联翩。怎样的一座山，才配得上这美称呀？天堂，多么美好！寄托了人所有的梦想和希望，阳光，温暖，花开四季，绿水青山，桑园良田，没有饥馑、战争、痛苦和黑暗，得之死而无憾矣。二十多年前，我曾在学生的一篇作文中领略过这胜景，颇为神往。当时经济落后，交通不便，未能亲临其境，一睹此人间仙境，深感遗憾，一直念念不忘。

在我心里隐隐与天堂山有个约会，久久未能释怀。几个月前，大坪镇政府房志荣先生的几幅摄影作品让我眼前一亮，仿佛一下子打开了我记忆的阀门，天堂山的胜境又一次让我触电，目光轻轻抚摩着这美丽的山山水水、一草一木，不禁击节赞叹，惊羡不已。承蒙房先生邀约，趁着暑假，我第一时间赶回家乡，可是不巧，房先生最近工作忙，出行时间因此一推再推，让我不禁有点惆怅，以为这次又会与心中的仙境失之交臂。昨天晚上忽然接到房先生的信息，告诉我他特意推掉了一些事务，要陪我去赴天堂山之约。我不禁高兴地跳起来，呜嗷！感谢！感谢！

天堂山位于广东省连南瑶族自治县大坪镇大掌村，海拔1300多米，高耸入云，巍峨壮丽。"会当凌绝顶，一览众山小"，站在峰巅，一切美景尽收眼底，层峦叠翠，郁郁葱葱，云蒸霞蔚。天地间仿佛偌大的汪洋大海，碧波荡漾，千姿百态的山峦仿佛千万朵绿色的浪花，沿着东西南北几条龙脊，欢呼着

◆ 天堂湖

向四面八方轰然而起，飞腾而去，蔚为壮观。日出和日落的时候，群山尽染，如一个个滚动的火球，火光飞溅，霞彩烈焰一路随风狂舞，让人不禁心潮澎湃，热血沸腾。

天堂山半山腰有一座美丽的天然湖，瑶语"抗蒙"，意思是蓝色的湖。天堂山即由此得名，瑶语叫"抗蒙东"。群山环抱着蓝色的湖，湖水倒映着蓝天白云，群峰叠翠，百灵飞鸣，让人分不清哪里是湖哪里是天。绵延数里的湖畔百花争艳，蜂蝶嘤嗡。阳光中，一群群蜻蜓如小巧玲珑的飞机上下翻飞，轻盈极了，引得我不禁跳起来想抓一只仔细端详一番，可是都扑了个空，它们翅翼一振就敏捷地避开，飞到远处去了，留我在原处发呆。红蜻蜓像玛瑙，黄蜻蜓如赤金，蓝蜻蜓似翡翠，白蜻蜓像珍珠……它们的翅翼全都薄如轻纱，晶莹剔透，仿佛天使般纯粹无邪，在阳光的映照下，闪闪发光。

沿着湖畔绕湖一周，只见一大丛一大丛金锥绣球花站在岸边的悬崖峭壁上迎风怒放，洁白无瑕的衣裙飘飘如仙子临镜顾盼生姿，清香扑鼻，成群结队的蜂蝶飞舞其间，嘤嘤嗡嗡仙乐醉人。那些美丽的凤蝶，展开的五彩斑斓翅翼足有巴掌大，在湖面上施展凌波微步绝技，舞姿轻盈曼妙，停在花枝上颤巍巍，仿如娇羞的美女巧笑倩兮美目盼兮，让人不禁为之心魂一荡。

不远处的山坡上，一群群黄牛、水牛或站或卧，啃着青草，晒着太阳，悠然自得。小牛们稍微远离父母追逐嬉戏，活蹦乱跳。有的牛则在滩涂中打滚，洗着泥澡，驱除暑气。它们三五成群安详地躺在泥潭中咀嚼着美好的时光，眼里仿佛有莹莹的泪光。我轻轻走过去，想与它们交个朋友，可是它们望了望我，仿佛有点惶恐，站起来径自走开了。这些牛都是附近的农人放养于此，只有农忙时才会被赶回家干农活，平时就放养在湖边，任由它们自由玩耍、觅食，自然繁衍生息。山坡上牧草鲜美，泉水清甜，牛儿们都膘肥体壮，悠然自得。

湖的四周山坡上都开垦了茶园，种植高山茶，现正枝繁叶茂，长势喜人。近年来，政府大力发展经济作物的种植，从资金到技术对瑶民大力扶持，已经在大古坳区域种植了300多亩高山茶，形成一定规模。每年春天，映山红漫山红遍的时候，茶叶飘香，茶歌阵阵随风飘荡。因为这里山高气温低，雾气腾腾如仙境，天然无污染，所产的高山茶纯正，色泽浓艳，味道醇厚，用山泉水泡一杯，幽香扑鼻，沁人心脾。产品远销全国各地甚至海外，给当地带来了极高的经济效益。

天堂山曾经是瑶家人祖先的居住地，山坡上仍依稀可辨古寨的遗址。在唐宋时期，这里曾经人丁兴旺，有唐、房、邓三大姓几百户人家。环湖而居，房屋鳞次栉比，层层梯田稻浪翻滚，瓜果飘香。寨子西边山坡上有一座庙，据说供奉的是太上老君以及瑶家祖先，香火鼎盛。现在庙已失了踪影，只留下一棵千年古木成为历史的见证。古木疤痕累累，树干底部已经被岁月蚕食中空，但仍旧枝繁叶茂，挺拔参天，仿佛向人们讲述着瑶族人民艰苦卓绝、奋斗不已的精神。

"抗蒙"（蓝色的湖）有一个凄美的古老传说。据说，盘古开天地时，这湖里盘踞着一只牦牛怪，魔力无边，上可通天行云降雨，下可消灾抗洪灭火。这牛怪脾气暴躁，喜怒无常，谁惹怒它，它就会暴跳如雷，杀人越货，凶悍无比。有一次，一个先生公（巫师）深夜路过"抗蒙"，朦朦胧胧看见湖里隆起一座小山，觉得好奇怪，以往这湖面都是水平如镜，今夜怎么多了一座山？他小心翼翼地靠近，用拐杖往山上一捅，山颤动一下发出"轰隆"一声巨响就消失了。先生公惊魂初定之后把着火把仔细查看拐杖，发现上面沾了一根粗长的油光乌亮的牛毛，就收藏起来，奉为神物。据说这根牛毛就是牦牛怪身上的神毛，有驱除洪灾的本领。有一年发洪水，淹了许多村寨，房屋崩塌，田地冲垮，庄稼都蔫了。先生公举行了祭祀仪式后，念念有词，将这根牛毛往滔滔洪水方向轻轻一点，瓢泼大雨立即就停了，云开了，雾散了，太阳出来了，百里瑶山又恢复了一派欣欣向荣的景象。从此，人们对牦牛怪奉若神灵，每年都举行祭祀牛神的仪式，还要选一名十二三岁的"莎瑶妹"（瑶族少女）敬献给牛神。这一年天大旱，田地都裂开了手腕粗的裂缝，禾苗焦黄，茶树都枯蔫冒烟。寨子的老人聚在一起商议，认为这一定是触犯了牛神，必须举行祭祀，选一名"莎瑶妹"许给牛神，以平息它的怒气。祭祀那天，牛角呜呜吹响，铜锣当当敲响，鸟铳九九八十一枪，声振寰宇。祭祀仪式过后，被选中的"莎腰妹"打扮得漂漂亮亮，打着油纸伞，坐在一个下面捆满巨石的木排上。木排撑到湖中央，几个壮汉砍断了木排的绳索，"莎瑶妹"在湖中挣扎，撕心裂肺的哭喊声经久不息。这是一个多么悲惨的故事啊！一个如花似玉的少女，一个豆蔻年华的少女，一个活生生的生命就这样葬身于美丽的蓝色的湖中，这与眼前这座水平如镜、波光粼粼、莺歌燕舞的湖多么不和谐啊！我的心不禁剧烈地颤抖。好在这只是一个古老传说，反映了当地人与大自然斗争时的敬畏与无奈。

我们从天堂山出来，已经是下午1点10分了。火辣辣的太阳更毒更猛了，公路像着了火，明晃晃的强光如一把把匕首直刺人的眼。沿着一条新建的混凝土铺设的盘山公路兜兜转转，路遇大掌村党支部书记邓文彬，他是个身材魁梧、粗犷豪爽的瑶族汉子。此时他没休息，正顶着高温带领一班村民抢修公路。圆圆的阔脸盘被太阳烤得像一块烧红的铁，正吱吱冒着热气，衣服早已湿透，紧紧贴在钢板一样结实的身板上，透过衣服可见湿漉漉的胸肌同样红彤彤的，像一团熊熊燃烧的火。我偷偷摸了一下自己刚才只晒了十几分钟的脖子，脖子像烧红的铁板一样滚烫，隐隐感觉被太阳灼伤得火辣辣的痛，心底不禁对这些战斗在生产第一线的人产生由衷的敬意。正是这些勤奋工作、默默奉献的人组成了国家的脊梁，带领人民往前冲，才有了现在社会主义建设红红火火的

◆ 三百步湾梯田

美好前景。这条盘山公路原来是陡峭狭小的泥沙路，一到下雨天就坎坷不平，泥泞不堪，险峻难行，让人心惊胆寒。随着建设美丽乡村的热潮，天堂山要开发成旅游区了。想要富，先开路，如今公路已改为两车道的柏油路了，平坦、舒适，一直通到天堂湖。路两旁新种了香樟、银杏等观赏性树木。此时才刚刚长起来，还不能为人们遮风挡雨，遮蔽恶毒的紫外线，但是不久的将来，公路两旁将绿树成荫，我们开车或者徒步此间，一定会凉爽舒适，为沿途的美丽风光以及民族风情击节赞叹的。

　　沿着一条羊肠小道，我们来到了三百步湾。这个村名很有诗意，让人浮想联翩。我开始以为是因为梯田层层叠叠，从山脚到山顶，就像瑶家人一步一步的脚印，所以才叫三百步湾。看到那些梯田层层叠叠，足足有三四百块，真像三百个脚印，我更确定了心中的猜想。可是，正当我们啧啧赞叹瑶家人的勤劳与智慧，沉浸在无尽的想象中时，房先生却告诉我一个不可思议的答案，不禁更为之扼腕称奇。原来叫"三百步湾"是因为这片梯田中最大那块田，每年可以收获三百捆稻谷，"步"瑶语的意思是"谷"，也就是一捆谷的意思。我不得不感叹瑶家人的概括力与创造力，这名字多么豪气冲天啊！它寄寓着瑶家人祈求丰收的美好愿望。从观景台上往下望，无限风光尽收眼底，一块块梯田倚仗山势，层层叠叠，错落有致，构成一幅凹凸分明、色彩斑斓的版画，蔚为壮观。现在禾苗刚刚长起来，绿油油的，在阳光下像一块块墨绿的地毯，三两农舍掩映其间，好一幅浓淡相宜的水墨画。

这里是连南瑶族自治县稻鱼茶现代农业产业园的"稻鱼茶种养示范区"。丝苗米、稻田鱼、高山茶都是大自然的馈赠。林下植茶树，梯田栽水稻，稻下育鱼苗，一举三得，充分体现了瑶民高超的智慧。杉树要十年才能成材，林下种植茶树，可以弥补这十年的空窗期，经济效益显著。这些梯田种的都是有机稻，不是主流的杂交稻，不施化肥，不打农药，天然无公害，绿色环保。因为是高寒地区，稻谷的生长期较长，所以稻米有糯香、柔软、劲道的特点，深受欢迎，十分畅销。说到稻田鱼，这颇得瑶家人与大自然和睦共处的真谛。稻田为鱼苗提供了优良的庇护所，鱼儿游弋稻田中，悠然自得，无须担心天敌，而农人也不用再埋头田间除草，鱼儿会主动把杂草清理得干干净净。鱼儿吃草，吃害虫，特别是害虫的卵和幼虫，粪便排在稻田中是绝好的有机肥，这样禾苗就长得更加粗壮，结出更多更好的粮食。这就是大自然与人类的完美合作，在连南创造了广东最为独特的立体农业发展模式。到了秋天，层层叠叠的梯田又是一番新景象。风吹金黄的稻浪，如一条条金光闪闪的龙，从山脚涌向山顶，又从山顶滚向山脚，高潮迭起，欢声雷动，稻香阵阵，沁人心脾。此时，农人会不时飘起高昂欢畅的瑶歌，丰收的喜悦跃然脸上。田间的农舍，袅袅的炊烟，劳作的农人，好一首瑶家风情浓郁的田园诗。

一弯西子臂

穆霭沉

早春时节，连南三江河堤夜景图从连南人的朋友圈冒出来。在外的游子纷纷点赞，大发感慨：变了！想不到连南变得这么美！

美，离不开无数劳动者的创造。

遥想当年，三江河河道曲折，河堤低矮。仅有一公里左右的河堤用石头砌成，其余多是打上木桩泥土堆筑。上游山高水急，加上河床淤塞，每逢暴雨，两岸河堤常常被冲垮几十处，给老百姓的生产生活带来极大的危害。

为了防洪灌溉，促进生产，改善生活，东汉以降，三江历代先贤先后修建有龙凤圳、邪陂圳、彩陂圳、老婆陂、万税圳、木林圳、白鹤滩圳等大型引水工程。新中国成立以后，政府更是多次组织强大的人力，投入巨大的物力，挖河通淤，筑堤修坝。

特别是1977年的三江河建设大会战，壮观的场面尤为震撼人心。工地每天投入13000人，高峰期达到16000人，耗费80多万工时，历时60余天。

如今的三江河，一河两岸，堤岸牢固，美观大气，不仅具备防洪灌溉的功能，更彰显出独特的精神价值。

看，单单是东岸上游的河畔绿道，就叫你流连忘返。夹岸的银桦树高耸挺拔，郁郁葱葱，不时飘来的鸟叫蝉鸣，反衬出绿道的静谧。晨昏之间，茶余饭后，满是出来舒活筋骨、散心闲谈的市民。其间，常有推着老人的轮椅缓缓而

◆ 美丽的三江河夜景

行，推者与被推者不时轻声细语，浓浓的孝意弥漫开来。其间，常有三五稚童缠着爸爸妈妈、爷爷奶奶，探问那些镶嵌在绿道中间的一个个简朴而有趣的图案。

"这是牛头……"

"这是花鼓……"

"这是云鼎……"

"这是风柜……"

长辈们的话语犹如春风绵绵吹拂，孩童们的银铃叮当悦耳。

看，短短的一座南门桥，就让你浮想联翩。南门桥长不过百米，两侧各有8盏品字形的七莲灯，一到夜晚，灯光璀璨。桥下波光潋滟，五彩斑斓，如梦如幻，宛如仙境。今年仲夏，名作家潘小娴以此为题材，创作了一篇《美艳哟，南门桥》的美文，发表在印尼的《千岛日报》上，让这座深藏在大山里的小桥走出国门，在世人眼里大大惊艳了一把。

不必说清新的绿道，也不必说美艳的南门桥，单是西岸的连南民族风情长廊，就叫人心仪不已。

连南民族风情长廊西起南门桥，东至团结桥，全长2.2公里。金字塔形的廊顶，淡灰色的琉璃瓦面，配合着粗壮的如长鼓形的朱红色廊柱，对比强烈又浑然一体，既不乏民族历史的厚重沉淀，又彰显出积极进取的现代气息。整条长廊分内外两侧。外侧临江，有约3米宽的走廊，供游人休闲观景，避免了日晒雨淋的苦楚。内侧是一溜儿铺面，累了，停下来，可以很便捷地打个尖、洗个头、理个发。紧挨长廊的是一条步行小街，大货车禁行，微型车限速，保障行人的安全。

◆ 三江南门桥

最让人眼前一亮的是，河畔那棵有数百年历史的大榕树居然还在！原来榕树周围垃圾满地、秽气熏天的衰败景象一扫而空。树下宽阔整洁，三五老人含饴弄孙，一群大妈载歌载舞，其乐融融。

一到夜晚，整条长廊灯火辉煌，在河水的倒映下，好像金龙舞动，蔚为壮观。游人也渐渐多起来了：或饭后百步走，或凭栏吹河风，或携手诉情语……

长廊温暖如春。

伫立南门桥，一江碧水，浩浩汤汤。

曾记起，20世纪六七十年代，一拨拨的稚童少年，尽情嬉戏于洁净如练的江水中；曾记起，20世纪末，无数市民面对浑浊污秽、垃圾横江的河水而蹙眉掩鼻的样子。

经过十多年的努力，小城建造了污水处理厂，禁止污水直接入河；建立河长负责制，禁止电鱼、炸鱼，及时清理河面垃圾；投放大量鱼苗，培养生态净化功能；设立河段水闸，增强挡水泄洪功能。

如今的三江河，水面宽阔，碧波荡漾。老百姓或河堤漫步，或长廊赏景，或江边浣衣，或晨昏垂钓，尽显恬淡从容。要是来三五只画舫游艇，月夜泛舟，把酒抚琴，就更具江南风味了，你说呢？

你若是晚归的游子，映入眼帘的是一河两岸璀璨的灯光，宛如美女西施那只熠熠生辉的玉臂，将三江小城轻轻柔柔地搂在怀里，那么温馨、那么宁静。

梦回九寨

盘金生

我的家乡也叫九寨，九寨是我难忘的地方，午夜梦回九寨，醒来双泪盈眶。

九寨的祖先，来自四面八方，他们背井离乡，扎根九寨，一座座泥瓦房傲立山冈。唐、盘、许、李、罗、龙、房、梁、朱九姓的亲戚关系盘根错节，善良的

◆ 插秧前的九寨梯田

◆ 稻谷金黄的九寨梯田

村民像石榴籽一样团结，为了帮亲戚的农活，甚至甘愿把自己的农田丢荒。

　　九寨的人们，自古勤劳开荒。那一层层梯田，像金子一样闪耀，展开丰收的翅膀，飞向慈祥的太阳。

　　九寨的风景，让人流连忘返。春有山花烂漫，秋有稻谷飘香，夏能河中嬉戏，冬敲莎瑶小窗。云雾缭绕痴迷着山冈，溪水欢唱陪伴在村旁，树木静听着鸟语。清清的小河多么温柔，水羞涩地流淌。弯弯的小桥多么坚强，双肩挑起大山，无论谁的践踏都不伤亦无妨。古朴的瑶寨多么辉煌，黑瓦为发，杉木为梁，泥砖为躯，石头为脚，抚育瑶家儿女成栋梁。奔放的大山多么豪迈，你那样昂首挺胸，就是醉了也要再喝一万年。这是花的海洋，这是诗的家乡，美丽的瑶山九寨，一个让人迷恋的地方。

九寨的风情，让人意乱情迷。夜晚匆匆地走过山冈，在莎瑶的窗边歌唱，把时间遗忘，清晨送哥绣花袋，两条小河汇成一片汪洋。十月十六耍起歌堂，粗犷的长鼓追云赶月，醉人的情歌地久天长，阿贵阿妹走进新房，享受幸福的时光。久违的玩坡节，去到共同等爱的地方，情歌在群山回响，拉着心上人的手谈到太阳下山，在一块大石头刻下"此情永不忘"。

神奇的九寨，是传说中的天堂，醉人的九寨，有我追求的鸳鸯。梦回九寨，我心翱翔。梦回九寨，独自神伤。

千年瑶寨韵流长

穆霭沉

◆ 瑶家儿女在寨门以米酒迎宾客

好气派、好神秘的瑶寨啊!

当一双双匆匆赶来的脚踏进"千年瑶寨"——南岗排的石门,无一不被瑶寨的形制、规模所震撼。"千年瑶寨"始建于宋朝,成熟于明清。瑶寨依山势一排排建在海拔800多米的陡坡上，重重叠叠，堆垒而上。后排的门坪与前排的屋顶基本持平。寨内房屋约400间，鼎盛时期有600余间，人口5000余人。据考证，这样的瑶寨规模在全国也是首屈一指的。因此，南岗排也获得了另一个霸气的称谓——中国瑶族第一寨。山寨的房屋一律青砖黑瓦飞檐，属于明清风格。整个山寨的围墙用厚重的石块堆砌而成，坚固异常。山寨前设有一左一右两个拱形石门，石门相距近百米。沿着两个石门，寨内的主干道呈"n"字形。石板道纵横交错，主次分明，每排房屋都有一条走廊，把各家各户串连起来。

左边寨门的左侧，是一条飞流而下的山溪，溪上架设了几辆巨型水车，水车旁建有水碓，作为舂谷舂麦之用。水车水碓充分体现了古时瑶胞在没有电力系统的情况下，利用水资源提高生产劳动效率的智慧。同样，寨中竹笕密布，把溪水引进各家各户，这种原生态的"自来水"设施大大节省了人力物力，比那时平地村落取水用水先进多了。

左山门早早排了一溜儿迎宾的瑶胞，有漂亮的"莎瑶妹"，也有稳健的老者，向每一位远道而来的宾客殷勤敬酒。沿着左山门笔直而上的是一条宽约10米的青石板大道。拾级而上，你会不时发现，不少农家门前都有一副笨重的大石磨，捣糯米捣草药用的石臼，脚踏式的石碓；屋内有火炉塘，冲凉用的石盆。酒坊、豆腐坊、榨油坊等手工作坊往往遇见。贩卖山林作物、瑶家银制饰品、刺绣品、中草药材的小档口教人应接不暇。

大石板路的尽头便是有名的南岗古庙。古庙修建在寨子的最高处，传说是寨子的"龙头"所在地。庙不大，百十来平方米，但香火很旺。庙里仅由一位当地的"师公"管理。排瑶主要信奉道教，与湖南的梅山巫教渊源颇深。最令人讶异的是庙前的布局。庙前的空坪约三四百平方米，全用半个拳头大小的鹅卵石铺就。细细辨认，不难发现，庙前有一个鹅卵石铺成的八卦图！古庙左侧的一股溪流被人为一分为二，沿着石板路两侧的小沟壑顺流而下。匪夷所思的是两股溪流在庙前的源头接入处都砌成葫芦形状。左小右大，右边大的葫芦池子也被称为"放生池"。传说瑶族始祖盘古王和房莎十三妹在远古洪水滔天毁灭万物时被葫芦所救，故瑶民视葫芦为吉祥物。

从放生池右侧往下拐，不远处便是古墓群。在这儿你会发现石墓和石棺。

石墓不大，墓顶仅用几块扇形扁青石铺成直径1米的圆圈圈，圆圈的中心有一脑袋大小的石疙瘩露出来。石棺仅用6块青麻石拼成，做工不见得精细，没有图案花纹。饶是如此，石棺石墓也是排瑶中有地位有名望者才有资格使用。

下到寨子中央，只见一块1米见方的龟壳似的褐黑色石头斜斜卧着，石头下方有燃烛焚香的痕迹。心里不禁犯嘀咕：坟墓怎么会安葬寨子中央来啦？到了正面，才发现石面上写有"得金石"三字，问问本地的瑶胞，答曰：这就是"伯公石"，村民们有个小病小痛或一些百药不见效的疾病，前来向"伯公石"祈祷许愿后，往往有灵效。这种灵石崇拜，与北方拜请"石敢当"习俗很相似。

"得金石"右下方是一间"瑶族歌舞演艺厅"。厅里的游客人头攒动，如痴如醉地欣赏着原汁原味的排瑶歌舞。"瑶族人民爱唱歌，日出唱到日落坡。"瑶族是个爱唱歌的民族，不管是生产劳动，还是节日休闲，嘹亮的歌声总在大山里回荡。特别是青年男女，更是以歌为媒，表情达意。每到夜阑人静，小伙子便来到姑娘的窗前，通过歌声表达衷情。姑娘的闺房通常在二楼，为了和心爱的姑娘约会，小伙子们个个练就飞檐走壁的功夫，瞬间爬上吊脚楼不费吹灰之力。

瑶族更是一个爱跳舞的民族。说起瑶族的舞蹈就不得不提"长鼓舞"。长鼓舞是具有浓郁民族特色的原生态舞蹈，2008年被国务院列为"国家级非物质文化遗产"。长鼓舞曾在1964年应邀到人民大会堂演出；曾获得广东省首届少数民族运动会表演一等奖；获得第五届全国民运会表演项目二等奖；获得广东省首届民间艺术表演大赛二等奖；2014年，上千瑶胞在千年瑶寨齐跳长鼓舞，成功挑战吉尼斯纪录；2016年，以长鼓舞为题材的电影《旺都之恋》在京首映，吸引了众多眼球……

关于长鼓舞的由来，还有一个美丽的传说：很久以前，盘古王的女儿房莎十三妹私自下凡，与勤劳帅气的唐冬比结为夫妻。唐冬比的哥哥想用法术害死唐冬比，霸占房莎十三妹。房莎十三妹帮助唐冬比击败了哥哥，盘古王知道此事，把房莎十三妹召回了天庭。临别前，房莎十三妹告诉唐冬比：南山上有棵琴树，砍来做成长鼓，打上360个套环，等到十月十六日那天（盘古王婆诞），踏环击鼓，跳上360圈，就可以像鹰一样飞上天去与她团圆了。唐冬比按照房莎十三妹的嘱咐，不畏艰危，来到了南山，找到了琴树，做成了长鼓，果然在约定的时间跳了起来，终于飞上天与房莎十三妹团圆了。

从右山门下来，已是云归雾拢，暮色苍茫。整个瑶寨一派静穆，唯有当红歌手苗苗在央视综艺频道演唱的那首清甜的《千年瑶寨等你来》远远传来，为你依依送别：

千年瑶寨等你来

牛角号声声吹起来

这里的山如画

这里的歌如海

这里的山花为你开

欢乐的长鼓敲起来

这里的米酒暖心怀

这里的舞蹈更精彩

这里的一切哎 充满爱

耍歌堂上哟 展风采

这里的明天哟更灿烂

千年瑶寨等你来

等你来……

板洞情

罗证治

2020年12月5日，我们文协及田家炳民族中学文学社一行90人到板洞水库采风。

一大早，三辆大巴从县城出发，直驶南向的板洞水库。车子在低矮的山岭之间迤逦穿行，颠簸了近两个钟头，到达了距县城78公里的目的地——板洞水库。

一下车，我们被眼前的景象吸引住了。传说中的板洞水库果非虚言。虽然当下是初冬，但呈现在我们面前的仍是望不到边际的湖面，雾气袅袅，虚无缥缈，仿佛遇见了仙境。

板洞水库是由周边几座小山圈围起来的一个湖，属"人造水库"。它海拔1000多米，由于海拔高，人们称之为"板洞天湖"。这里纬度低，雨量充沛。周围山岭的溪流终年源源不断，形成了诸如吊尾坑、太平坑、白芒坑等20余条较大的溪流，这些溪流都由西北向东南注入这个"人造水库"内。据水库的工作人员介绍，雨季时，水库的雨水面积二十几平方公里，而水库的总库容积水量也达到3000多万立方米。偌大的人工湖，成了百里瑶山脱贫致富的"福湖"。

水库有两个堤坝，一北一南。北面是主坝，这个巨大的长坝横卧水库的北端，把各条河冲的水牢牢堵住。由于枯水期，水库的水位退降，露出大面积的坝体，连着两端沙子地，不失为游览者理想的游玩和拍照之地。于是，我们一哄而下，端起相机，掏出手机，或以湖面为背景，或以大坝为背景，或以沙滩为背景，拍个不停。

板洞水库是一座以供水为主，兼有防洪、发电、灌溉等功能的水库。据水库的工作人员说，水库的输水线路有两条，一条线路是输往邻近的大麦山镇黄莲村，这条线路的水用于发电；另一条线路是输往寨南镇的牛塘村、三排镇、南岗镇（现在南岗镇并入三排镇）当作食水工程，也当作水电站工程。如牛塘村建造了上牛塘水库和下牛塘水库两个水库并发电，不仅解决了周边农村的生活用电，还输入电网供给县城居民使用。作为食水工程而输向三排、南岗两地的水，解决了沿线瑶族同胞的食用水困难。三排、南岗地处石灰岩地区，水中碳酸钙含量特别高，对人畜身体不利。20世纪90年代初，我在三排中学任教，吃的就是当地的岩水，水务必要煮开才能喝。我们曾经见过，用热水瓶装的开水，等它沉淀后，用去上面部分后，把剩余的底部的水倒出来，眼前所看到的竟然是浓浓的银白色的石灰水！这就是石灰岩地区的人们容易得结石病的原因。从1994年建成到如今，近30年来，板洞水库的水沿着50公里长的水渠，源源不断，穿山越岭，带给了广大瑶族同胞生活的便利。

站在大坝上，眺望绵延的山岭，山上长满杉、松、樟、石斑木等树木，还有厘竹、金竹。众树杂生，苍翠繁茂，相映生辉。随队采风的刘诗人到过这里多次了，是个"板洞通"。他指着周围的山岭说，这里生长着近百种草药，像土党参呀、黄柏呀、生地呀等等，简直就是一个天然药场。他还说，如果气温再下降几度，这里就会结冰、飘雪，那时候，整个板洞地区成了冰雪世界，银装素裹，冰挂成林，冰树成峰，一派"北国风光"。可惜我们来早了。

离开板洞水库时，我仍心存依恋。

月亮湾

黄歧赞

月亮湾，第一次听这名字就浮想联翩。它是广东省连南瑶族自治县涡水河最有韵味、最魅力四射的一段。

涡水河发源于海拔1500多米的起微山，最终汇入连南瑶族自治县的母亲河——三江河。涡水河宛如仙女舞动的水袖，从崇山峻岭间翩然飘落，在大峡谷打了无数个卷儿，而月亮湾就是其中最大、最美的那个。

月亮湾，弯月亮。一泓翡翠蓝，山月弄幽光。九曲溪水弹丝竹，百鸟和鸣花竟放。嘤嘤蜂吻嗅清芬，云戏梯田翻稻浪。逐日瑶歌风正暖，虹霓醉卧农庄上。

我们驱车从县城往东飞驰八九公里，过了小横龙村瑶寨，远远就望见一弯蓝月亮，静静泊在绿意葱茏的群山之间，宛如一块半月形的玉佩，在乳白的晨雾掩映中，散发着柔和而淡雅的光辉，让人不禁随之目光平和，心旷神怡。"水光潋滟晴方好，山色空蒙雨亦奇。欲把西湖比西子，淡妆浓抹总相宜。"你看，这一弯碧玉，巧笑倩兮，美目盼兮。我不禁暗自想，西子是否隐居于此桃花源？对，她一定爱上我们瑶山了。也许，她早已择一佳偶，相夫教子，养鸡放鸭，种花采茶，说一口暖和温软的瑶语，哼一曲悦耳动听的瑶歌，悠哉乐哉。

我们坐在月亮湾瑶庄临河的餐厅内品茗，山坡下一片片菜园、果园郁郁葱葱，淡淡柚子香儿糅合了幽幽青草味儿以及各种野花芬芳，氤氤氲氲，沁人心脾。品尝着原生态的瓜果菜蔬，聆听着画眉鸟在树林中婉转而悠扬的吟唱，远眺苍穹下层峦叠嶂，云烟缭绕，仿如梦入桃源。宽阔的河面波光粼粼，一叶轻舟优哉游哉，船桨荡开一泓碧水，在阳光映照下，仿佛忽然撒落了一把把金子，亮光闪闪，隐约感觉水底深处有一座金碧辉煌的水晶宫。掩映在树林里的游泳池，泉水清澈碧绿，宛如一面巨大的长方形玉镜。人们游弋其中，仿佛美人鱼正奋力游向湛蓝的天河。

我们跟着月亮湾瑶庄庄主唐先生来到一座山的山脚，远远就嗅到了一阵阵浓郁的稻花香。这片依山傍水的梯田，有近百亩，大大小小约五六十块，都是狭长月牙形，大的三四分地，小的一两分，错落有致地排列在这片陡峭的阳坡上，像极一幅凹凸有致的写实主义版画。在过去生产力低下的年代，刀耕火种，要在一片荒坡上开垦出如此密集、如此肥沃的梯田，一定十分艰辛。到了现代，随着城镇化进程加速，年轻人都往繁华的都市发展了，要保证这些土地不被荒弃是相当困难的，所以政府开绿灯给予优惠政策是高瞻远瞩；唐先生带领村民在这片梯田开办有机稻栽培与观光旅游相结合的项目也是很有远见的。绿水青山就是金山银山。

忽然，一阵阵嘤嘤嗡嗡的声音传来，把我从神游中拉回现实。微风吹拂稻花，仿佛绿野上飘落了一层薄薄的雪。无数蜜蜂忙忙碌碌，像一粒粒飞翔的阳光。它们随着起起伏伏的稻浪，不停地上下翻飞，仿佛一朵朵随风飞溅的金色小浪花，让人眼花缭乱。蜜蜂身上都沾满了花粉，不时有雪白的花粉在微风中飘落，星星点点，像耀眼的银色雨。我忍不住伸手想爱抚一下这些可爱的小精灵，竟然毫不忌惮它们的毒针。也许让它们蜇一下，痛也会是甜蜜的、幸福的。看着从我手上翩翩飞走的蜜蜂，我想到了辛勤、聪慧的瑶家人，正是有了蜜蜂一样的起早贪黑、辛勤劳作，才能丰衣足食，并创造了令世人惊叹的梯田奇观。唐先生告诉我，他们正准备引进一种会捉虫的蜜蜂。到那时，不仅我们可以欣赏到蜜蜂采蜜的盛况，他们还可以节省除虫的人工。不用农药，食品更安全，有机米也一定会更加糯韧香甜。每块稻田都有一小块水塘，那是放养稻田鱼的地方。稻田鱼可以吃掉大部分杂草和害虫，粪便又是最佳的有机肥，所以稻子都长势喜人，稻穗长，谷粒多，颗粒饱满。有些早熟的开始金黄，沉

◆ 月亮湾景色

甸甸地低下了头。我想起刚才吃到的稻田鱼，肉质鲜嫩细腻，香甜柔韧，毫无腥味，让人唇齿留香，回味无穷。这生态平衡的理念，可以让绿水青山育千秋万代。

沿着纵横交错的田埂，我们交流着各自的观感。常常有谁会忽然跳起来高声嚷，又有了新的发现，于是嘻嘻哈哈拍个不停。其中一种野生的薜荔让美女作家潘小娴兴奋不已。果实硕大浑圆，快成熟了，向着阳光的一面透出了诱人的微红。唐先生眉飞色舞地给我们介绍自己的规划，还聊起今天我们要一起见证的"月亮湾的溪水声"（我私下觉得叫"月亮湾听泉"比较有诗意）抖音直播开启，开心得像个孩子，大眼睛里有一片纯净无瑕的蓝天。

不知不觉，我们来到了半山腰的小溪。两岸山崖一丛丛翠竹郁郁葱葱，向四面八方散开生长，如撑开的巨伞，遮天蔽日，又如绿孔雀开屏，展示出一种无拘无束的野性的豪放美。小溪中怪石嶙峋，溪流淙淙。细听，曲调有高低缓急之分、清脆粗犷之别，如丝竹，如银铃，如金钹，如钟磬。溪流流量不大，九曲十八盘，在石缝间磕磕绊绊，却顽强不屈地积聚着力量，一如既往地奋勇向前，终于在一个深潭积攒了满满的一泓碧玉，然后又淙淙唱着歌向前迈进。溪水清澈见底，连小鱼身上的花纹也清晰可辨，喝一口清冽甘甜，沁人心脾，暑热尽除。此时，外面阳光正猛，一束束明晃晃的光线从竹子顶棚直泻下来，落在水面上。溪水荡漾起来的光，就变得五彩斑斓了，如锦似缎，十分绚丽。

静静坐在溪流边，溪水铮铮弹着琴，把我们心底的烦恼一点一点弹飞，顿觉神清气爽，怡然自得，宠辱皆忘。竹林外面的鸟叫声仿佛忽然变得悠扬动听了，细听可以辨出叫声短促雄壮的斑鸠、悠扬绵长的画眉、叽喳饶舌的麻雀以及一咏三叹的鹧鸪……仿佛一下子入了禅境，宁静而悠远。

从小溪出来，沿着林道往回走。热啊热啊，知了躲在清凉的树荫里，扯开嘶哑的大嗓门拼命喊。极目远眺，每座山都种满了杉树，整整齐齐的一排排、一列列，顶着天了。这种树木高大笔直，是良好的木料，有极高的经济价值。树身上全是寒光闪闪的针，远远望去，如一排排箭镞满弦的弓弩。漫山遍野，阵营分明，俨然每座山都驻扎着一支纪律严明的军队。这树中的伟丈夫，有一种阳刚豪放的美，恰似瑶家人刚直不阿、英勇豪迈的真性情。有一些被砍伐下来的原木，则整齐地摆着暴晒。等干了，就会顺着山坡滑放到河边，再顺着河道顺流而下。这些日子，就是最好的观赏木排表演的时间了。瑶家汉子站在用十几根原木扎成的木排上，一律光着膀子，胸肌发达，皮肤黝黑红亮；下身套一条黑色的裤脚装饰着白边的大桶裤，腰间扎一条很粗的红带子，显得干净利索，精神抖擞，英气逼人，歌声粗犷豪放：

　　　阿哥放排出深山，
　　　一浪一浪踏歌行。
　　　丢支山歌下深涧，
　　　砸中阿妹绣花巾。
　　　阿妹歌声催人泪，
　　　想妹不见妹身影。
　　　阿哥放歌蓝天外，
　　　飞作天边一只鹰。

瑶乡锦绣四时新

黄歧赞

瑶乡锦绣四时新，绿水桃花映日红。霜打丹枫喷烈焰，雪山云海抚苍穹。

锦绣瑶山横亘天地间，绵延百里，莽莽苍苍，云海缥缈，青峰粉黛，绿川逶迤，林涛万顷，仿佛世外桃源，人间仙境。无论走到哪里，都身处大氧吧，吸入的是芳馨，呼出的是清新，涌上心头的是温馨与欢欣。

立足三江源，一马平川。笔直宽阔的三江河如一支碧玉簪，从中间将三江古镇一分为二。淡淡晨曦中，一个典雅美人临镜梳妆，缕缕柔发随风向四村八乡飘逸，容光焕发，明眸巧盼，幽香魅魂。

三江河畔方圆十余里，如一块偌大的碧玉盘，倒映着群山环抱的蔚蓝天空。如果说三江城是七星北斗阵，沿陂、梅村、东塘、回龙湾就是斗柄上四颗璀璨的明星，新城、老城、新农村则是斗勺上那三颗，周围还闪闪烁烁散落着一些小小村落，群星荟萃，流光溢彩。

沿三江河绿道往东走，渐渐远离车马喧嚣，心胸仿佛浸润在牛奶池中，又被捞出来晾晒在澄明的阳光下。群山巍峨，绿水淙淙，翠竹抚云，鸟雀成群，天籁之音不绝于耳，鸡犬相闻温暖于心。置身其中，宠辱皆忘，悠悠然仿佛蓝天上那朵流云。两岸荷塘桑田，菜畦果园，花开四季，清香沁脾，蜂蝶嘤嗡，瓜果染金。古朴的农舍和新潮的洋楼依山傍水，错落有致，仿佛一把把檀木或美玉佛珠散落在碧玉盘上，又被阡陌交通的田间小径串联为大串小串的项链，

◆ 瑶山的早晨（盘鹃/摄）

挂在村庄胸前，一片祥和。一望无际的绿野上，不时响起悠扬的山歌，带着浓郁的泥土味儿，原生态，略带沙哑而又高亢入云，婉转动听。民歌手都有随时随地张口就来的本领，仿佛一拧水龙头，就哗啦哗啦流淌出对美丽乡村、对生活、对爱情的赞美。远处连绵起伏的山冈上，梯田稻浪翻卷，如一条条金龙贴着山脊，跃向蔚蓝的天际。

沿着省道往西走四五公里，就到了连南瑶族自治县新景观——大埂绿道。绿道由广州市越秀区捐建，以促进瑶山旅游业发展，体现了党和政府对偏远山区少数民族的扶持与关怀。绿荫如盖的柏油路上，人们三五成群，或徒步，或骑车，休闲旅游观光，优哉游哉。凉风习习，芬芳扑鼻，鸟鸣虫声此起彼落，长腔短调悦耳动听，让人飘飘欲飞。

绿道绕山而行，兜兜转转，刚好绕一周，画了一个周长约6.5千米的巨心。从航拍上我们可以很清晰地看到这颗绿海的心，仿佛正在大山健壮的胸腔中勃勃跳动。漫山遍野苍翠欲滴的松、杉，挥舞如椽大笔在蓝天上书写壮丽诗篇，风儿来读，鸟儿来歌，溪流深情朗诵，千里云海，万里林涛。绿道两旁还掺杂着其他一些树种，或壮硕粗犷，或俊朗飘逸，或风姿绰约，到处生机勃勃，郁郁葱葱。待到山花烂漫时，千山万壑姹紫嫣红，如缎似锦。

此时，若有瑶歌对唱就更让人心旷神怡了。你听，阿贵哥"坎坎"伐木在云缭雾绕的峰巅，红头巾如熊熊燃烧的火焰。莎瑶妹采茶在茶园，或收割稻子梯田间。

阿贵哥的歌声粗犷嘹亮，高亢入云：

哎……
日上东山笑盈盈，
照耀阿妹俏身影。
踩着云朵把花看，
越看越像妹眼睛。
丢支山歌下清涧，
砸中阿妹绣花巾。
画眉声声催人泪，
雾抱青峰树缠藤。
哎啰喂……何时才能与妹成双成对在仙境？

莎瑶妹的歌声清脆婉转似银铃：

哎……
蝴蝶泉边绣花裙，
一针一线都是情。
白云傍日春正好，
并蒂花开心相印。
阿哥放排蓝天外，
飞作天边一只鹰。
妹愿与哥双飞翼，

飞越青峰万里云。

哎啰喂……追随阿哥天涯海角永远不离分。

　　歌声在绿海上随波荡漾，温婉如水，热情似火，催开漫山遍野烂漫的映山红。

　　绿道前端有个大埂千亩银杏基地，是广东省最大的银杏基地之一，植有银杏树约五万棵。银杏树高大挺拔，玉树临风，是俊朗壮硕的美男子。枝丫向外伸展，约四五米，犹如展翅翱翔的雄鹰。每年十一月，风霜把银杏叶染成金黄，漫山遍野烈焰滔天。这荒蛮之地忽然就闹腾起来了。一批批游客蜂拥而至，车辆川流不息，人欢马叫。人们兴奋地呼朋引伴，举着摄影机、手机，长枪短炮拍个不停。欢歌笑语震得银杏叶铺天盖地洒落，天地间亿万只金蝶翩然而飞，令人炫目。只要你向上张开手，就一定会不断有金蝶轻轻泊到你手心，金箔般无瑕的柔翼微微翕动，让你不由得屏住呼吸，生怕一不小心就会把它惊飞。寒风呼啸中，银杏树一律光鲜亮丽，容光焕发，金灿灿的树叶曼舞翩跹，那么从容优雅，那么飘逸洒脱，没有一丝丝离愁别绪，到处金光闪闪，给人一种金榜题名时的高光辉煌。是啊，这银杏树一世平凡，静静地发芽，静静地开花，静静地结果，不激起一点波澜，就像邻家儿女，朴实无华，忽然有一天，出落得光彩照人，引得周围一片惊羡。金叶一层一层铺在地上，足有一尺来厚，亮过金碧辉煌的皇家金库。踩在上面，落叶发出金箔碎裂的嗞啦声，像惊惶逃窜的虫鸣，让人顿生怜悯之心，不由得把脚步放慢放轻。其实，悲悯大可不必，金叶飘落是一生中最辉煌灿烂的时刻，内心一定幸福而安详。这是一座栽满摇钱树的宫殿，头顶瓦蓝瓦蓝的天空，金灿灿的树冠像一朵朵随风摇荡的祥云，金币"叮叮……"漫天飞舞，如同下着亮丽无比的太阳雨。看着看着，人们的眼前都成了金灿灿的了。

　　进入银杏林深处，喧闹声渐远，鸟鸣却更悠扬悦耳了，悠然自得的神韵让人不禁想到《百鸟朝凤》这支曲子，心驰神摇。顶着凛冽的北风，还有不少鸟雀出来觅食，让我十分诧异。有"咕咕"欢叫的斑鸠，嗓音略带点沙哑忧伤的杜鹃，还有闻声不见影的、歌声娇媚而害羞的画眉……当然，最多的还是成群结队的麻雀，叽叽喳喳地从银杏林上空掠过，像一片片淡墨的云，在银杏林的金色纸上挥毫，画下一张张写意的速写。如果运气好，还可以看见天鹅或白鹤，十只八只甚至几十只，在金灿灿的银杏林上空静静地飞翔，仿佛精美的壁画，镶嵌在蓝天上，让人叹为观止。

这片银杏林树龄20多年，以前是养在闺中人不识，如今终于出落得亭亭玉立，金叶装身，引来万众瞩目。其实，人不亦如此？一鸣惊人是需要长期积淀作为前提的。没有哪个目不识丁的人会忽遇神灵，脑洞大开，一夜爆红。"天将降大任于斯人也，必先苦其心志，劳其筋骨，饿其体肤，空乏其身"，所以我们一定要耐得住寂寞，不必为怀才不遇而愤愤不平，更不必纠结过去而自怨自艾，要扎扎实实为以后的崛起做好准备。

我们爬上山顶远眺，银杏林像一座金山金光闪闪。山上还有一簇一簇红彤彤的火光闪耀，那是一棵棵高大挺拔的丹枫迸发出全部的热情，要与银杏一争高下。寒冷的冬季并不寒冷，我忽然感觉全身热烘烘的，充满了能量。

说到红红火火，莫过于十里桃花映日红了。在三排镇墩龙瑶寨就有这么一个神奇的地方——鹰嘴桃生产基地，让我们体验到了"三生三世十里桃花"那种热烈与狂野、潇洒与奔放。正月十五依然寒风料峭，大片大片的桃花就迫不及待地绽放了，不管不顾地展示着自己对生活全部的热情和热爱，仿佛过年的炮仗意犹未尽，忽然从村村寨寨移师这个山坡上了。到处是火光冲天，欢歌笑语，春光乍泄，青春年华大狂欢由此展开。"人面桃花相映红""年年岁岁花相似"。相同的是红红火火的生活，不同的是这样的红红火火已成燎原之势，蔓延到了百里瑶山的每一个角落，燃起熊熊烈焰。随着一个个葡萄、西瓜、鹰嘴桃、蘑菇、茶叶、兰花……生产基地的建立，美丽乡村建设正如火如荼展开。朵朵花儿艳，绚烂映朝晖。这个过去广东省较穷的石灰岩山区少数民族自治县，正以最美宜居乡村的崭新面貌展现在人们眼前，成为旅游最红火的打卡地。

在那桃花盛开的地方，一块开阔平坦的空地，就是临时开辟的歌堂。粗犷豪放的长鼓"咚咚……"舞起来，高亢入云的瑶歌"嘿哟嘿哟……"飘起来。那些清晨还在林间地头蜜蜂般飞来飞去忙忙碌碌的人们，此刻已是一身五彩斑斓的盛装，神采飞扬。美丽动人的莎腰妹，叮叮银饰，翩翩花裙，乌发如云，薏米珠串熠熠生辉，两根白羽翎对称斜插发髻上，随着舞步摇曳多姿。英俊潇洒的阿贵哥，红头巾，红腰带，红绣花筒裙，发髻上斜插一根长长的雄鸡尾翎，舞起长鼓如展翅翱翔的雄鹰。这边，阿贵哥们高声唱："云抱林海花竞放／龙过梯田翻碧浪／茶香引来金凤凰／长鼓舞动红太阳。"那边，莎腰妹们齐声应和："九百九十九座山／昂首挺立向东方／九百九十九条溪／齐声歌唱新瑶乡。"游客们一齐鼓掌喝彩。桃花灼灼的山坡上，一片欢乐的海洋，汇成激情飞扬的大合唱："唱山唱水唱太阳／最亲最爱共产党／致富路上大步走／越走心里越亮堂。"

从银杏林出来，再往前就是万山朝王国家石漠公园了。西起涡水河西岸，东至山溪、大坪洞，北起小江坪，南至699乡道，面积约1500公顷。多么雄伟壮丽的宏图啊！涵盖了百里瑶山的经济文化建设，生产、旅游各项设施建设齐头并进。百里瑶山的明天一定灿烂辉煌。

站在万山朝王观景台上极目远眺，锦绣河山尽收眼底。万山朝王区域的99座大大小小、形态各异的峰峦一齐朝向主峰，仿佛千军万马正接受着盘王的检阅，等待盘王一声令下，万马奔腾，进行新的"长征"。

黑房子　白房子

房春桥

有一种颜色，总是让人刻骨铭心。

瑶山那段艰苦的岁月，在时光隧道中沉淀为很厚很沉的记忆底色——黑色，几十年过去了，这种颜色与浓浓的乡愁在我的心灵深处扎了根，记忆似深海热浪不间断地涌出，永不枯竭。它穿越漫长的寒冬和黑夜，不断孕育力量而变得闪亮。

我家住的第一座房子是泥坯房。听奶奶说，那是1958年从九龙寨老排搬迁下来，生产队集体劳动建造了一批泥坯房，我爷爷分到一座房子，共三间房。泥坯房中间是厅堂，通常是宽一丈五，纵深二丈一，屋脊高一丈五，中间没有隔墙，上面不设隔层，直通屋顶。大门从厅堂前墙正中开，厅堂靠后墙正中位置，一般都摆上一张八仙桌，用于过年过节时敬祭祖先。

厅堂的两边就是居室（瑶语称为"小间"，它是相对大厅而言的），都开着一个较大的侧门与厅堂相通，居室在前面也开了小门，人离开时，先把厅堂大门从里面拴上，再锁住小门。居室用木板隔开一分为二，前面稍大的地方是火塘兼饭厅，后面是卧室。

火塘尽可能靠后，这样可以腾出更大的空间做饭厅。火塘架上的"三脚猫"是用生铁铸成的，三只脚插进地板里，上方固定一个大圆圈，它能够稳稳地撑起煮饭或炒菜的大铁锅。"三脚猫"每只脚与圆圈连接的地方，都向内斜伸出一截横杠，圆圈里又形成了一个小内空，很适合用瓦煲之类的小炊具煮东西。火塘上方一般都有熏棚或吊篮，用来熏制笋干、香菇、腊肉等食品，也把留作种子的玉米大薯挂在那里，防潮又防虫。火塘的一侧放饭桌，另一侧放一个锅具架，连通厅堂的侧门边放一口大水缸，整个居室的陈设十分粗糙，仅一桌一架一缸一火塘而已。

后面的卧室很狭窄，不足六尺，铺上一张床就只剩下一条仅可通人的过道了，过道的那头边上放一个大米缸和一个小箱子，家里有什么贵重的小物件就放进这个箱子里。那个年代，其实也没有什么金银珠宝之类的物品可放，我家那个箱子里面平时放着用树皮或书本夹着的锦鸡羽毛和白羽毛，还有爸爸的笔记本，极少看见有钱币在箱子里悠闲安稳地睡着。

卧室的后墙只留一个一尺见方的小窗（整座房子只有卧室才留着窗，其他地方似乎找不到留窗的理由），平时都用破布之类的东西堵上。有时，半夜里急盼天亮的人，靠近小窗，拿掉堵布，却只看见西沉的冷月。

在居室两米多高的地方，放上一排横木，在横木上铺上木板和竹片，竟然也有了楼上楼下。在卧室房门的那一头，楼上留出一个大口子，口子下面放上一把木梯子，通过木梯就可以自如地上楼下楼了。楼上主要是用来放番薯、大薯、芋头等食物，也可以用大米缸装玉米和谷子，也有人放置点火把用的碎竹片，在楼上放着，干燥好用。

听奶奶说，房子最先是盖茅草的，但茅草易风化，每两三年就要更换，很麻烦，也不安全，一不小心就烧着，尽管如此，茅草更换了好几次才换成了树皮，再后来终于盖上瓦片。

二叔结婚后，他家和我家各住一居室，就在左侧建了一间耳房给奶奶住。耳房与居室结构相似，只是稍微矮一点，它也开了侧门与二叔的居室连通。我家在右侧也建了一个耳房，但它没有隔开一间作为卧室，在里头修建了一个烧水冲凉的大灶头，大灶头边上就是冲凉房，有了耳房才结束露天冲凉的历史。耳房还修建了两个小灶，天气热的时候就在里面煮饭。

二叔没有耳房，就在居室和奶奶住的耳房前面杵了泥坯墙围成两间小矮房，一间用来做冲凉房，一间做猪栏。我家也在居室和耳房前面围了一间较大的棚屋。

这样一来，整座房子就像倒写的"凹"字，由于采光出现大问题，就变成了"黑房子"。厅堂还好，前面没有遮挡，打开大门后里面算是亮堂。可是居室就不同了，上面铺有木板，前面又有棚屋遮挡得严严实实，打开房门后还是一片漆黑，只有在晴朗的日子，才能看到中午从玻璃瓦穿过竹片细缝投下一些淡黄色的光线，或者，午后从卧室的小窗射进三束明亮的光柱，除此之外，居室里面是长年见不到阳光的，只要人回到家里，就得点上煤油灯，那微黄的灯光，照着简单朴素而又周而复始的日子。直到20世纪80年代末用上电后，黑房子才稍稍明亮一些。

时间久了，门窗由原色变成灰黑色，屋里的东西几乎都被烟火熏成墨黑色：炊具是黑色的，木板是黑色的，留作种子的玉米、大薯是黑色的，笋干、香菇、腊肉都是黑色的，连饭桌、凳子和墙壁也变成黑色。每年春天，妈妈种芋头和大薯的时候，把大薯切块，留下方大的薯心肉，芋头也切断留下一截，只拿着有芽的那一头去种，这样，我们就有又粉又香的大薯和芋头吃了。妈妈从横木和木板扫下黑烟灰，往切开的大薯和芋头撒去，黏液黏住黑烟灰，妈妈说既可以消毒又可以做肥料，大薯和芋头收成就好。

黑房子的生活几乎都是围绕火塘展开的，尤其是在冬天，家人在火塘团坐，火塘里的火烧得旺，锅底的烟灰烧成了闪烁的群星，火苗直往外钻，超过锅沿，大家只好往外挪一挪座儿。火塘边上，被炭灰烤熟的番薯、芋头已飘出香味。番薯、大薯、木薯、芋头、玉米，甚至是甜笋、白糍粑、竹虫、鸟肉、猪肝……这些能在火塘烤熟吃的食物，那种特有的香甜，在味蕾上留下永久的记忆。

冬天太冷的时候，吃饭连饭桌也懒得摆了，直接把火塘上的煮菜锅当饭桌，菜放在锅盖上就开吃，边吃饭边取暖，不白白浪费火塘的资源。其实，只因那个年月的农村生活太清苦，非年非节的，菜品都比较单一，常常是一餐只有一个菜，还不见油星，一盆菜放在哪里都无所谓了。

围着火塘烤火，奶奶最爱讲故事。奶奶讲得最多的故事是《水淹天》，有时也讲一些"黑故事"：什么"烧红铁墩给虎女婿坐"啦，什么"快刀剁掉狼外婆的长毛手"啦，什么"姐弟智斗黑毛怪兽"啦，什么"姐妹智斗长发怪兽"啦……听多了，晚上就莫名害怕起来。有一天晚上和姐姐堂姐她们去附近的晒谷场玩，回家时，姐姐和堂姐在前面跑得快，我在最后，她们一边跑一边喊："黑毛怪兽来了！"我哭着回家，奶奶问清情况后哈哈大笑，然后对我说："别怕，黑毛怪兽不会先吃掉你，三个人当中，它先吃掉中间那个，以为头尾两人是中间人的担子。"听了这话，顿时感觉黑房子的老人充满智慧，也好像给了我无穷的力量，从那时起，我再也不怕晚上走在最后了，反而担心走在中间的人哪一天遇到黑毛怪兽。

岁月的车轮碾碎黑夜里寒星的微光，留下长长的黑辙。父亲、二叔、三叔、四叔四兄弟围坐火塘，三条长长的大杂木已烧剩三截木头，他们围着火塘谈了一整个晚上。已经是大年二十八早上，晚上就是瑶族小年夜，可是三叔的"大年肉"还没有着落。那一年三叔患病，欠了一屁股债，确实拿不出钱来买年货，家里又是一只鸡都没有。大家都默不作声，空气似乎已经凝固，爸爸抽着小烟斗，静静地吸吐着烟雾，突然，他敲掉烟灰，把小烟斗装进口袋里，又从上衣口袋拿出五块钱硬塞到三叔的手上，并急急地说："你现在马上去寨岗圩买几斤肉回来过年！"四叔也硬塞给三叔五块钱，二叔生活也不好过，就没有给三叔钱。那一年，三叔过了一个"没有余味"的大年：十块钱买了六七斤肉，分成四份，留一份大年初二回外家，其余三份在小年、除夕、春节"享用"，其他餐次就没有肉味了。改革开放前夕，我们村像三叔那样没有"年肉"的还有好几个，他们都把痛苦和无奈偷偷地藏在逃离年味的角落里。

黑房子还有一段黑色记忆总是挥之不去。那年春天，已是农历二月了，天还是特别冷，记得那一天早上天空还特别阴暗，父亲永远离开了我们，此后，黑房子的生活变得更加暗淡。母亲背着刚满一岁的弟弟去劳作，未满十四岁的姐姐只好辍学回家帮忙。单亲家庭的苦难别人是难以体会的，不知道母亲流过多少汗，流过多少泪，只知道母亲鼓励我努力读书从来没有变。黑房子的生活，直到我师范毕业参加工作之后才有了根本的改变。

黑房子承载着太多的记忆，尤其是父亲去世后的十多年黑房子生活，它是我人生中最宝贵的财富。三四十年过去了，黑房子里发生的事情在我心上烙了印记一样如在昨日。每当想起妈妈劳作回来累得上气不接下气的时候，每当想起妈妈因为我们不听话而偷偷流泪的时候，每当想起妈妈看到病弱的弟弟学会了走路喜极而泣的时候，每当想起妈妈看到我读书回家而露出笑容的时候……

我总会潸然泪下。我在散文《母亲的守望》里，试着把那段被心灵深处珍藏着的记忆写出来，写着写着，却被盈眶的眼泪打断了思路，只好停笔擦掉眼泪再写，可是一提笔，我的眼泪又来了，再停笔擦去眼泪。如此断断续续反复写了很长时间，才总是有了一个比较完整的表述。黑房子的生活给了我苦难，给了我激励，更是给了我启迪：它用黑色包裹着最原始、最朴素，也最珍贵的东西！

1993年，伴我走过二十多年的黑房子被拆除后，新建了一幢两层楼的水泥房，内墙、外墙都粉刷成白色，门窗也刷成土红色，窗变大了，并且安装了玻璃窗页，能挡风雨，采光也好，房子里面就变得明亮。只要有亲戚来，妈妈就会夸白房子的优点："这种白墙房子，白天亮堂，晚上开了电灯也很亮，讲话的时候声音很小，回音很大！"

新房建好后，奶奶就和我们同住。那时我已经参加工作，生活有了很大的改善。每次我买回一些肉食，奶奶总是说着那句并不幽默的话："吃得这么好，人就真不舍得死了！"奶奶在新房里住了十多年，临终前，她拉着我的手说："这辈子能住上白房子，可以了！"

奶奶和妈妈都是苦命的女人，她们都是中年丧夫，含辛茹苦把孩子抚养成人。黑房子给了她们太多的酸甜苦辣，苦尽甘来的时候，她们怎么能不惊喜和情不自禁？

2018年，我再建了一幢三层楼房，也是把内墙、外墙粉刷成白色。新的白房子铺了地砖，安装了铝窗和橡木门，楼梯安装了不锈钢栏杆，建有独立的厨房和卫生间，灶台和洗漱台用上大理石，家具全新购入。总的来说，新房子的条件基本上可以满足现代家居的需要，农村与城里又拉近了距离。

近几年，村里像我家这样的新房子可真不少，乡村确实变美了。新一轮乡村振兴的号角已经吹响，相信在党和国家的关怀下，民族地区城里乡下都会变得风景更美，人民生活更富足。

路——家乡变化的见证者

房丽珍

一条条民生的路，串起乡镇山村，解了民愁。一座座连心的桥，连接千家万户，暖了民心。一辆辆致富的车，承载幸福梦想，顺了民意。

——题记

阳春时节，草长莺飞。我和父亲回了趟连南瑶族自治县的大坪村老家。驾车行驶在平坦的水泥道上，车窗外花草香扑面而来，夹杂着春天的泥土气息，清新、自然。

父亲说，现在最让村里人感到幸福的，就是眼前这条宽敞平坦的水泥路，坐在车里，就感觉自己是坐在幸福的快车上。这快车，伴随着祖国的经济、社会、交通业的飞速发展，带着乡亲们一起直达幸福的终点。我笑着点点头，有意放慢了车速，播放车载音乐，一曲《在希望的田野上》很应景，路两旁的树叶随音乐左右舞动，仿佛在招手欢迎我们回家。

时光回溯，谁又能想象这条依山而建的水泥路，曾经承载了我多少童年辛酸的记忆。20世纪90年代，我上小学的路上，要先走上一段蜿蜒崎岖的山路，再走一段尘土飞扬的砂石路。这段砂石路紧挨着一条小水沟，每逢暴雨天气，走过那条沙子路，就成了我最大的噩梦。小水沟的积水漫到路上，即使我再小心翼翼，湍急浑浊的溪流依旧让我胆战心惊。一次放学冒雨回家，湿滑泥泞的道路，还是让小心翼翼的我掉落一只鞋，瞬间被水沟急流冲走了，急得我号啕大哭。因为我知道那只鞋子的丢失，将意味着母亲一个月卖菜换来的血汗钱随着急流而去了。

在雨中，我焦急地拼命捞鞋子，雨伞被大雨吹得东倒西歪。最后，鞋子依然消失在流水中，衣服、裤子也全湿了。此时，雨水和泪水顺着脸颊流下，慌乱中，一只脚指头还被石头碰到擦破了皮……

走过砂石路，还有一段泥泞山路，但凡遇到雨天，我都要深一脚、浅一脚地走过，稍有不慎就会陷进泥巴里，鞋子也随之"全军覆没"。尽管每一回都谨慎地走过，但裤脚总是湿嗒嗒的，难逃泥巴的洗礼。回到家后，慈祥的母亲从里屋迎出来，看我浑身湿透，瑟瑟发抖的样子，既心疼又埋怨，语重心长地说："好好读书，将来走出家乡……"我使劲点点头。

晴天的时候，只要一辆车经过砂石路，就卷起漫天灰尘，灰茫茫的一片，灰尘落在头发上、衣服上，也一个劲地往鼻子、嘴巴里钻，"灰姑娘"的感觉至今记忆犹新。村民们常常因为路况差、交通不便叫苦不迭。

那时候，为了生计，父亲一直在外地工作，往往只有在农忙时节或重大节日才回家。年少的我天天盼着父亲回来，盼着新衣服，盼着父女相伴，盼着家人团聚的欢乐时光。

小学二年级的农忙时节，父亲请假回家帮忙收割水稻，不巧遇上了连绵多日的大雨，班车耽搁了行程，让父亲回家的路显得特别漫长。而当时的我凑巧连日高烧未退，那时我多么希望父亲就在身边啊。依稀记得在迷糊中，我梦见村里铺上水泥公路，搭载父亲回家的班车不畏风雨，驰骋在平坦的水泥路上，向我驶来……

寒来暑往，岁月匆匆。在对山路的埋怨与叹息中，我上完了小学四年级，开始了在连南县城民族小学五年级寄宿生活。每次回学校，母亲总是提着大包小包行李，陪我走过长长的一段路送我到山下，在四面透风的候车站点，我和母亲挥手道别，心里总想起朱自清先生的《背影》，不禁眼眶泛红。

我在成长，时代在变迁。多年后，建设社会主义新农村的号角在家乡大地吹响，公路建设迎来了突飞猛进的发展势头。随着交通扶贫、农村公路"村村通"工程的相继实施，家乡的道路也在改变。瑶山深处筑起了坦途，致富的大道接连起民心，我的梦成真了！

在机器的轰鸣声中，道路变了样。平坦、宽阔、畅通的水泥路替代了坑坑洼洼的泥砂路，往日的泥泞一去不复返。我清晰记得通车的那天，村里的叔伯婶母个个激动地拍手称赞，我也看见了母亲眼里闪着泪花。

道路通，百业兴。一条道路，连起了十里八乡，更连起了人们的梦想——创业梦、致富梦、小康梦，人们从这里出发，努力实现着自己的梦想。而我们家也从山上搬到了山下，建起了小楼房，还买了小汽车，父亲再也不用经受等车的艰辛了。

再后来，镇上开通了每小时一班的中巴往返县城。主干道上也安装了光伏路灯，像一盏盏夜明珠串成闪烁的亮线，点亮了农村的夜晚，也点亮了农民的心。

花开花落，燕去燕来，交通延伸的美好生活正在徐徐铺展。现如今，大坪村的道宽了、楼高了、树茂了，秀美的大坪河似一条白练般悠然地流过大坪村，滋润着这里的生灵，花生、玉米、油菜等农作物点缀在山野田间。一条条乡村道路在村间环绕，一幢幢红瓦白墙的民居拔地而起，一片片郁郁葱葱的绿植掩映其中，构成一幅美丽乡村画卷，颇有种"一水护田将绿绕，两山排闼送青来"的逸致。村外一望无垠的稻田迎着徐徐的微风轻轻地摇曳，空气里弥散着水稻的清香。走在熟悉的村道上，沿路遇见曾经朝夕相对的村民，他们脸上泛起的笑容也如阳光灿烂，映射出他们当下生活的最好状态：不但拥有绿水青山，还拥有金山银山。

时光荏苒，一条条水泥路穿山越岭，从无到有。我亲闻、亲见、亲历了大坪村的道路变迁，我的情感在这里舒展，我的青春也在这里绽放。村民娓娓道来的小康故事，也在时光的流淌中，轻吟慢唱。

盼望幸福路

唐坚贵

放暑假啦，我开着车带着儿子回油岭老家探亲。公路两旁的树木郁郁葱葱，伸出双臂把公路合围成时空隧道一样，斑驳的阳光透过层层叠叠的叶片，直射公路边上，就如璀璨的星星遗漏在地上，五彩斑斓，有一种"绿树村边合，青山郭外斜"的感受。

"爸，你看，彩虹路，好美哦！"儿子在车上惊叫着，不断地赞叹。这惊叫声顿时把我带回到烂漫的童年时光。

从记事起，我就记得我家就在云端的古寨上。古寨的房子用青砖黑瓦搭配木头修建的，层层叠叠，盘踞在山头，常常云雾萦绕，只露出半截古寨。孩提时的小伙伴们时常在古寨里走街串巷，打泥巴仗，从村头追逐到村尾，好不惬意！

每逢节假日，我最期盼的就是跟着老爸一起走山路，去三江赶圩。这条山路是油岭古寨人与外界沟通的唯一桥梁。天边刚露出鱼肚白，老爸就把我从睡梦中叫醒，说要去三江赶圩，我就一蹦三尺起床，狼吞虎咽地吃完早餐。老爸挑起早已准备好的农副产品，我紧跟在他屁股后面，一起走路下山，看着老爸的背影，听着有节奏感的脚步声，汗水湿透了老爸的衣裳。下了山，过了小溪，穿越翠绿的稻田，来到油岭新村老桥头，坐上等待已久的手扶拖拉机，往三江赶圩去。

据说这条公路是60年代末，油岭人男女老少全员出动，发扬愚公移山精神，用铁镐、锄头砸开石头，用箩筐、簸箕搬开泥土修建的。

公路的路面早已被雨水冲刷得凹凸不平，好多碗大的石头裸睡在公路上，拖拉机"呜呜呜呜"地行驶在公路上，刚劲有力的两个大前轮不停地翻滚着，坐在车架上的我们两手像铁爪似的抓紧车架扶手，生怕被摇晃起伏的拖拉机甩下来。一路的颠簸，终于来到山溪路口即107国道，心才安稳了下来。能有机会坐上拖拉机赶圩在那时是一种福气，因为好多农民付不起2元的车费，宁愿肩挑农产品走近20公里的路去三江街赴圩。因为去三江县城赴圩的交通工具仅是拖拉机，所以拖拉机被油岭人美其名曰"油岭的士"。

来到三江街，爸爸找个显眼的地方摆卖花生和红豆，我在旁边坐着观看来往人群。远处飘来熟悉的油煮糍的香味，口水不觉流了一地，等候了老半天，老爸才终于把花生和红豆卖掉，才舍得买油煮糍给我吃。吃上久违的油煮糍，一路的辛苦也随之消失殆尽，这些美好记忆犹如一串串珍珠在心怀珍藏。

初秋，山路风景最美、最热闹。山路两旁树木依然茂盛葱绿，太阳依旧毒辣。山路的一端系着古寨，另一端系着一片金灿灿的稻田。微风吹来，夹杂着稻香，沁人心脾。山路仿若一条沙腰妹的腰带飘荡在绿野山间，非常美丽。山路两旁的树林里各种鸟儿竞相亮相，从这树头飞到那树头，清脆曼妙的鸟鸣声在山野间回荡。农民们肩挑稻谷拾级而上，汗洒石板路。他们用毛巾不断地擦掉汗水，伴着山风，呼叫一声，相互鼓劲，而众多农民肩上的担子好像五线谱，高低起伏，成了一道独特的风景线。这时，劳动号子声、登山的呼叫声、鸟鸣声和小溪叮咚声组成一曲交响乐，整条山路热闹极了。

入冬后，山路恢复了它少有的宁静，古寨却热闹了起来。在有月亮的夜晚，牛角声就如雨后春笋般从各个巷口响起，人们自发地来到晒谷场，或斗歌，或斗鼓，小孩也在大人间窜来窜去，追逐玩耍。深夜，沙腰妹的窗台飘来歌声，原来马能哥和沙腰妹（未婚男女）在对歌，在谈情说爱。一幅淳朴淡雅、喧而不嚣的乡村和谐风情图在古寨展现。

伴随着改革开放的春风吹进古寨，沉睡的古寨醒了。

年轻人走出路口，走下山路，鞋沾故土，把乡愁装进行囊，踏上南下的汽车打工。我也背起书包，坐上拖拉机，踏进三江县城寻梦去。

　　远离古寨的年轻人走进喧闹的城市，看着宽阔平坦、车水马龙的公路，心里若有所思：古寨何时开通公路呢？古寨人盼望着，盼望着！

　　到了年末，常年在珠三角打拼的年轻人踏上回家路，把乡愁洒落在回家的路上，"有钱没钱回家过年"，可家乡的山路依然难走，古寨依旧贫穷落后。

　　要想富，先修路；公路通，百业兴。古寨人下定决心，要修建古寨公路。于是古寨人团结一心，出谋献策；外出工作者捐钱，村委积极争取上级扶持资金，终于在1998年争取到广东省志愿者基金会的扶持资金。资金筹集到位，修建山路开工，挖掘机开进山脚，施工队驻扎在山下。隆隆的机器声在山谷里荡漾，如春雷般的爆破声打破了沉静的古寨。

　　"古寨通公路了！"古寨人欢叫着，张灯结彩，载歌载舞，庆祝古寨通车。

　　喝水不忘挖井人，古寨人不忘广东省青年志愿者的鼎力相助，在古寨村口立起石碑，铭记恩人，把古寨山路命名为"广东省青年志愿者之路"。

　　路通了，古寨门打开了，古寨人与外面世界近了。

　　从此古寨人的视野打开了，陈旧的观念也被打破，传统文化受到现代文化冲击，排瑶文化不断地与汉族文化相融合，现在古寨文化就如一间瑶族博物馆，就如一颗活化石镶刻在瑶山上，熠熠发光。

　　在国家精准扶贫政策之下，在古寨人的努力下，古寨公路进一步地扩宽，铺上水泥，换上了盛装。

　　古寨的修复修缮工作步伐不断加快，按照"以旧修旧，修旧如旧"的保护修缮理念，古寨人修缮修建古寨老屋、祠庙、石板路，完善基础设施，把街道古巷修缮好，让古寨重现当年的风采。

　　在美丽乡村政策打造下，古寨周围的小小村寨也发生了很大的变化，政府出资给瑶民的平房穿衣戴帽，外墙统一颜色——桃花村粉红色，庆丰村金黄色，大陂村黄芽白，大别坑村天蓝色，陈桂村米黄色，古寨青砖色。小小村寨犹如五颜六色的山花盛开在万绿丛中，娇小可爱，羞涩秀气，美爆了！

　　现在在乡村振兴路上，古寨人牢记使命，砥砺前行，用行动振兴乡村生态，振兴文化。给公路铺上了沥青，画上彩虹，点缀着古寨的秀丽风光，古寨公路现已成为古寨人的幸福路。

如今各种各样农产品在滚滚车轮声中从山上运输到山下，运输到三江县城，去到祖国更远的城市去。众多游客慕名来古寨打卡，旅游观光。

  如今古寨不再是养在深山的小家碧玉，而是落落大方、名扬四海的大家闺秀。古寨千年的歌舞民俗文化不再是以自娱自乐的方式展现，古寨文化已走出大山，跟上新时代文化潮流，走进人们的视野中，走上央视，漂洋过海到国外，唱响了瑶山，享誉世界。

鼓声歌声飘荡校园

房烨洋

唐坚贵是粤北瑶山一间偏远山区学校的老师，他有许多故事在瑶寨里流传。

在浓郁的艺术氛围中长大

1974年，唐坚贵出生在广东省连南油岭古寨，这里山青水清，民俗文化浓郁。

真是一方水土养一方人，出生在这里的瑶族人据说是"能说话就能唱歌，能走路就能跳舞"，年少的唐坚贵经常跟着姐姐们去看刚劲有力、粗犷洒脱的长鼓舞；去听嘹亮婉转、优美动听的瑶歌……耳濡目染间，他逐渐生出对自己民族文化的热爱。

那时，唐坚贵印象最深的是一位名为唐罗古五的同村人。80年代初，唐罗古五高中毕业后，回村做的第一件事就是办夜校，每晚在村子里教村民们唱瑶歌，还把外面带回来的报纸杂志分享给大家看。年少的他也时常来参与活动，被罗古五身上那股精神感染和鼓舞。

不遗余力打造鼓舞文化校园

1999年，唐坚贵开始走上从教之路，2016年正式成为南岗中心学校的体卫艺处主任。担任主任期间，他负责组织参加的省、市类比赛节目经常荣获一等奖，几年来，南岗中心学校获得的艺术奖项远超前10年甚至20年的成就总和。傲人成绩的背后，离不开他日复一日的努力。

唐坚贵说："长鼓是我们瑶族的吉祥物，也是我们的瑶族的民族魂。"为了提升学校艺术氛围，他从校园环境建设入手，从细微处精心设计，让校园环境和鼓舞文化融为一体，还开设了以长鼓、瑶歌和刺绣为主的民俗兴趣班，并积极鼓励学生参与校内外的艺术活动。学校每年举行校园文化艺术节和"长鼓之星、瑶歌之星、刺绣之星比赛"。在校外，他带领师生参加连南的文化艺术节、清远美育节和广东的童谣节。

在看到学校关于长鼓的艺术课题理论研究存在空白时，他带领老师开展瑶族艺术文化类课题的深度研究，包括1个省课题、1个市课题和2个县课题，有不少老师的艺术论文先后在省、市获奖。

在他的不懈努力下，南岗中心学校在2017年已成为全国中小学中华优秀文化艺术传承学校，在2021年被评为全国温馨校园。

新环境、新血液、新征程

2021年3月，唐坚贵调任横坑小学校长，也是他与美育教育链接的新起点。

一上任，唐坚贵就给自己定了几个小目标，既要抓好教学成绩，也要争取在美育方面有所突破。

可横坑小学虽然是中心小学的分校，但这里的瑶族民俗文化氛围很淡，对于想要继续把瑶族文化渗透进校园的唐坚贵来说，无疑考验重重。

因为学习任务重，缺少老师，学校里原本的音体美老师只能带语文、数学等主科，导致学校美育教学严重缺乏。

昨天有学生去教务处反映，说"音乐课改上英语课"；今天又有学生来校长室诉苦，说"美术课又上的语文，真没劲"。

学生的抱怨唐坚贵听在耳朵里，痛在心里。于是他第一时间想到了"田埂花开"计划。早在唐坚贵在南岗中心学校任教时，就已经把"田埂花开"计划引进校园，现在他决定也要把"田埂花开"带进横坑小学。

这个新学期，三个支教美育老师正式来横坑小学任教。学校的音体美课程终于能够全面开展，这股新的教学力量让孩子们耳目一新，对音体美课堂产生了浓厚的兴趣。

唐坚贵充分利用好三个支教老师，把学校的美育教育搞出色。唐小英是"田埂花开"计划新来的音乐老师，她是瑶族妹子，精通长鼓舞和瑶歌，唐坚贵看到了她身上的巨大潜力和优势，便和她商量，在学校开展长鼓瑶歌的美育活动。

首先开展兴趣班，每周在校内进行长鼓舞的兴趣教学，同时在日常的音乐课中引进瑶歌教学，给孩子科普瑶族文化历史。

接着拟定学校"一训三风"，其主题是鼓舞。"鼓"既是长鼓的鼓，也是鼓励的"鼓"。打造鼓舞文化，让浓浓鼓舞文化滋养孩子们，增强孩子们的文化自信。

现在校园里有了歌声，操场上有了学生跑步的足迹，长鼓咚咚响，美育课堂充满了魅力。

唐坚贵说："对于孩子，我最大的愿望就是他们能健康成长，其次希望他们可以学有所长。"学有所长，并不是单指成绩提升，而是要让孩子有自己的兴趣爱好，有自己的特长。

唐坚贵希望以学校为支点，通过老师和学生的美育活动慢慢辐射到附近村民，现在横坑这片地区的民俗文化氛围已逐渐浓厚起来。

中国优秀传统文化是中华民族的"根"和"魂"，而传承传统文化艺术的希望在孩子。为此，唐坚贵一刻也不松懈地努力践行着这一宗旨。

我爱我的家乡

唐丽清

　　我的家乡叫油岭，原为"游岭"，意思是游聚而成的村落。据史料记载，油岭瑶寨始建于唐，扩建于宋，鼎盛于明清，最多时有房屋近900幢，占地面积近400亩，1000多户，7000多人，素有"千户瑶寨"之称。这座具有千年历史的千户瑶寨，文化底蕴浓厚，是瑶族传统优秀文化的代表。在漫长的岁月中，乡亲们创造了独具特色的民族文化和民族风俗，气势恢宏的耍歌堂、悠扬高亢的"优嗨歌"、热情奔放的长鼓舞等一大批被誉为"民族活化石"的远古民俗文化名扬四海。

　　家乡的族人习惯聚族而居，他们依山建房，层层叠叠，错落有致，石板巷道主次分明，凌空高挂纵横交错的竹水笕。站在老寨后山顶远眺山下的村庄，一幅壮观的乡村秀丽画卷尽收眼底，赏心悦目；从山下仰望老寨，一排排、一列列青砖黛瓦的吊脚楼像哨兵一样伫立在半山坡，高山耸立如屏，气势如虹。我的记忆中，寨子背后有一条小溪，那是整个寨子的水源。夏天，溪水里都是绿油油的水草，水草在溪水温柔的抚摸下妖娆地扭着腰姿。那时候我们总是喜欢把裤腿卷得高高的，光着脚丫，猫着腰，伸手到水中摸螺和捡贝壳。入秋收割后，扎扎实实的稻秆堆放在小溪边的田埂上，雨后晴天，我们穿过小溪去采稻草菌，小小的衣兜里总能收获满满。采蘑菇的往事一晃就是二十多年了，但记忆犹新，因为那是一件非常有成就感的少年往事。

　　小学三年级以前，我常年居住在家乡，那时候村民早出晚归，常年四季用汗水辛勤地开垦着田地，荒蛮的土地里，长满了生机盎然的庄稼。春分以后，天亮得早，远近鸡啼鸟鸣，叽叽喳喳，父母通常天蒙蒙亮就上山开荒耕种，留下做好的玉米饭、咸菜头和榄角在云鼎中，架在火塘"三脚猫"上热着，备我们中午晚上吃。当明月升上半空时，大人们才归家。月色笼罩的夜晚，乡亲们都喜欢聚集在门前的挑廊里聊天，听老一辈讲述着祖祖辈辈过去那些隐居深山刀耕火种的故事。每到八月，父母会带上我和弟弟到山地里摘玉米，那一眼望不到边的玉米田，秋风扫过，秸秆在风中哗啦啦地迎风摆动，似乎在急不可待地等着农人挥镰收获。收玉米的时间大概持续一周，家家户户把玉米挑回山上堆放在村口的晒场上，贪玩的孩子们经常把玉米棒堆成一座山似的，爬上"山顶"又滑下来，有时候躲在玉米棒堆里，玩捉迷藏。秋收的季节，整个村庄都溢满了粮食丰收的香味。那时候的家乡，一年四季，风里来雨里去的乡亲们，面带金黄黝黑的笑容，行走在田间地头，辛勤地劳作，默默地耕耘，再苦的日子，有了玉米这些农作物的交替成熟和丰收，生活就有了滋味和盼头。

　　十岁那年，因到县城求学，我走出了大山，离开了家乡。大学毕业那个秋天，我带着外地的同学回家乡看风景，可是那高高的山峦、幽幽的深谷透出的只是无尽的荒凉，家乡曾经热闹的场面已销声匿迹。小巷里残砖断瓦，房梁裸露，竹水筧也换成了生硬的铁水管，山背小溪的水干涸了，山脚下整片的水田丢荒，除了长势正旺的茅草，没有一丝稻穗的清香。只有寨子正中那一间伙铺前锃亮的石头，依稀记载着过往数百年的沧桑岁月和人丁兴旺的场景。空荡荡的寨子，疯长的杂草，死一般的寂静，一种莫名的忧伤在我心里激荡开来。从那之后的许多年，我都没有踏上过家乡的土地，但家乡的影子却在我的脑海中扎了根，每当夜深人静时，我会独自站在阳台上，对着家乡的方向眺望。

　　一回首便是十年。今年暑假，为了帮孩子们完成暑假实践活动，我带着家人回到家乡。仲夏的乡村，生机勃发，清新的空气，红黄蓝相间的彩虹路，洁净的农家小院，多彩写意的乡村墙绘……美丽乡村图景在眼前一帧帧呈现，田园风光尽收眼底，一派村美民富的和乐景象。我们沿着石板阶梯一步一步爬到瑶寨的后山顶，清晨的云雾在远方的群山间浮荡，太阳还没有翻过层层叠叠的山脉，稻秧上结着露水，空气里都是植物的香和泥土的香。阳光躲在云朵里，色彩躲在暗影里，只要一线曙光亮起来，喜欢摄影的客人便被召唤而来，喧哗缤纷，热闹如簇拥着新娘子。

　　傍晚，大姨领着我们来到大东坑，这片曾经杂草丛生的撂荒田地现在通过清杂、平土、翻新，再次焕发活力。放眼望去，田陌间，可以看到风行走的姿态，它在稻叶上滉漾、摇曳，如同波涛，风起云涌，这一望无际的绿，与远处粉红的桃花寨构成一幅和谐的山水田园画卷。宋代王安石有名句"一水护田将绿绕，两山排闼送青来"，现在用来描写我美丽的家乡再合适不过了。美丽乡村带来了"美丽经济"，花生地里，一群穿着瑶服的妇女们一边唱着山歌一边弓着腰拔着花生，欢乐的说笑声让寂静的山村田野热闹起来。大姨告诉我，现在留守村里的妇女们集体成立了"瑶魅合作社"，她们走村串户做通村民的思想工作，流转村子闲置的土地资源，靠自己双手开荒，种植花生、玉米、黄豆等农作物，大力发展种植产业。她们还联合推荐合作社召集人五妹作为女主播，进行线上直播带货销售农产品，她们自产自营自销，带动全村留守妇女增收致富。大姨骄傲地向我们介绍着她们的绿色产业，她那深邃的眼神里对这片土地充满了信心和希望。

　　夜幕降临，我们动身返回县城。靠在车窗边，迎着清凉的山风，那些儿时快乐的往事，还有如今家乡的美丽富饶和乡亲们幸福的笑脸，都在此刻奔涌而来。

扎根在瑶山，
做新时代"不知疲倦"的奔跑者

常 亮

前行的路，不怕布满荆棘；人生的帆，不畏狂风巨浪！有路，大胆去走；有梦，大胆去追。新时代，我们都是奔跑者，不能为庸碌而无为，不能被困苦所屈服，不能因艰险而低头。只有为自己鼓掌，人生的路才会越走越宽广，越走越坦荡。

习近平总书记在北京大学师生座谈会上的讲话指出："有信念、有梦想、有奋斗、有奉献的人生，才是有意义的人生。"青年有着大好机遇，关键是要迈稳步子、夯实根基、久久为功。近日，习近平总书记在中国人民大学考察调研期间，寄希望于全国广大青年要牢记党的教诲，立志民族复兴，不负韶华，不负时代，不负人民，在青春的赛道上奋力奔跑，争取跑出当代青年的最好成绩。其实，不只我们每个人是奔跑者，我们的国家、我们的民族也都是奔跑者。"志之所趋，无远弗届，穷山距海，不能限也。"历史的经验告诉我们，只要我们坚持理想，勇于奋斗，再大的山海，再艰难的困苦，都不能阻挡我们前进的步伐，不能阻碍国家前进的道路，更不能阻碍中华民族的复兴伟业。

做新时代的奔跑者，要勇于担当，只有明确肩负的使命，才能与党同向同行，与群众同频同步。2020年初，因家庭原因，我从江门市蓬江区调回连南

◆ 参加疫情防控执勤值守

工作，这几年，恰逢新冠疫情反复，特别是2022年3月以来，连南防控形势也趋于严峻，住建行业既包括建筑工地也涵盖物业小区，可谓人多面广，是疫情防控的主阵地之一。我们作为新时代住建人，在高标准统筹开展行业日常防控，确保行业零感染的同时，牵头组织全县500余名建筑工人及时接种了疫苗，组织行业企业为全县疫情防控工作募集保障物资近千箱，坚持在主要交通路口执勤值守近10轮次，开展敲门入户和疫苗接种宣传动员百余户……疫情防控没有昼夜，工作辛苦可想而知，但想到能够以个人或团队的付出换得群众无恙，县域平安，内心总是充满激情。

◆ 志愿服务北京奥运会

做新时代的奔跑者，要乐于奉献，要有以苦作舟的境界，有把艰难困苦转化成青春远航动力的决心。在来到广东工作之前，北京奥运会赛会志愿者等志愿服务经历培养了我乐于奉献的品格。到连南工作之后，不管是以前从事的城乡规划、美丽乡村、林农转型还是在现今从事的建筑管理等工作，我也始终把奉献精神作为高质量完成各项工作任务的重要法宝。在连南工作的几年里，我们曾在酷暑中连续外出测绘一周，导致皮肤被大面积晒出水泡，我们曾用脚步走遍69个行政村探索民族地区美丽乡村建设之路，曾连续半个月翻山入户开展金坑片区林农房屋安全隐患排查，曾放弃春节假期加班加点陪同时任的县委书记雷玉春准备省级新农村示范片申报资料，曾逐户上门开展外立面改造动员引导直至咽喉发炎……在每一项工作中，我们都会付出最大的努力，争取最好的成果，臻于至善，应该是新时代青年的追求。

做新时代的奔跑者，要勤于学习，把学习作为首要任务，是一种责任，也是一种生活方式。在自觉加强习近平新时代中国特色社会主义思想学习方面，我能够坚持"学习强国"，能够认真完成网院培训、全员培训等各类学习，能够通过"四史"学习不断强化对党的忠诚，对群众的了解。业务学习方面，近年来我多次参加浙江大学、省住建厅、市住建局等组织开展的各类业务学习培训活动，同时努力自学了建筑工程、安全生产、绿色发展、项目管理等方面的专业技术知识，先后取得了注册安全工程师、建筑工程建造师、建筑材料工程师等执业资格和技术职称，发明了一项实用新型专利，经单位推荐入选了广东省评标评审、政府采购，清远市应急管理、危大工程论证、绿色建筑评审等专家库专家。此外，通过不断学习，我还成功晋级广东省人民政府主办的2016年度"广货网上行"知识竞赛并取得第六名的成绩，部分意见建议入选了上海市生态环境局"6·5"环保日十大"金点子"，等等。"问渠那得清如许，为有源头活水来。"只有不断地学习，坚持学习，才能摆好自己的人生观、世界观，才能真正做好自己的工作，才能更好、更切合实际地为连南民族地区高质量发展贡献自己的微薄力量。

做新时代的奔跑者，要善于作为。"人生来是为行动的，就像火总向上腾，石头总往下落。对人来说，一无行动，也就等于他并不存在。"只有行动才能开辟未来的路，实干才是立身之基、立功之道。近年来，工程建设领域根治欠薪工作一直是党中央、国务院高度重视，社会各界关注度极高的热点问题，2020年以来，我们会同县人社部门一起在持续加强行业监管的同时，建立完善了源头治理、重心前移、联合监管、差异管理等一系列措施举措，变事后处置为事前预防，有效提升了连南瑶族自治县根治欠薪各项工作整体水平，并在市对县相关考核中取得了优秀等次，本人也连续两年代表住建系统进入考核组参与了省人民政府对各地市根治欠薪工作的考核实地核查。此外，这几年，我们还高效推进了县城民族特色外立面改造，稳妥实施了工程建设项目审批制度改革，科学完善了县域农房、临时建筑及限额以下小型工程建设管理制度，逐步提升了县域建筑业持续健康发展水平，有关成效都获得了上级部门和社会各界的充分肯定。作为县政协委员，近来我提出的项目管理、全域旅游等方面的相关提案，也得到了党委、政府的认可和承办单位的重视。

◆ 参加"广货网上行"全国知识竞赛

做新时代的奔跑者，要敢于创新，创新是促进进步的灵魂，是推动发展的不竭动力。为助力乡村振兴，提升县域风貌管控水平，2020年，我们经县委、县政府同意，探索建立了国内首个民族地区城乡总建筑师创新机制，采取灵活方式成功引进连南走出去的清华校友、国内著名景观设计师房木生同志为连南瑶族自治县首聘城乡总建筑师，为县城品质提升、城乡风貌改造、美丽乡村建设、全域旅游示范区创建等项目设计实施提供了周到细致且专业独到的技术咨询服务，打响了连南城建事业民族特色品牌。同时通过与房木生同志的共同努力，2022年我们筹办的清华大学乡村振兴工作站连南站建站工作也取得了突破性进展，预计年底前可以迎接首批清华师生到连南开展实践和服务。我认为，创新不一定要打破常规，但一定要寻求可以解决问题的

◆ 在县政协会议上做议政发言

新方法、新思路，实践才是检验真理的最好标准。

人生路漫漫，既然决定扎根瑶山，就要坚持自己的选择，只有带着梦想一起飞翔，带着担当一起奔跑，带着勤奋一起遨游，方能不负韶华，不负时代，不负人民，在青春的赛道上奋力奔跑，跑出当代青年的最好成绩。

奋 斗

魏 松

我是土生土长的连南人，从我的祖父到我的女儿，我们四代人在这块土地上发生了不少故事。这些故事承载了我们的喜怒哀乐，也一路见证了连南的发展和变化。

1953年1月25日，连南瑶族自治区成立。

祖父和乡亲们在政府门前敲锣打鼓，大家是打心眼里高兴。

祖父又一次走向政府分给他的那块田地。他在田头久久地站着，尽情地呼吸着泥土特有的芳香。祖父脱掉鞋子，赤脚走进田里。松软的泥土将祖父的脚趾包裹起来，他感觉一股暖流传遍全身。

回想新中国成立前，大伙起早贪黑，在田里辛辛苦苦一年下来，却经常忍饥挨饿。

感谢共产党，他们对连南百姓的恩情大于天，这份大恩大德一辈子也不能忘！

出生于20世纪50年代的父亲，是听着解放军的英雄故事长大的。

于是，在那个雾霭沉沉的早晨，父亲在祖父的注视中一步步走出村头。

父亲在部队里吃苦耐劳，第一年就被评为优秀士兵，第二年又光荣入党。

等父亲从部队复员，就成了乡亲们的主心骨，被推选为村主任。父亲带领大伙修渠引水、开垦荒地，家乡的面貌日新月异。

父亲深知知识的重要性，一直渴望能让村里的孩子们有个良好的读书和学习环境。只是，现实条件根本达不到要求，不但学校的教室年久失修，就连凳子都要孩子们自带，课本也奇缺，最重要的是没有老师。

看着孩子们那一双双渴望求知的眼睛，父亲毅然决定以民办教师的身份，给孩子们当起了老师。就这样，父亲在乡村教育的事业上，默默奋斗了半辈子。

我出生于20世纪70年代，大学毕业后，孤身一人踏上开往深圳的火车，去追寻渴望已久的城市梦。

正应了那句话——"理想很丰满现实很骨感"，无数和我一样被推向市场大潮的应届毕业生，在人才市场里如过江之鲫，想找到一份心仪的工作都不容易。

我入职一家玩具厂，从技术员做到技改组组长、车间主任，再到技术部经理，直至副厂长……

党的十八大召开了，此时的连南沐浴着新时代的春风，城乡面貌已焕然一新，取得了不俗的成绩。

我经过反复考虑，最后决定从公司辞职，回到生我养我的连南，我要利用自己多年来的技术和经验，在这块热土上掀开新的人生篇章，要把自己的聪明才智全部奉献给家乡！

连南环境优美、气候宜人，政府把旅游发展作为重点开发项目之一。因此，我就积极响应政府的倡导，注册成立了一家旅游公司。

腊蛋、中国国家地理标志产品连南瑶山茶油、连南无核柠檬……天南海北的游客不但对连南的特色美味赞不绝口，对连南独特的风景风貌更是推崇有加：南岗千年瑶寨、三排瑶寨、猫公山、盘古王文化园、金坑林海……

信仰、服饰、饮食、建筑、手工品、艺术、节庆……瑶族同胞传承了千百年的极具特色的民族文化和民俗文化，在社会急剧变革的今天，迸发出异样的光彩，重新焕发出无限活力和生机。在游客们看来，被冠以各种美誉的连南本身就是一幅水彩画，每一个角落都蕴含着无尽的美，遗漏任何一处都无异于暴殄天物。他们手中的相机一直闪个不停。

那些动人的故事、丰富的色彩、唯美的摄影洒向全国各地，越来越多的人走进了连南，越来越多的人熟知了连南与众不同的人文之美。

公司的业务一天天繁忙起来，营业额更是直线飙升。

通过20年的不懈努力，我终于实现了多年来的城市梦：在市中心区域买了一套房，把家人也接了过来。

最令人激动的是，年近半百的我光荣地加入了党组织，成为一名共产党员！当初，我心里一点底都没有——我是一名私营企业主，这样的身份，党组织会接纳吗？

然而，事实证明，我的担心完全是多余的。党组织看重我投身家乡建设的热情、诚实守信的经营理念和乐善好施的品质，我在员工和身边人中有口皆碑，完全具备成为一名共产党员的素质。

20年前，我为了梦想离开了家乡；20年后，我同样是为了梦想回到家乡。不论走到哪里，连南都是我魂牵梦绕的地方。不论是当年的离开还是今日的归来，连南的一草一木已经在我的身上打下了深深的烙印，我永远都是连南的儿女，愿意为了连南的明天奋斗不止！

女儿是"95后"，本科毕业，按说应该是全家最聪明的人。但事实上，她读书读成了书呆子，理想主义十足，爱认死理，脾气倔得几头牛都拉不回来。

这不，放着好好的私企工作不做，偏偏要到最偏远贫穷的农村，说要参加乡村振兴，带领大家致富。

听到她的想法，我哭笑不得。辛辛苦苦半辈子，好不容易把她从农村带到城市里生活，她倒好，轻飘飘的两句话就让我这么多年来的努力白费了——她也不掂量掂量自己，一个黄毛丫头带领大家致富奔小康？简直是胡闹！

没想到，她居然跟着几个狐朋狗友偷跑了出去，给我来个不辞而别！只给我发了条微信说，行动说明一切，事实是最好的证明，用不了多久，她就能做出一番成就来！

这个不知天高地厚的东西！自讨苦吃去吧。

这一天，女儿突然给我发来一段视频，说她和朋友的电商公司正式挂牌成立了。

什么？一群毛孩子开了公司？！

我决定接受女儿的邀请，到她的公司去看看到底怎么一回事。

这一次出行让我大开眼界。一眼望去，鸟语花香、天高云淡、草长莺飞，这哪里是连南的农村，分明是当代世外桃源呀！

女儿骄傲地告诉我，她就是看准了家乡的土特产市场。由于种种原因，这些原本应该备受市场青睐的土特产一直是"养在深闺人未识"。而今，通过她们的宣传和推广，利用电商平台帮乡亲们打开销路，那些从泥土里自然生长出来的纯天然绿色无污染的"宝贝"深受追捧，那遍地特产就是遍地黄金呀。一车车的土特产运出去，换来的就是一摞摞的钞票，乡亲们的钱袋子越来越鼓。

"连南乡亲们致富奔小康，这其中就有我的一份功劳呢。"

我被女儿的执着和勇敢感动了。我对她说："对不起，是爸爸误解了你，我到今天才知道你当初的决定是多么正确，请原谅我。"

女儿笑了："爸，我本来就没有生你的气呀，哪里来的原谅？"

女儿眨巴着眼睛问："爸，听说您也入党了？"

"怎么，不相信呀还是我不够资格？"我故意反问道。

"我相信，您也完全够资格。不过，我一直没告诉您的是，我在学校就光荣入党了。而响应十九大提出的乡村振兴伟大号召，就是我们支部在毕业前期做的集体决定，身为党员不能光靠说，更要实打实地做呀。您说，是吧？"

原来是这样！那一刻，我感觉女儿一下子长大了。

我问她："你以后有什么打算？"女儿歪着头，调皮地说："我要和你比赛！"

比赛？比什么赛？女儿的话搞得我一头雾水。

"你有公司，我也有公司，咱们比一比，看谁的公司为咱们连南做的贡献大！"

"好！"我一口应下。

"拉钩——"女儿伸出了小拇指。

我和女儿拉钩，许下了对连南的庄严承诺。

这就是我家几代人和连南之间发生的故事。我想，不正是在党"不忘初心、牢记使命"伟大精神的感召下，在历届连南瑶族自治县委、县政府的正确领导下，在几代连南人的共同努力下，才换来连南今日的辉煌吗？我们一家几代人的经历，不就是所有连南人追求美好生活的真实写照吗？不就是普通老百姓的中国梦吗？不就是伟大的中国故事吗？

时光飞逝，岁月如歌。党的二十大召开了，大会报告明确提出：新时代的伟大成就是党和人民一道拼出来、干出来、奋斗出来的！要增进民生福祉，提高人民生活品质。党用伟大奋斗创造了百年伟业，也一定能用新的伟大奋斗创造新的伟业——这是党对全国人民许下的承诺，也是党奋斗的目标。

遥望未来，我祝愿同时也深信连南的未来会更加繁荣昌盛，蒸蒸日上。而身为一个连南人，也会参与和见证更多更精彩的"连南故事"……

初心·传承

房丽珍

在茫茫人海中，总有一些人，一见如故，而又相识恨晚，我与房良九斤公正是如此。

拜访阿公这天，恰逢端午节刚过，年过古稀的阿公平日喜欢穿着传统的瑶族服装，头上缠着红头巾，别看他头发有些斑白，但是精神矍铄，多年来一直致力于瑶族传统文化传承，是广东连南"瑶族耍歌堂"的省级非遗传承人。

军寮村风光旖旎，蜂蝶翩跹。一望无垠的稻田迎着徐徐的微风轻轻地摇曳，空气里弥散着稻苗的清香。阿公的家就村子河畔，被青翠欲滴的林木环绕着。进屋后，只见30多平方米的客厅桌椅摆放整齐，一抹阳光透过窗户照射在墙壁上，让这个家充满了温馨。

阿公擅长瑶族民歌和瑶经，他认真地演示耍领动作和唱法，对于热爱瑶族文化的我，他倾囊相授，我也由衷地对他产生了许多的敬意。

"这是我珍藏的十五本书，全凭着记忆和参考旧书摘抄整理出来的。"我翻了一下，每一本都用毛笔写得工工整整，透过那发黄的手抄本，能深深地感受到眼前这个老人对瑶族文化的热爱。

手抄本分为瑶族民歌和瑶经，有《八排八寨》《梁山伯与祝英台》《天仙配》《十劝君》《十二月花》，涉及有关瑶族历史、爱情传说、孩子教育、崇敬自然。我接触得少，虽然有点陌生，但令我欣慰的是，经过阿公耐心解说，我对瑶族民歌和瑶经有了初步的认识和了解。"我作为瑶族文化的传承人，不识电脑，只能用原始手抄本的方式加以保护和传承。"阿公在说这句话的时候语气很平静，可是我却感受到了他内心的强烈的责任感。

文化是一个地域的独特印记，更是一方水土的根与魂。民族振兴要"铸魂"，必定离不开文化振兴。连南有着沉淀千年的瑰丽的瑶族文化，我想通过图片和文字记录的方式，用新载体和新途径，讲述传承情怀，弘扬非遗技艺，以民族文化自信推动连南振兴。

我与阿公聊得投机，不知不觉已经到了下午。在返回时，阿公坚持要走一段山路把我送到公路边。乡村中巴开出老远，我回头望见阿公依然站在路边目送直到我消失在视线中。

这天，慕名来拜访阿公的还有一个女孩，我在记录这些文字时，她小声地问我："这是你的工作吗？"我笑了："是，也不是，我只是热爱瑶族文化，想记录散布在民间流传的故事。"

拜别阿公回到家中，我没有停下来，马上打开电脑码下这些文字。岁月静好，未来可期。我将在传播瑶族文化的道路上秉承着这颗"初心"，继续砥砺前行！

瑶寨，我回来了

唐坚贵

无奋斗，不青春。

——题记

古朴的瑶寨青砖黑瓦，透亮的石板路留下祖先的足迹，黝黑的隔墙板记载着瑶寨的烟火，呜呜的牛角声诉说瑶人的传说，咚咚的长鼓转载着一个又一个浪漫故事，瑶寨的记忆划破脑海，犹如串串珍珠滑落地上。

努力学习，飞出瑶寨

从我有记忆起，我就喜欢夜晚陪老爸在吊脚楼里休憩。农村的夜晚很黑很黑，农村的夜晚很静很静，伴随的是巷口里转来的狗叫声，给寂静的夜晚增添色彩。

记得那一天晚上，老爸"叭叭"地抽着旱烟，不停地摇动着芭蕉扇，我在旁边依偎着老爸，蹭风。我仰望星空，心想若是摘颗星星下来，屋里就不会太黑。"老爸，怎么黑山头背后那么光亮？"老爸顺着我手指的方向看去，不急不慢地回答："阿坚，那是三江，是三江县城的灯光。""他们有电灯，为什么我们家没有？"我茫然地问老爸。老爸回应说："那里有间学校，专门招收瑶家子弟读书，你可要努力考上去哦！"

我更好奇地问："那么远的地方，路都不知从哪儿去，还去那儿读书？"老爸语重心长地说："路是人走出来，你可要努力读书，考上县城那间学校，那才是我们的出路。"我没有再说，心中立下志向，努力读书，走出大山，路在脚下。

就在四年级那年，我走路去十公里之外的南岗乡参加县民族小学的选拔考试，很不幸我因语文太差，没考上。老爸看到我垂头丧气的样子，鼓励我说："阿坚，再努力，留级重考。"

于是我没有升上五年级，继续留在四年级学习。那时，我更加努力，白天上课更专注。晚上九点半上床睡觉，深夜两点起床，点着煤油灯，记生字词，抄写句子，背诵古诗词。虽然灯光微弱，时不时蚊子送"红包"，但这些没有影响我学习的兴致，我依然按计划学习。早上六点不是闹钟叫醒我，而是梦想敲醒我起床早读，早读完后，才背起书包上学去。经过一年的努力拼搏，我终于以南岗乡第二名好成绩考上县民族小学。接到录取通知书那晚，我们一家很高兴，但爸爸也犯起愁来，因为拿不出钱供我去县城读书。第二天，爸爸进山砍树，姐姐们上山砍柴，挣学费供我上学。

奋斗他乡，难忘乡愁

我怀揣着一家人辛苦挣够的学费，在老爸的携带下，走了一个多小时的下山路，下到油岭新村，赶上了去县城的拖拉机，就这样我第一次离开家，第一次走出大山，踏进了三江县城。

县城挺大，有高高的楼房，有一排排的商铺，商铺里商品琳琅满目。公路上时不时有汽车行驶，我惊讶不已。特别诱人的是街上飘来的油条香味，让人口水吞咽。

吃过午饭，我和老爸就去到民族小学报名。进学校第一个星期，学校进行复考，我因成绩好，当选为班级的副班长。

班主任是廖佩蓉老师，语文老师是全国优秀园丁潘希奋校长，在他们夫妻的共同教育下，我发奋读书。虽然家里贫穷，但是人穷志不短，我经常带领同学们勤工俭学，努力读书，所以我们班成为学校最优秀的班级，被评为连南县"文明班级"，全班40名同学全部考上民族中学。

上了民族中学，我家实在没学费，爸爸就借七大姑八大姨的钱供我上学。为了省下在饭堂买饭菜的钱，每个星期六我得走一个下午的山路回家，星期天一早就带着红豆、黄豆和菜干等到校读书。

记得有一个周末回家带生活费，看见家里的米缸已见底，家里已揭不开锅了，生活费还有吗？我就跟老爸说："爸，我不读啦！""阿坚，我们好不容易去民族中学读书，读书是我们的出路，砸锅卖铁也要读。"在爸爸的执意坚持下，我艰难地读完了初中。

虽然没有考上连州师范，但我也顺利升上了本校的高中。

高中三年是汗水和意志的较量，山一样高的书本遮住了双眼，只能伸长脖子看老师的板书，箩筐一样多的作业压得你喘不过气来。夜深人静的时候，皎洁的月光溜进床头，敲醒我的美梦，这时一股乡愁袭上心头：家里稻谷收割好了吗？爸爸身体还好吗？瑶寨里的同龄朋友打工的打工，成家的成家，整一个小山村，同龄的只有我一个人在读书。想起这些，心里非常孤寂和难受，油然升起放弃读书的念头，但是心底总有一股声音在提醒我：瑶家子弟，读书才是走出瑶山、改变瑶山的第一步，要坚持哦！

十年寒窗苦读，我终于迈进了高考的考场。高考是改变瑶家子弟命运的捷径，我虽没有一朝金榜题名的欣喜，但幸运地考上了韶关大学，也算是为家里争了口气。在大学里，许多同学失去了高中时为高考而奋斗的精神，可我依然珍惜大学时光，依然努力学习。利用课余时间去勤工俭学，挣生活费。大二跑去学生饭堂洗盘子、洗菜，有时招来一些富家子弟鄙视，但劳动光明正大，不可耻。大三就去学校阅览室搞卫生，赚取生活费，四年的大学生活过得充实多彩。

亲亲瑶寨，我回来了

大学毕业那年，许多同学纷纷前往广州和珠三角投递简历，找工作。那时，我徘徊不定，去找工作，还是回连南瑶乡等分配工作？我正处在选择的十字路口，彷徨着。陆续传来一些同学找到工作的消息：张同学在东莞某学校找到工作，李同学在佛山电视台找到工作，王同学在广州某贵族学校找到工作……这些好消息不断地触动着我。毕竟外面的世界很精彩，诱惑力很大，但是心底还是有一股声音在呼唤：山里瑶乡需要你回来，瑶寨的孩子需要你回来。于是我别无他念，回家乡，回瑶寨当一名人民教师，为家乡培养孩子。

1999年9月，我如愿分配到我们乡镇的中学任教。学校里的学生全是本镇的，有近一半的学生是我们油岭的孩子。三尺讲台有广阔的天地，三尺讲台有我发展的舞台。我认真钻研教材，钻研教学大纲，工作之余虚心向老教师请教，利用周末时间下乡家访，了解学生的家庭情况，摸清学生的成长环境。

许多学生家庭贫困，缴不起学费，辍学打工。特别是受打工潮的影响，更多的学生无心向学，早早辍学外出打工。学校的学生流失严重，往往初一时四个班学生在校读书，上到初三就只剩下一个班的学生就读。受农村"读书无用论"的影响，学生辍学率极高，学校也拿不出什么良策，老师也无奈，很痛苦。

面对物质缺乏，家庭贫穷，学生看不到读书出路的情况，我积极寻找方法，借古仁人的成名事例教育他们，用自己的奋斗经历现身说法。告诉他们"书中自有黄金屋，书中自有千钟粟，知识改变命运"，借助多种形式让学生醒悟：贫穷不可怕，可怕的是没文化，逐渐让学生明白读书的重要性，留住学生，留住人才。

工作之余，我努力学习，给自己充电，要给学生一杯水，教师不仅要有一桶水，重要的是常活水。通过学习，提高了自己的理论水平和业务能力，提高了教学能力。把自己的知识传授给学生，把先进思想传播给学生，用行动和人格魅力影响学生。因为教育是一棵树摇动另一棵树，一朵云推动另一朵云，一个人的灵魂唤醒另一个灵魂。

一个成功的老师不仅是教书匠，更是一名教育科研者。我在教育教学中积极摸索教学方法，总结教学经验，把教学的点滴和感悟撰写成教育教学论文，还积极参加教育课题的研究，主持课题研讨。很多人说，山区学校很难组织老师参与课题研究，因为山区学校老师教学任务重，专任教师少，教育教学理论水平不高，教研氛围差，不适合搞科研课题。作为学校的教务主任，我不相信这种观点，而是相信勤能补拙，团结就是力量！于是我担当县课题的主持人，参加了省、市课题的研究，作为课题研究的骨干，带动教师参与课题学习，参与课题实施，积极撰写教育教学论文，促使我校的教研科研氛围浓厚。老师们的教学论文在各种比赛中获奖，在各种刊物中刊登；省、市、县的课题申报成功，并且顺利开花结果。

我任教的学校地处南岗千年瑶寨，瑶族文化底蕴深厚，民俗文化丰富多样。于是我组织学校师生进行田园调查，去到各村寨采风，走街串巷，采访民间艺人，走访当地群众，了解当地文化，收集民间艺术，把非遗文化带入课堂，让瑶族传统优秀文化与现代文化碰撞，组织学校师生参加各种民俗活动，参加各种美育比赛，积极有效地传承和弘扬瑶族优秀文化，增强学生的民族文化认同和自信心，培养师生家国情怀。

不忘初心使命，我积极参与公益活动，把爱心传递到瑶山。充分利用自己的人脉，搭桥牵线，发动热心人士捐资助学，给家乡学校捐助校服、学习用品、瑶族表演服以及长鼓和手鼓等民族乐器，给留守儿童和空巢老人送去温暖和帮助。

现我在三排镇横坑小学担任校长，肩上的担子挺重的。因为乡村振兴先要教育振兴，所以我深感振兴乡村教育任重而道远，我要带领我的团队做好乡村教育，为乡村振兴贡献我们的力量。

爱的付出与收获

植妙芳

许多人说"教师是辛勤的园丁""教师的劳动创造着民族和人类的未来"。也曾有人对我说："幼师是高级保姆，你怎么选择做幼师啊，后悔吗？"我肯定地告诉她："我不后悔。"那是因为她对幼师职业不了解，她看到的只是片面，其实我觉得幼师不是高级保姆，而是能歌善舞的，充满快乐和幸福的人！

在我心目中，教师是一杯水，纯洁无瑕；教师是一颗星，能带来光明；教师，这份职业是伟大而又神圣的。正是怀着对教师的无比崇敬与热爱，我毅然报考了幼师专业。学生时代，我常以少女特有的浪漫去设计和描绘自己美好的未来……而今，我已是一名光荣的幼儿教师了，我觉得自己因此拥有了一片明朗而充满童趣的生活天地，这常常使我感到幸福。

教师，这职业现在在社会上是越来越受重视和尊敬了。作为一名幼儿教师，每天都可以跟一群活泼可爱、充满童趣的孩子在一起。就算有什么烦心事，都会被孩子们那颗充满童真的心感化而抛到九霄云外了，而且幼儿教师可以把一个个充满稚气的宝宝培养成有知识的有不同兴趣的聪明的孩子，能为孩子们以后的学习道路做好铺垫。

人都是有感情的，特别是幼儿。他们的感情总是会毫无保留地呈现在你的面前，没有虚伪，没有做作，有的只是纯洁与真挚。

有一次，班上的盈盈走到我面前说："老师，我请你吃糖，我昨天晚上和妈妈去喝喜酒了，这是我带给你的喜糖。"我看着这位懂事的小女孩，心里非常感动，此时，摆在我面前的不仅仅是一颗糖，而是孩子的那份沉甸甸的感情。

曾有一次，我的咽喉炎犯了，发不出声音来，请了一天的病假看医生。第二天稍微好转，我上班了，当我一走进教室，孩子们就都围了过来，七嘴八舌地问道："老师，您昨天去哪儿了？我很想你哦！""老师，您病了吗？我家里有药，明天我带点药过来给您吃了，妈妈说吃药就会好了。""老师，您的杯子呢？要多喝水，病就好了……"望着他们关切的眼神，听着他们一句句亲切的问候，我的心暖暖的。那天上课时，孩子们都格外认真，稍有一点说悄悄话的声音，就会有小朋友说："别吵了，我们不能让老师再生病了。"所以，我也特别喜欢跟孩子们在一起，心甘情愿地做不起眼的"孩子王"。

还有一次，在三浴活动时，班上有个调皮的小男孩笑嘻嘻地走到我跟前，对我说："植老师，下来，我有话想对你说。"于是我正要听他说时，想不到他在我的脸上轻轻地亲了一下，然后就站在那不出声，只是笑眯眯地望着我。我对他说："你不是有话对我说吗，来，告诉我。"他顽皮地摇摇头说："没有，我只是想亲你一下，因为我喜欢你。"我紧紧地抱住聪明而又顽皮的他，摸摸他的头说："老师也喜欢你。"他非常高兴地去和其他孩子们一起玩耍了。来自孩子的那份纯真而毫无掩饰的感情，我觉得是最珍贵的。

印象深刻的一次，在一个夏日的午时，园长把我叫到办公室。正当我走到办公室门口时，园长向别人介绍我说："这位是大一班的班主任植老师。"我微笑着跟对方打了个招呼。这时，有一个吐字不清，走路有点一瘸一瘸，说起话来还会偶尔流口水的小男孩映入了我的眼帘。当时是我毕业的第一年，我忽然有点不知所措。我的心不禁一颤，心想：他不会就是班上刚来的新生吧，像他这样的应该去上特殊学校啊。正在这时，园长又接着说："小植，来，这是你班上的新生亮亮。"我憋着心中的恐惧，轻轻地摸了摸他的额头说："小朋友，你好。"他顿顿挫挫地叫了声："植——老——师。"就在他顿顿挫挫，辛苦地发音的同时，我心中的什么恐惧都消失了，因为我知道像这样的孩子更需要我们的关心，更需要我们的爱，每个幼儿都享有受教育的权利。于是我拉着他的手，扶着他来到了班上，教育孩子们，平时要多帮助他，多与他玩，跟他成为好朋友。因为亮亮的平衡力较差，经常会摔跤，我会给他伸出一双援助的手或给他一个鼓励的眼神。慢慢地他变得坚强了，学会自理，喜欢上学，喜欢老师，还在班上有许多的好朋友。他的家长也对我们的工作充满了感激与信任。

作为一名幼儿教师，我就要对孩子负责。我就要平等地欣赏、对待身边的每一位孩子。我没有理由以貌取人，不应该因为他有缺陷就放弃他。我唯一能做的是关爱有加，为每一位孩子提供均等的发展机会，让每一位孩子幸福得像花儿一样。

作为一名幼儿教师，我就要对家长负责。当家长把他的心肝宝贝送到我怀里的那一刻，我知道我的责任有多重！我要像妈妈一样呵护孩子，关爱孩子，帮助孩子。我又要做妈妈无法做到的——教师的责任，我要培养孩子良好的习惯，教他如何做人，如何学习，如何生活。引导他明白道理，帮他探索世界奥秘。家长的期望就是我们的努力方向，我要对家长负责，还家长一个健康、快乐、活泼、聪明的宝贝。

作为一名幼儿教师，我就要对国家负责。因为现在的孩子是将来建设祖国的后备军，如果现在我姑息了一位孩子，那么，他将来有可能做对国家有害的事，又怎能指望他建设祖国？所以，我对祖国负责，告诉孩子对与错，帮孩子分清是与非，荣与耻，帮孩子成为对祖国有用的人，这是我——一个幼儿教师应负的责任！

看着一批批孩子健康快乐地成长，回望着他们点点滴滴的进步，我感到无比欣慰。幼儿园的工作虽然琐碎，但充满着快乐与阳光。这几年来，我在小朋友们心中种下了爱心，收获了一颗颗天真的童心、一个个灿烂的微笑、一串串信任的目光，所以，我觉得作为一位幼师，是光荣的，是幸福的。

爱是水，滋润着你我的心田，爱是金钥匙，能够打开孩子的心灵窗户；爱更是成功教育的原动力，爱是每个老师必备的教育素养之一，是教育素养中起决定性作用的一种品质，爱对我们这些幼儿园的老师来说，尤为重要。俗话说："一分耕耘，一分收获。"只要你的心中有孩子们，他的心里也会有你的，让我们用爱去播撒希望的种子吧！

游览万山朝王石漠公园

骆雁秋

峰林百里染秋光，
绿海茫茫展画廊。
曲径通幽寻雅趣，
轻车一路笑声扬。

注：2022年10月20日上午10时20分，在连南瑶族自治县参观石漠自然中心乘车游览万山朝王石漠公园时所作。

展翅奋进新征程

——参加党的二十大有感

盘金生

创作手记

　　作为民族地区的教育工作者，能够当选中国共产党第二十次全国代表大会代表，我深感荣幸，备受鼓舞。

　　2022年10月16日上午，我怀着激动的心情聆听了习近平总书记的报告。习近平总书记语调平稳、雄浑、从容、掷地有声，让人久久振奋，心潮澎湃，充满自豪感和责任感。报告旗帜鲜明、立场坚定、成绩辉煌、举措有力、凝心聚力、催人奋进。报告肯定成绩实事求是，分析问题立足实际，解决问题攻坚克难。既面向国内解决难题，又面向全球发展和安全敢担当，对人类共同问题提出中国智慧、中国方案、中国力量，体现了大国的责任担当，展示了中国底气、中国能力和中国实力。我深深地以能成为一名共产党员而骄傲，以作为一名党代表而自豪。作为一个文学爱好者，我的心燃烧着一把创作的热火，想把自己出席党的二十大的所见、所闻、所感用诗歌的形式表达出来，歌颂伟大的党和人民，祝愿祖国繁荣富强，早日实现成为社会主义现代化强国和中华民族伟大复兴。

憧憬着穿越蓝天白云

早日迈入庄严的人民大会堂

我在天安门广场驻足

城楼巍峨

纪念碑剑指苍穹

国徽熠熠生辉

红旗意气风发

盛世的鲜花怒放

迈着坚定的步伐

参加举世瞩目的大会

国歌奏响的那一刻

热血融入大地

喷发出磅礴的力量

前进　再前进

中华儿女为伟大复兴

勇往直前

静静默哀

革命先辈的光辉

挥洒在神州大地

鲜血和着汗水

浇灌着共和国的栋梁

茁壮成长

我在聆听那沉稳、雄浑、从容的声音

吹响前进的号角

唤醒巨龙的血脉

指着正确的方向

团结奋进
排山倒海的掌声
献给人民
献给党
献给新中国无私奉献的每一个人

不平凡的五年
奋进的十年
百姓增收
人民爱戴
各界拥护
国力鼎盛
奋力迈向小康

不寻常的五年
辉煌的十年
在深海中探奇
在月球上漫步
航母在意气风发地巡游
冬奥会冰火争辉
"一带一路"的大动脉奔流不息
上合组织再添新家人
人类命运共同体深入人心
综合国力蒸蒸日上

新时代中国特色社会主义思想
结合中国具体实际
结合中华优秀传统文化
开辟马克思主义中国化时代化新境界
"两个确立"凝心聚力

引领我们朝着正确的方向
开创新的辉煌

为人民服务
是百年大党持久奋斗的宗旨
人民至上
成为古今中外最高的地位
人民创造
是理论创新的不竭源泉
为人民谋幸福
是共产党员最大的幸福
守住人民的心
是共产党员最大的信念
江山就是人民
人民就是江山
江山和人民
在共和国的大地上与日月同辉

全方位改善人民生活
满足人民对美好生活的向往
天更蓝
山更绿
水更清
乡村更美丽
住房更漂亮
人民更幸福

确立新时代强军目标
坚持党对人民军队的绝对领导
牢固树立战斗力唯一根本标准

大抓实战化军事训练

加快国防和军队现代化

中国特色强军之路越走越宽广

人民的江山越来越牢固

祖国的统一矢志不渝

八项规定开局破题

持之以恒正风肃纪

用钉钉子纠治"四风"

"得罪千百人、不负十四亿"的决心

用"打虎""拍蝇""猎狐"的智慧和勇气

确保党和人民赋予的权力

用自我革命的撑杆

跳出治乱兴衰历史周期率

让伟大的党永远不变质

不变色

不变味

兴国需要科教

强国需要人才

发展需要创新

教育需要强师

功以才成

业由才广

百花齐放

百家争鸣

聚天下英才而用之

青年生逢其时

党的科学理论武装头脑

党的初心使命舍我其谁
怀抱梦想
脚踏实地
敢想敢为
善作善成
用激情浇灌绚丽之花
伟大奋斗创造百年伟业
中华民族实现伟大复兴
我在人民大会堂
心潮澎湃
为成就振奋
为思想感佩
为蓝图拼搏
为复兴奋斗

伟大的中国共产党
伟大的中国人民
必将从胜利走向胜利
从辉煌创造辉煌
为中国梦团结奋斗

啊，连南
我慈爱的母亲
在您的七十诞辰
献上儿子的赞歌
康寿齐天
幸福吉祥
在新征程上奋进

瑶山那抹红（组诗）

——连南参加乡村振兴大擂台速写

房春桥

乡村振兴，瑶山激情。
从金坑村到墩龙瑶寨，
乡村振兴示范带像一条腾飞的长龙，
沿着彩虹公路，一百余里的蜿蜒灵动，
融合了瑶寨的新颜与古风，
汇成色彩浓郁的瑶山那抹红。

三江新景

三江源！三江源！
令人振奋，色彩明亮的三江源！
太保河从壮乡瑶寨走来，
涡水河从神秘的八排源走来，
沿陂河带着万山朝王的虔诚走来，
在这里，她们拥有了一个共同的名字：三江！
三江源，红色的桥，多彩的岸，

圆形的大舞台浮在碧波上，
她心中装满愿景，太阳露出红红的笑脸。
出征！出征！
被唤醒的瑶山发出时代的呐喊！
铮铮誓言，百里瑶山定有更美好的明天，
长鼓咚咚，原生态瑶歌高亢而绵长，
歌声落在静静的水面，微波荡漾，
在乡村振兴大擂台上，
最不应该缺席《瑶族舞曲》的故乡。

越秀廊桥在日光下掀开神秘的面纱，
她的风采又一次展现在人们的眼前，
她不只是夜晚有着光亮的梦幻，
在白天，她那姣好的面容得以无尽地展现：
风雨桥，盘王印，长鼓，大鼓，马头纹，
再配上青山碧水，蓝天白云，柳绿花繁，
只有她，才能如此吸引人们的目光！

红头巾，吊脚楼，长鼓……
朝阳下，这些瑶族特有的元素让你的身影更雄壮，
你的名字更加响亮——中国瑶族博物馆！
你深情地讲着《水淹天》的故事，
你从黑夜走向黎明，从严冬走向春天，
露出了历尽艰辛九州迁徙后的淡然。
一间间展室，一件件展品，
都记录着连南八排二十四冲的往昔，
诉说着瑶山生活的苦辣酸甜。
那长长的红头巾，缠绕了一圈又一圈，
被缠绕着的乡愁是那样地沉甸甸，

缠绕着瑶家的火塘旺和米酒香，
也缠绕着瑶歌唱千年。
乡村蝶变，静静的河水在柔柔春风中陶醉着，
默默地看着那悄悄变美的一江两岸，
长柄伞也张开了明天的梦想，
中国红火把点燃了百里瑶山的希望，
依旧，百看不厌的是你在暖阳中的笑颜。

瑶寨古韵

千年瑶寨穿越千年的风霜，神采依然。
孩童的记忆犹新，一条小路弯又弯，
它通向我生长的地方，
石阶，石门，竹木水管，黑瓦，青砖，
还有大兵山，总是把我青烟似的乡愁填满。
如今，我的记忆和大路一样变得宽广，
牛角，长鼓，歌堂，盛装，笑脸，
一千年的旧模样，
在时光的隧道里换了新颜，
原生态的山歌里，瑶山那一抹红特别温暖。

一个盛大的节日，一场盛宴在上演，
层层梯田，千人长鼓，那场面何等壮观！
顿时，脑子里已经几近空白，只留下惊叹，
只能断断续续地闪现几个简单的想象：
一阵阵秋风卷着红色落叶在飞旋；
一条条游龙在起伏，在欢腾；
漫山遍野的山花在绽放……
总感觉，舞动的是整个瑶寨，整个瑶山。

这时，也许你最想找一个安静的地方，
倚着瑶寨民宿阳台上的木质栏杆，
端着一杯瑶山热茶，望着远处矮小的群山，
剪一朵悠闲的白云，或者
抹一片惬意的霞光，
定会把远离车马喧嚣的心情擦亮。

红旗更红

连南最北的地方，最美的风景，
南风吹来，林海翻滚着波浪，
碧波在烈日下更加闪亮。
金坑村，岭南瑶乡第一面红旗，
火热的太阳把她和她的故事擦得更红，更艳。

山林被厚厚的乌云重重压着，
北风肆虐，树木被吹得呜呜作响，
潺潺溪水却冒着暖气，她仍然怀有春天的梦想。
这一伙人又来了，扛着枪，
他们也和北风一样放肆，甚至疯狂：
壮丁早已借着寒星的微光躲进了深山，
那伙人翻箱倒柜，留着的粮种也被抢，
寒风中，女人的哭声更加凄惨，
闻所未闻，养牛养猪也要缴税。
瓦角冲不再沉默了！
有了星光做伴，村民不再畏惧黑夜的严寒，
终于，终于，看到了朝阳的万丈光芒。
岭南瑶乡第一面红旗上，
时间凝结了一个个闪亮的名字——

房文养、沈一公、黄安……
心潮涌起的如血残阳还没有变淡，
单贵茶已沐浴着雨露阳光，
林海的魅力再次吸引着人们的目光，
大自然的水，大自然的山，
细细描绘成心中的画卷。

我的血液已经沸腾，
因为，我深爱着瑶山那抹红。

瑶山"神农氏"

——致房瑶冷三尔和她的姐妹们

罗穆良

一声春雷

一阵春风

珠三角的经济大潮涌动了

翻滚了

无数的厂家

长虹一般

吸走了瑶家一拨又一拨

青壮劳力

偌大的瑶山

一下子疲软起来

经营了几代人的梯田

一块接一块

被山间的野草攻陷

有力黄金土

无力荒草坪

留守瑶山的老弱妇孺
从贫瘠的土地
艰辛地刨着碗中的食物
瑶山的脸蒙了一层菜色

他乡虽好
终非久留之地
你——房瑶冷三尔
迈着稳健的步伐回来了
用你稚嫩的双肩
扛起瑶寨的希望

不管是军寮的
还是牛路的
也不管是大坪的
还是大掌的
一块一块久病的梯田
在你的锹锄犁耙之间
获得新生
一个一个留守的瑶山姐妹
聚拢到你的麾下
多年的探索和无尽的辛劳
绿源
这块熠熠生辉的金字招牌
被一帮瑶家姐妹孕育出来
以清澈的山涧水为乳汁
以纯净的泥土为食材
以科学规范的种植为导航
绿源一天天茁壮成长

瑶山的手脚劲儿回来了
瑶山的脸庞也红润起来了

傍晚
在一队队驮粮马匹粗重的
喘息声中
高居云端的盘古王从天而降
将瑶山神农氏的桂冠
——戴在房瑶冷三尔
和她的姐妹们头上
桂冠的光辉
映红了漫天的彩霞

瑶山人

刘向阳

一

那是一场战争
一场不屈不挠的战争
瑶山上的人
用自己的血肉之躯
誓死挡住了官兵的入侵
用生命捍卫
自己的家园

二

一根根枯草之上
都沾满了鲜血
那一块块青石板上
脚印依然刻骨铭心
风雨飘摇的日子
一代又一代的瑶山人

难抑心中的愤怒
自由和自治
犹如漫漫征途
始终那么遥远

三

党的民族政策的光辉
照耀了沉睡的瑶山大地
瑶山人们翻身得解放
一条条公路通向瑶山
宛若一条条长龙
在瑶寨与瑶寨之间穿行
一座座水库闪着金光
充沛的水源
灌溉了万顷良田
瑶山人充分利用水资源
建起了一座座电站
发出一度度电
输送国家电网
为建设强大的祖国做贡献

四

醉美的汉村瑶寨里
学校就像一座大花园
瑶山人重视教育
再穷不能穷教育
再苦不能苦教育
培养建设瑶山的优质人才
一直是不变的理念

瑶山飞出了金凤凰

每一道瑶岭

每一座山峦

都闪耀着迷人的光环

五

万山朝王的山川

王者似的雄风

让人顶礼膜拜

领略这千百年的悠悠岁月

千年瑶寨的古风

一砖一瓦都散发着古色古香

历史不会重演

瑶山人顺应时代潮流

进行移民大搬迁

近水近公路近学学校

美丽的瑶山

从此沸腾起来了

吸引了海内外游客

来游山旅游观光

投资置业

六

乡村振兴

瑶山沸腾

建设最美乡村

破除陈规陋习

村庄美了，人心齐了

共同建设新瑶山

最美的家园

复　绿

赵洁敏

◆ 松柏洞铁矿废弃厂房

群山环绕的山谷里
松柏洞
伫立一个巨型的斑驳建筑
断壁残垣的水泥柱
似乎在诉说着昨日的故事
这里
曾经是过千人的矿区
这里
矿工们用汗水练就勇士般钢铁的臂膀
这里
走出了一辆又一辆的矿车
将养料输送到祖国一条条动脉

今日
绿色生态成了我们必须遵守的课题
今日
绿水青山才是我们留给子孙后代的金山银山

今日

矿山的整改，换来牲畜兴起、鱼肥粮丰

这片资源丰富的沃土

生态逐渐好转

满山的翠绿

愈合剂般涂满

一处一处的伤痕

曾经狼藉的山谷

顺了顺茸茸的柔发

微微露出一个久违的笑容

◆　田湖水库水源山林

石漠公园

刘向阳

没有高墙
也没有栅栏
一座纯天然的石漠公园
就这样千百年来
都没有改变它原始的模样

这里的山
叠着另一座山
峰峦起伏，群峰竞秀
这里的一草一木
都蕴含着大自然的灵性
那些灵动的飞鸟
从这边的山头
径直飞向那边的山头
啁啾的鸟鸣声
在大山深处回荡

◆ 石漠公园（房翔龙/摄）

你坐在那块裸露的石头上

抚摸着那万年不化的岩石

万般的思绪

穿越岁月的风雨

和历史的长栏

把自己的名字镌刻在最尖硬的

那块石碑上

然后背转身去

面朝着一万座山

面朝着东方

百里瑶山，锦绣连南

盘茜芹

九山半水半分田，
高山峻岭绵延百里；
瑶家村寨排排叠立；
这就是我美丽的家乡，
世界瑶族舞曲的故乡！
百里瑶山，锦绣连南！

群山连绵伴清风！
那山间随风飘扬的，
是色彩鲜艳的耀目党旗，
是油光黑亮的瑶家油纸伞，
是瑶家绣娘的精美绣品，
是优美动听的瑶族舞曲，
是步履轻盈的幺妹花鼓，
是粗犷奔放的瑶族长鼓！
百里瑶山，风情万种！

党旗飘飘绘出幸福蓝图，
瑶家绣娘绣针细细密密，
绣出了千年瑶寨的古朴秀丽，
绣出了石墨公园的清新葱郁，
绣出了万山朝王的云雾缭绕，
绣出了涡水马头的秋枫红叶，
绣出了石泉公园的伏兔春荫，
绣出了九寨梯田的层层金黄！
百里瑶山，诗画连南！

时代钟声响彻华夏，
长鼓咚咚声声入耳！
敲出了瑶山古茶的清甜，
敲出了瑶家米酒的甘醇，
敲出了牛皮酥的爽口清香，
敲出了大笼糍的香甜滑脆！
百里瑶山，佳肴美馔！

红歌嘹亮唱响中华大地！
瑶歌声声唱响百里瑶山！
唱出了春天的鸟语花香，
唱出了夏天的鸟叫蝉鸣，
唱出了秋天的稻谷飘香，
唱出了冬天的瑞雪丰年！
百里瑶山，四季分明！

从前的连南，凄风苦雨，
裹挟着多少辛酸苦楚。
今天的连南，日新月异，

在党的民族政策照耀下，
不忘初心，牢记使命，
在历代瑶汉儿女心中流淌！
万千瑶汉儿女的幸福之花，
遍地开花，一片繁荣！

时光荏苒，岁月如歌，
70年的栉风沐雨，
连南创造着辉煌！
百里瑶山，奋发向上！
百里瑶山，日月清明！
百里瑶山，锦绣连南！

连南赋

田 鑫

　　值此喜迎党的二十大胜利召开之际，恰逢连南瑶族自治县成立70周年，有感连南瑶族自治县人文历史之厚重，经济社会发展之繁荣，民俗风情之独特，70年风雨兼程之成就，欣然作《连南赋》，辞曰：

　　连南雄兮，东北接连州，昂头舒臂，气贯九天。连南美兮，东南连阳山，生翼扬眉，势纳百川。连南畅兮，南襟怀集地，腾英雄气，品质绵延。连南秀兮，西邻连山县，挺风流骨，气象斑斓。连南俊兮，西北枕江华，奔奋进途，风物无边。民间文艺之乡，魅力光鲜；瑶族刺绣之乡，靓姿延绵；非遗文化之乡，蜚声崛起；生态文明之县，盛誉延绵。众多殊荣兮，蓄强劲之活力，建功今日；诸多美誉兮，激腾飞之内力，向往明天。

　　慨然而歌兮，生态立县，九大工程，自治富民；陶然以吟兮，文化夯基，五大创建，生活安然。举目瞧，百里群山，逶迤纵横，气势磅礴，雄伟壮观。侧身看，百条河流，密如蛛网，错落有致，湿地遍观；季风气候，四季分明，雨热同季，美至无边。品客家大笼糍，爽心兮乐陶然；吃瑶家全猪荟，开胃兮美超然。嗟夫，乐住瑶寨民居，古朴典雅，发感慨，咏诗篇；赏析歌舞风情，原汁原味，涌诗情，留感言。传承刺绣艺术，非遗经典，抒曲艺，顿肃然；体验排瑶婚俗，久远温馨，有心得，乐超然。庆幸哉，远去之风云，难忘绝唱；

现实之风物，昭彰胜观。

七秩风流兮，沐霞光万里，浴生机千般。回眸春秋，沉钩邈远；躬逢盛世，气象非凡。走进新时代，迈铿锵之步伐；共筑中国梦，挺坚强之膀肩。顿感悟兮，外国网红，打卡千年瑶寨，"520"遇到"519"，爱情之旅乐无前，幸无边。顿慨叹兮，农耕瑶寨，云雾油岭神奇，享受非遗盛宴，打造瑶医新名片，乐无边。尽赏花海，乐在开耕节，喜煞耍歌堂，福在开唱节，兴致平添。抬望眼，传统民俗接福禄；侧身看，民生娱乐笑声甜。再赋长歌《风》《雅》《颂》，快乐三百六十天。

伟哉，奋进连南，三江八景新，神秘之美，兴趣超然。盘古王文化园，三江古城，闻名遐迩；南岗千年瑶寨，板洞水库，盛誉不凡。喜今朝，盛世嘉天，红日光天。龙凤呈祥，虎豹啸天。百鸟争鸣，千兽并肩。百花齐放，万木光鲜。人民发力，事业荣繁。民族自信，梦想早圆。天高悬日月，地厚载河山。美哉兮作盛世华章，引领春天；壮哉兮作连南大赋，追赶明天。喜迎二十大盛会，大绘"十四五"画卷；四个自信鼓劲，一齐立传推澜。

忽明白，直面时代潮，干劲足，初心在，为民勤勉。陶然！坦然！欣然！时不我待矣！多少风流成往事，繁荣续写新诗篇。三十载长否？弹指一挥间，连南大地大巨变。八百年短矣！就在转瞬间！连南风物代承传。赞曰：敢竖摘星之梯，直上凌霄宇；尽展排云之手，囊括好河山。气贯长虹，布华晖于古邑；心怀党业，著伟绩建连南！

注释：

　　"连南雄兮，东北接连州，昂头舒臂，气贯九天"，指的是连南瑶族自治县的地理位置，东北与连州接壤，"昂头舒臂，气贯九天"是形象赞美之词。下文中"连南美兮，东南连阳山，生翼扬眉，势纳百川/连南畅兮，南襟怀集地，腾英雄气，品质绵延/连南秀兮，西邻连山县，挺风流骨，气象斑斓/连南俊兮，西北枕江华，奔奋进途，风物无边"都是介绍连南县四周接壤情况，旨在赞美连南县之美。

　　"民间文艺之乡，魅力光鲜"，与下文"瑶族刺绣之乡，靓姿延绵；非遗文化之乡，蜚声崛起；生态文明之县，盛誉延绵"，指的是连南县是民间文艺之乡、瑶族刺绣之乡、非遗文化之乡、生态文明之县。

"众多殊荣"与"诸多美誉"，指的是连南县有许多称号，所得荣誉很多。

"生态立县，九大工程，自治富民"与下文"文化夯基，五大创建，生活安然"，指的是连安县实施生态文化立县，实施"九大工程、五大创建"活动，是民族区域自治县，当地生活安然。

"百里群山，逶迤纵横，气势磅礴，雄伟壮观"，指的是连南县群山环拱，绵延百里。下文中"百条河流，密如蛛网，错落有致，湿地遍观"，指的是河流广布，湿地面积大；"季风气候，四季分明，雨热同季"，是连南县的气候特点。

"品客家大笼糍"与"吃瑶家全猪荟"，指的是连南县特色美食客家大笼糍和瑶家全猪荟。

"乐住瑶寨民居"，指的是瑶寨古民居很出名；下文中"赏析歌舞风情"指的是连南县是歌舞之乡；"传承刺绣艺术"，指的是瑶族刺绣艺术；"体验排瑶婚俗"，指的是瑶族婚俗。

"七秩风流"，指的是连南县建县70周年。

"外国网红，打卡千年瑶寨"，"'520'遇到'519'"，与下文"农耕瑶寨，云雾油岭神奇，享受非遗盛宴，打造瑶医新名片"以及"尽赏花海，乐在开耕节，喜煞耍歌堂，福在开唱节，兴致平添"，指的是连南县的人文民俗。

"三江八景新"，指的是连南县的著名风景。下文中"盘古王文化园、三江古城、南岗千年瑶寨、板洞水库"都是连南县的著名风景区。